다문화 주의자

MULTI-CULTURALIST

일러두기

소설 서두의 토론회 내용 중 고용허가제와 관련된 한성주의 발언은 정영섭 '이주노동자운동후원회' 사무국장의 〈이주노동자 고용허가제 10년, 노예허가제였다〉를 참고해 집필되었음을 밝힌다.

다문화 주의자

MULTI-CULTURALIST

류광호 장편소설

마음지기

목차

1부

·

대립

1

"다문화주의는 실패했습니다. 유럽을 보십시오. 자국 사회와 통합을 거부하는 600만 무슬림 인구를 거느린 프랑스를 보십시오. 그들은 이미 돌이킬 수 있는 지점을 넘어섰습니다. 이번 세기 중반쯤 되면 프랑스는 다수의 백인 노령층과 그들보단 소수이지만 젊고 강력한 이민자들로 양분될 것입니다."

프레스센터 19층 기자회견장에서 진행된 그 날의 토론에 패널로 참석한 송우석이 차분하면서도 냉소적인 얼굴로 말했다. 마른 체구에 잘생긴 얼굴, 짙은 눈썹이 인상적인 오십 대 초반의 남자 송우석은 보수 논객으로 분류되는 경우가 잦았지만, 실상은 전혀 그렇게 볼 수 없는, 진보도 보수도 아닌 독특한 자기주장을 내세우는 시사평론가였다. 혹자는 그를 민족주의자라 규정했고 또 다른 이들은 극우주의자라 평가했지만—우습게도 정반대로 그를 극좌로 분류해야 한다고 주장하는 이들도 있었다—그는 자신을 이념으로 규정하려 하는 모든 시도에 반대하며 꾸준히 독자적인 길을 걷는 중이었다.

그는 3년 전 모 대학의 겸임교수직을 맡아 '교수'로 불리고 있었는데 자신은 '작가'로 불리는 것을 가장 선호한다고 했다. (그가 쓴 한 권의 소설과 아홉 권의 정치·사회비평서는 특유의 과격한 언어로 적지 않은 물의를 일으켰었다)

사회자는 생산가능인구 감소 추이에 근거해 이주 노동자 수용의 불가피성을 주장하는 모 교수의 논문에 대해 짤막하게 소개한 후 패널들에게 논문이 지적한 문제에 대한 의견을 물었다. 송우석은 차분한 어조로 생산가능인구 감소를 염려하는 위기론은 과장됐으며, 이주 노동자의 한국경제에 대한 기여도는 과대평가되었다고 말했다. 그리고 국내의 실업 인구와 이주 노동자의 수를 비교하며 일자리 잠식에 대해서도 덧붙였다.

"동의할 수 없습니다."

이주 노동자의 인권을 위해 공격적인 활동을 펼치기로 유명한 단체 '더불어 사는 사회를 만드는 사람들'의 대표 한성주가 빠른 어조로 말했다.

"이주 노동자들은 한국인 노동자들이 기피하는 열악한 분야에서 일하며 우리 경제에 막대한 기여를 하고 있습니다. 농업, 어업, 건설업, 주조, 용접 같은 분야에서 말입니다. 이 분야는 매우 중요한 영역이지만 심각한 인력난을 겪고 있습니다. 이런 분야에서 일하는 이주 노동자들이 존재하지 않는다면 우리 경제는 심각한 타격을 받게 될 것입니다."

그 자신이 이주 노동자 2세인 한성주는—그의 부모는 이십여 년 전 한국으로 이주한 조선족이다—깔끔한 외모와 설득력 있는 주장으로 진보 성향의 젊은 층들의 지지를 받는 스물아홉의 청년이었다. (중키에 하얀 피부, 검고 숱 많은 머리카락과 붉은 입술을 지닌 그는 소년적인 매력을 강하게 풍겼으며 실제 나이보다 다섯은 어려 보였다)

"저는 반대로 생각합니다."

송우석이 말했다.

"말씀하신 분야에서 이주 노동자들의 노동 참여를 최소화한다면 한국인의 일자리 수만 개가 창출될 것입니다. 주조업이나 농업 같은 영세한 분야가 한국인 고용에 따른 임금상승을 어떻게 감당할 수 있겠느냐고요? 다 감당할 수 있습니다. 감당할 수 있는데 감당하지 않고 싼값에 이주 노동자를 끌어들임으로써 자본의 이익을 극대화하고 있을 뿐입니다. 이주 노동자들이 싹 빠지면 농업과 주조업이 아예 멈춰 설 것 같습니까? 천만의 말씀입니다. 그런 일 대신 그 노동에 대한 정당한 대가 지급이 이뤄지게 될 것입니다. 물론 그 과정에서 상승한 인건비를 감당하지 못하고 도태되는 사업장들도 생겨나겠지요. 그러나 그것은 필요한 과정입니다. 저임금 노동력 공급이 중단되는 순간 무너져 내릴 수밖에 없는 사업체는 장기적인 측면에서 보았을 때 정리되는 것이 바람직합니다. 그럼으로써 국가 전체 차원에서 보자면 산업고도화가 개별 기업 차원에서 보자면 혁신과 발전이 촉진될 수 있기 때문입니다."

한성주가 다소 상기된 얼굴로 말했다.

"말씀하신 이주 노동자 추방이 이루어진다면 셀 수 없이 많은 소규모 사업체가 문을 닫게 될 것입니다. 그로 인해 발생하게 될 사회적 혼란과 경제적 침체는 어떻게 감당하겠다는 겁니까?"

"발생할 수밖에 없는 혼란을 최소화하도록 세밀한 계획을 세워 단계적인 감축이 이루어져야겠지요."

송우석은 계속해서 말했다.

"지나치게 급작스러운 감축에는 저도 반대합니다. 이주 노동 인력의 완전한 추방을 주장하는 사람들도 있는데 저는 이 의견에도 반대합니다. 그것은 가능하지도 않고 바람직하지도 않기 때문입니다. 소수의 특수한 전문 이주 노동 인력은 우리에게 필요합니다. 그러나 그러한 최소 인력을 제외한 인원은 점진적으로 국내 노동 인력으로 대체하는 것이 옳습니다. 그렇게 해서 현재 60만 명에 달하는 이주 노동자의 수를 3분의 1 이하로 줄이는 것이 바람직하다고 생각합니다."

한성주는 목이 타는 듯 테이블 위에 놓여있던 생수병을 집어 들어 입으로 가져갔다. 그리고는 애써 침착한 태도로 말했다.

"국내 거주 다문화인은 이미 220만 명을 넘어섰습니다. 전라남도 인구보다도 많은 숫자이지요. 이 가운데 약 56만 명이 일하고 돈을 벌기 위해 이 땅에 온 이주 노동자들입니다. 그 숫자는 매년 늘고 있습니다. 그러나 이주 노동자들은 그들의 노동권과 일자리를 보장해 준다는 명분 아래 생긴 '고용허가제'로 인해 최소한의 권리도 박탈당한 채 사회적 폭력과 죽음으로 내몰리고 있습니다. 고용허가제의 폐해는 2004년 도입 당시부터 제기되어왔습니다. 이주 노동자의 모든 권리가 사업주에게 일임되어 있기 때문입니다. 이주 노동자들은 직장을 옮기고 싶어도 사업주의 동의가 없으면 그럴 수 없고, 이런 절대적인 종속 관계 하에서 부당하게 임금을 떼이는 경우도 적지 않게 발생하고 있습니다. 피부색이 다르고, 언어가 잘 통하지 않는다는 이유로 폭언과 폭행을 당하기도 하고요. 고용허가제는 5년 이상 거주 시 부여되는 영주권 신청 자격을 얻지 못하게 하기 위해 이주 노동자의 최대 근무 연한을 4년 10개월로 제한하고 있습니다. 하지만 사용자들은 낮은 수준의 임금만 지불해도 되는 이주 노동자들을 계속 고용하기를 원하지요. 그래서 정부는 사용자들의 숙련 인력 지속 고용 요구에 부합하기 위해 2012년부터 '성실 근로자 재입국 제도'를 실시하게 됩니다. 한 사업장에서 4년 10개월을 일한 이주 노동자가 다시 재고용 되면 3개월간 본국에 갔다 와서 4년 10개월을 더 일할 수 있게 해주는 제도이지요. 그래서 도합 9년 8개월까지 일할 수 있게 해주겠다는 것입니다. 하지만 생각해 보십시오. 거의 10년을 이 땅에서 체류하며 일한 사람들인데도 영주권조차 신청할 수 없게 만드는 이 제도의 성격에 대해서 말입니다. 이것은 명백히 반인권적인 제도입니다. 철저하게 이주 목적국의 이해만을 추구하는 제도란 말입니다. 역사적으로 보아도 이런 제도를 시행해 성공한 나라는 없습니다. 인간이란 일단 어느 지역에 수년간 체류하며 살게 되면 어떤 식으로든 그곳에 정주할 마음을 갖게 되는 존재입니다. 그것이 인간의 본능이란 말입니다. 그리고 생각해 보십시오. 성인노동자 한 명을 만들기 위해 들어가야 할 비용인 보육, 교육, 복지 같은 지출에 대해서 말입니다. 이런 비용은 이주노동자들의 본국에서 부담했지만 한국은 이에 대한 어떠한 보상도 없이, 노동력이 극대화된 연령인 20, 30대 노동자들의 노동력을 10년간 착취한 후 본국으로 돌려보내고 있습니다. 그들이 성인기의 대부분을 보낸 땅에서 말입니다. 이것은 국제앰네스티의 지적처럼 참으로 부도덕한 행동이라고 하지 아니할 수 없……"

"동의합니다."

아직 다 끝나지 않은 한성주의 발언을 자르며 송우석이 말했다.

"현재의 고용허가제는 부도덕한 제도입니다. 저는 그 제도에 의해 피해를 보는 이주 노동자의 수가 줄어들어야 한다고 생각합니다. 그러나 제가 아무리 그런 주장을 해도 이 나라는 인구 구조상 어쩔 수 없이 계속해서 이주 노동자에 대한 수요가 증가하는 방향으로 가게 될 것입니다. 전통적으로 이주 노동자 유입에 대해 부정적이었던 일본이 고령화의 심화로 간호 간병 인력이 부족해지자 베트남인들에게 해당 분야의 일자리를 대폭 개방한 것처럼 말입니다. 그러니까 어느 정도는 어쩔 수 없다는 말이지요. 그러나 저는 심화하는 노동 인구 부족에 대한 장기적인 해결책은 현재 실업 상태인 국내 노동 인구의 취업률 제고와 청년세대의 혼인율·출산율 제고에서 찾아야 한다고 생각합니다. 인종과 문화, 가치관이 다른 외국인의 대량 유입에서가 아니라 말입니다. 그리고……"

송우석은 잠시 말을 멈추고 자신 앞에 앉은 취재진을 바라보았다. 동의를 구하는 표정은 아니었다.

"이 나라에는 통일이라는 문제도 있습니다. 만약 통일이 이루어진다면 상당수의 북한 노동 인구가 남한 노동 시장에 유입되게 될 것입니다. 물론 그 일은 어느 시점에서 이루어질지 예측하기 어려운, 어쩌면 우리의 막연한 예측보다 훨씬 더 빠를 수도 있고 훨씬 더 늦을 수도 있는 불확실한 사건입니다. 하지만 그것은 장기적인 인구정책의 수립에 있어 반드시 고려해야 할 사항입니다."

한성주가 빠른 목소리로 반박하고 나섰다.

"말씀하신 통일 후 북한 노동 인력의 유입에 대한 기대는 일종의 내부식민지식민지는 국가들 사이에서만 존재하는 게 아니라 한 국가 내에서도 극심한 지역 간 불평등의 형식으로 존재한다는 이론를 만들자는 이야기로밖에 들리지 않습니다. 많은 수의 북한 지역 노동자가 남한으로 내려오도록 유도하는 정책을 펼친다면 북한 지역은 공동화되고 낙후될 것입니다. 그런 정책은 절대로 바람직하지 않습니다. 그리고 현재 북한의 출산율은 우리보다 조금 높은 수준입니다. 북한 또

한 조만간 저출산으로 인한 인력 부족에 직면하게 될 거란 말입니다. 출산율은 통일이 되고 자본주의 시스템이 뿌리를 내리게 되면 지금보다 더 낮아지면 낮아졌지 높아지기는 힘들 것입니다. 이런 상황에서 어떻게 북한이 통일 후 한반도의 인구 감소 문제를 해결해 줄 방안이 될 수 있겠습니까?"

송우석은 반박하지 않았다. 수치상 사실임이 분명한 주장에 대해서는 억지를 부리는 구차한 모습을 보이지 않으려는 전략 같았다.

"좋습니다. 그 주제에 대해서는 한 대표님의 주장에도 일리가 있다고 생각합니다. 그럼 다시 아까의 주제로 돌아가도록 하지요. 워낙 민감한 문제라서 좀처럼 언급되지 않지만, 인종과 문화, 가치관이 다른 타민족이 대규모로 유입되어 문제가 발생하지 않은 경우는 없습니다. 우리가 미디어를 통해 듣게 되는 다문화주의에 대한 예찬은 절반의 진실이라는 것을 알아야 한다는 말입니다. 끊임없이 발생하는 테러와 인종·문화적인 갈등으로 골머리를 앓고 있는 유럽은 차치하고라도 비교적 이주민의 사회 통합에 성공했다고 자부하는 이민자의 국가 미국을 보십시오. 도널드 트럼프가 왜 신규 이민자의 유입에 대해 그토록 극성스럽게 반대하겠습니까? 단기간에 지나치게 많은 타 문화권 인구가 유입되는 것이 실제로 사회적 혼란을 일으키는 측면이 있기 때문 아니겠습니까? 저는 우리의 이주 노동자 문제나 다문화 정책도 보다 실제적인 현실에 기반한 접근이 필요하다고 생각합니다. '노동력이 부족하니까, 생산가능인구가 감소하니까 이주 노동자를 더 많이 불러와야 해'가 아니라 말입니다. 우선 국내 노동 인구를 최대한 활용하고 결혼과 출산을 용이하게 하는 제도적 지원을 강화하여 우리 안에서 인구 재생산이 가능하게 해야 합니다. 다음으로 사회 통합에 적절한 수준의 이주 노동자 유입 선을 결정하고 그 수준에 맞게 인구 유입을 통제해야 합니다. 유럽의 사례를 보더라도 총인구에서 차지하는 이주민의 비율이 10% 수준에 다다르게 되면 필연적으로 혼란이 발생합니다. 우리는 아직 그 정도는 아니지만, 지금과 같은 방향으로 나아간다면 머지않은 시일 내에 충분히 유럽 수준에 육박하게 될 것이 확실합니다. 그때는 이미 후회해도 늦습니다. 지금부터……"

더는 참지 못한 한성주가 주먹으로 테이블을 내리치며 외쳤다.

"어떻게 이 자리에서 저런 인종주의적 발언이 나올 수 있는지 심히 안타깝습니다. 이것은 다문화사회 자체를 부정하는 발언입니다."

"조금 전 말씀 드렸다시피 저는 다문화사회로 가는 흐름 자체는 막을 수 없다고 생각합니다. 이주 노동자의 증가든, 결혼 이주민의 지속적 유입과 그 2세의 증가든 이 나라는 점점 더 다양한 국적과 문화를 지닌 이주민을 떠안게 될 것입니다. 그러나 그런 방향이 무조건 긍정적인 측면만 지니고 있는 것은 아니라는 걸 말씀드리고 싶은 겁니다. 프랑스를 보십시오. 많은 북아프리카 출신 이주민 2세들이 사회에 통합되지 못한 채 2등 시민 취급받으며 실업 상태에 머물고 있습니다. 더 나아가 좌절감 끝에 극단주의에 물들어 테러에 가담하고 있습니다. 독일은 또 어떻습니까? 백만 명 이상 유입된 시리아 난민 중 일부가 현지 독일 여성을 성폭행해서 사회적 공분을 일으키기도 했고, 에센의 푸드뱅크 타펠은 외국인 이주자들이 지나치게 많은 음식을 가져가 현지의 독일 노년층과 저소득층들에게 줄 음식이 부족해지자 외국인에게는 음식 제공을 중단하겠다고 선언하기도 했습니다. 이런 일들이 이 땅에서 일어나지 말라는 보장은 없습니다. 저는 이 자리에서 분명히 말씀드립니다. 다른 문화권에서 온 다른 인종의 사람들과 통합을 이루는 과정이 마냥 행복할 거라는 낭만주의적 공상을 버려야 한다고. 먼저 다문화주의를 채택한 나라들의 실패를 보고도 그 길을 좇아간다면 그리 오랜 시일이 지나지 않아 분명히 후회하게 될 것입니다."

"그것은 오로지 부정적인 측면에만 포커스가 맞춰진 주장입니다. 과연 다문화주의라는 게 전적으로 부정적인 측면만 지닌 것입니까? 스티브 잡스도 시리아 이주민 2세였습니다. 한국인 입양아 출신으로 프랑스 문화부장관을 지낸 플뢰르 펠르랭의 사례에서 볼 수 있듯 다른 문화권에서 온 이주민이 성공적으로 현지 사회에 안착해 그 나라의 정치와 경제, 문화에 크나큰 기여를 할 수도 있고요. 비록 시간이 조금 걸리고 어려움도 따르겠지만, 우리 사회가 이주민을 적극적으로 포용한다면 그들 또한 우리 사회가 제공해 주는 것 이상으로 우리에게 되돌려 줄 수 있다고 생각합

니다."

사회를 맡은 박정주 앵커가 말했다.

"양측의 팽팽한 의견 아주 잘 들었습니다. 시간이 많이 지났으니 다음 순서로 토론회에 참석해 주신 분들의 질문을 받는 시간을 갖도록 하겠습니다. 네 분 패널에게 질문하고 싶으신 분이 계시면 손을 들어 표해 주십시오. 네, 거기 파란색 옷을 입으신 여자분."

사회자에게 지목을 받은 여자가 자리에서 일어나며 말했다.

"저는 이주 노동자가 많은 안산의 한빛인권센터에서 간사로 일하고 있는 유영미라고 합니다. 송우석 교수님께 질문드리고 싶습니다. 다문화주의에 대해서 계속 부정적인 의견을……"

그 순간 종훈은 재킷 주머니에 들어있던 휴대전화의 진동을 느꼈다. 얼른 꺼내서 확인해 보니 발신자는 박 부장이었다. 그는 조용히 밖으로 나가 전화를 받았다.

박 부장이 전화를 한 건 얼마 후 시작될 인턴 기자 교육과 관련해 종훈에게 몇 가지 부탁을 하기 위해서였다. 종훈은 알겠다고 대답한 후 서둘러 통화를 마치고 다시 토론회장 안으로 들어갔다. 마이크를 잡고 얘기하고 있는 사람은 송우석도, 한성주도 아닌 또 다른 패널이었는데 그의 발언은 명백하게 송우석이나 한성주보다 날카로움이 떨어졌다. 종훈은 송우석이 앉아있는 쪽으로 시선을 돌렸다. 그는 조롱하는 듯한 표정으로 발언자를 바라보고 있었는데 어느 순간 종훈의 시선을 의식했는지 종훈 쪽으로 고개를 돌렸다. 송우석과 눈이 마주친 순간 종훈은 얼른 시선을 돌렸다. 하지만 송우석은 한참 더 종훈을 바라보는 것 같았다.

질의응답이 20분가량 더 이어진 후 토론회는 막을 내렸다. 종훈은 토론에서 오간 내용 중 어떤 것들을 활용해 기사를 작성할지 머릿속으로 그리며 그곳을 빠져나왔다.

2

많은 기자가 그러하듯 종훈도 늦은 퇴근 후 집으로 돌아와 바로 잠자리에 들지 않고 뉴스 전문 케이블 채널을 켰다. 혹시 놓친 뉴스가 있지는 않은지, 또는 그사이 새로운 사건이 발생한 것은 아닌지 확인하기 위해서였다. TV를 틀어놓은 채 씻고 옷을 갈아입은 그는 잠시 더 뉴스를 보았다. 특별히 눈길을 끄는 내용이 없자 TV를 끄고 잠자리에 들 준비를 했다.

그가 사는 이곳은 금호동의 작은 오피스텔이었다. 회사가 있는 광화문과 가까워 선택한 곳이었는데 거의 잠자는 용도로만 사용하고 있었다. 아니, 한 달에 대여섯 번은 다른 곳에서 잤으니까 잠자는 용도로도 사용하지 않는 날이 많았다고 하겠다. 마지막으로 이 공간을 청소한 게 언제였는지 기억도 가물가물했다. 쌓여 있는 빨래 더미와 터져나가기 직전인 쓰레기통이 그 사실을 시각적으로 보여주고 있었다. 그는 가볍게 한숨을 쉰 후 돌아오는 토요일에는 꼭 밀린 빨래를 하고 청소도 해야겠다고 다짐했다.

그가 오늘 있었던 토론회에 참석하게 된 것은 최근 연재 중인 기획기사 〈다문화사회, 대한민국의 미래〉의 여파 때문이었다. 이 기사에 대한 반응은 제법 뜨거웠다. 직접 신문사로 전화를 걸어 제보하고 싶다고 했던 사람만 6명이나 있었고, 각각의 기사에 달린 댓글도 수백 건이나 되었으니까. 그러나 그가 그 기사를 쓰게 된 이유는 그런 반응을 기대해서는 아니었다. 더욱 심각한 이유가 있었다. 그것은 언론인으로서의 정체성을 계속 유지하는 것이 자신이 진정으로 원하는 일인가에 대한 물음의 일환으로 감행된 사건이었기 때문이다.

그랬다. 그는 최근 들어 부쩍 심각하게 고민하고 있었다. 계속해서 기자 일을 하는 것이 맞는가에 대해서. 그는 신문기자 생활에 회의를 느끼고 있었던 것이다.

변화되어가는 미디어 환경에서 신문이 경쟁력을 상실한 것은 분명했다. 그런데도 신문은 자신을 만드는 이들에게 특유의 과도한 업무와 스트레스를 주는 습관을 버리지 않았다. 그리고 그에 비해 아주 높다고는 할 수 없는 급여를 제공하는 습관도. 그러나 그런 것들이 그가 기자 일을 그만두는 것에 대해 심각하게 고민하게 된 이유의 전부는 아니었다.

결정적인 이유는 따로 있었는데, 그것은 함께 일하는 선배들을 보며 느낀 감정이었다. 그 감정을 한마디로 표현하자면 이랬다.

'저렇게는 살고 싶지 않다.'

10년 차를 넘어선 많은 선배는 그가 보기에는 기자라기보단 샐러리맨으로 살아가고 있었다. 야근과 잦은 술자리, 그에 따라 손상되어가는 건강, 증발해버린 소명의식……. 물론 그럼에도 그들은 자부심을 잃지 않았다. 중앙 일간지 기자라는 알량하고 속물적인 자부심 말이다. 하긴 그것마저 잃어버렸다면 어떻게 계속 버티고 있을 수 있겠는가.

그는 선배들의 그런 모습을 이해했다. 그리고 어느 정도는 동정했다. 하지만 절대로 그렇게 되고 싶지는 않았다. 그럼 어떻게 되고 싶은 건데? 불의를 고발하고 세상을 더 나은 곳으로 만드는 정의감 넘치는 기자가 되고 싶은 거야? 솔직하게 말하자면 그는 더는 그런 이상주의자는 아니었다. 현실이란 아이들이 꿈꾸는 것처럼 이상적으로 바뀔 수 있는 게 아니라는 걸 알았다는 뜻이다. 그렇다면 대체 그가 원하는 것은 무엇이었을까?

자신이 원하는 게 정확히 무엇인지를 모르겠다는 것이 그의 문제였다. 그는 자신뿐만 아니라 적지 않은 사람이 자신과 비슷할 거라고 생각했다. 그러나 그가 확실하게 아는 것이 하나 있었다. 계속해서 지금처럼 살아간다면 자기도 선배 기자들처럼 될 거라는 것. 지나치게 단정적이고 부정적인 전망 아니냐고 묻고 싶은가? 그러나 그것은 그가 자신과 자신이 처해 있는 상황을 기반으로 내린 객관적인 결론이었다. 그 결론대로 될 가능성이 아주, 아주 높았다. 그래서 그는 달아나고 싶었다.

그의 도주 욕구를 자극하기라도 하듯 그가 몸담은 곳은 나날이 타락해가고 쇠퇴해갔다. 광고주의 중요성은 해를 거듭할수록 높아졌고, 기사 작성의 자율성은 해를 거듭할수록 낮아지지는 않았지만 그렇다고 높아지지도 않았다. 데스크로부터 작성한 기사의 논조를 완화하라는 요구를 받는 일은 드물지 않았다. 짜증스러웠지만 따라야 했다. 계속 기자로 일하고 싶다면 말이다. 이런 내부적인 양상과 더불어 신문의 대외적인 영향력은 나날이 줄어들었다. 발행 부수 감소는 어제오늘의 일도 아니었고, 신뢰도 또한 방송만 못 한 것이 사실이었다. 기자라는 직업에 대한 일반 시민의 인식은? '기자'와 '쓰레기'라는 단어의 합성어인 '기레기'란 말만 떠올려도 알 수 있지 않은가.

물론 그는 사람들로부터 대단한 존경을 받기 위해 기자라는 직업을 택한 것은 아니었다. 하지만 쓰레기 취급받기를 원했던 것 또한 아니었다. 그런데 그의 직업을 그렇게 부르는 사람이 적지 않은 게 현실이었다. 그리고 그런 상황이 극적으로 개선될 것 같지도 않았다. 그렇다면 이제 어떻게 해야겠는가? 어떤 미래를 만들어가야 하겠느냐는 말이다. 박 부장이나 최 국장처럼 사주의 비위를 맞추며 줄어드는 매출을 광고영업 같은 것으로 극복하기 위해 발버둥 치는 삶을 사는 것? 이 조직에 그대로 남는다면 그것이 그가 도달할 수 있는 최대치가 아닐까 하는 생각이 들었다. 당연히 그렇게 되고 싶지는 않았다.

그가 선택할 수 있는 다른 모델은 상현이었다. 상현은 그보다

3년 먼저 입사한 선배 기자로, 그와 가장 친한 동료였다. 하지만 두 달 전 퇴사한 후 지금은 시사주간지인 다른 언론사에서 일하고 있다. 얼마 전 통화했을 때 상현은 현재 일하고 있는 곳이 대단히 만족스럽고, 사명감을 느끼며 일하고 있다고 말했다. 그는 상현의 말이 거짓이 아니라고 믿었다. 그러나 동시에 그 말은 절반의 진실만을 담고 있을 뿐이라고 느꼈다. 그만큼 그는 언론계를 회색빛으로 바라보고 있었다. 물론 그것은 단순히 '회색빛 관점'에서만 나온 결론은 아니었다. 객관적인 근거 자료도 있었다. 상현이 몸담은 주간지의 발행 부수였다. 몇 년 전까지 시사 주간지로는 국내 발행 부수 1위를 차지했던 그 주간지의 10년 전 주당 발행 부수는 7만 부 정도였다. 현재는 2만 부를 조금 넘는 수준이다. 이 정도 수준으로 매출이 쪼그라든 조직에서 일한다는 게 얼마나 스트레스받는 일인지는 충분히 짐작할 수 있으리라.

그는 이제는 결정을 내려야 할 시점에 도달했다고 느꼈다. 한계 상황에 다다랐다고나 할까? 그러던 차에 인사이동이 있었고 그는 출입처가 따로 없는 기획취재팀에 발령받게 되었다. 그것은 그에게 최후의 선택을 위한 마지막 기회처럼 느껴졌다. '이곳에서 내가 처음 신문사에 입사했을 때 꿈꿨던 기사들을 써보자. 언론인으로서 스스로에게 떳떳할 수 있는 여러 가지 시도를 해보자. 만약 이곳에서도 여전히 그것이 불가능한 일로 판명된다면 그때는 미련 없이 여기를 떠나자.' 그런 생각으로 그가 선택한 주제가 바로 다문화, 이주 노동자 문제였던 것이다.

박 부장은 그가 선택한 주제에 대해 호의적인 반응을 보였다. 의욕을 갖고 열심히 취재하는 모습이 보기 좋다고 말하기도 했었다. 그러나 얼마 지나지 않아 보다 시장성 있는 기사를 쓸 필요도 있음을 강조하기 시작했다. 시장성 있는 기사? 젠장, 아파트 분양 광고라도 쓰라는 건가?

피곤이 몰려왔다. 내일은 늦게까지 잘 수 있는 토요일이었다. 우선은 그것에 감사하며 다른 생각은 접어놓고 푹 자는 게 최선인 것 같았다.

불을 끄고 침대에 눕자 피곤에도 불구하고 다시 여러 가지 생각이 찾아왔다. 기획취재팀에서의 한 달여의 실험은 실패로 결론 내려질 가능성이 높아 보였다. '자 그렇다면 이제 나는 어떻게 해야 할까?' 그는 자기도 모르게 낮은 한숨을 내쉬었다. 밤이 조용히 흘러가고 있었다.

3

그가 혜진과 향한 곳은 그녀가 좋아하는 대학로의 브런치 레스토랑 '여유로운 하루'였다. 주문한 세이버리 프렌치토스트가 나오자 그녀는 즐거운 듯 뭐라고 혼잣말을 하더니 그를 보며 웃었다.

종훈이 그녀를 만난 건 대학을 졸업하고 기자 생활을 시작한

지 얼마 되지 않았을 즈음이었다. 친구 인성을 통해 소개받게 된 그녀는 그보다 두 살 어린 편집 디자이너였다. 그녀가 일하고 있던 패션 잡지는 신문사 못지않게 일 많기로 유명한 곳이었는데 그런데도 그들은 용케 만남을 이어가며 3년째 연애 중이다.

때때로 그는 자신이 그녀의 어떤 면을 좋아하는 걸까 자문해 보곤 했다. 그런 걸 스스로에게 묻는다는 게 사랑이 식었다는 증거는 아닐까? 하는 의혹을 느끼면서. 물음에 대한 뚜렷한 결론은 얻지 못했다. 그냥 다른 사람들도 대부분 자신과 마찬가지로 모호하고 복합적인 이유로 상대를 사랑하는 게 아닐까 라는 생각을 했을 뿐.

그녀는 뛰어난 미인은 아니었다. 그러나 우아하고 자기 색깔이 분명한 여자였다. 성격 또한 그와 잘 맞았다. 그는 애교 있고 장난스러운 성격의 여자를 좋아했는데 그녀에게는 그런 면이 있었다. 물론 그 반대의 성격도 지니고 있었다. 그러니까 그녀 또한 많은 다른 젊은 여자들처럼 종종 우울해하곤 했다는 말이다. 하긴, 때때로 그러는 것도 나쁘진 않았다. 다만 그런 상태가 아주 진지한 현실적인 문제와 함께 얽혀 표출되게 될 때는 썩 유쾌하지 않은 상황을 초래하고는 했지만 말이다.

"그런데 말이야."

그가 다소 심각한 얼굴로 말했다.

"언젠가 한 번 얘기했던 것 같은데, 지금 하는 일을 계속하는 게 맞는 건지 모르겠어……."

그녀는 테이블 위에 놓여있던 머그잔을 들어 아메리카노를 한 모금 마신 후 말했다.

"나도 가끔 그런 생각해. 근데……."

"근데?"

"뾰족한 다른 수가 있는 게 아니잖아."

"뾰족한 다른 수가 없으면 마음에 안 들어도 그냥 참고 쭉 있어야 하는 거야?"

"그런 뜻으로 한 말이 아니라……."

"그럼 어떤 뜻인데?"

그의 날카로운 반응에 조금 전까지 밝았던 그녀의 얼굴이 어두워졌다. 그는 자신의 태도가 지나쳤다고 느꼈다. 일주일 만에 겨우 시간 내서 만난 자리인데 이렇게 말다툼이나 벌이려고 하다니.

"난……"

그녀가 말했다.

"오빠가 하고 싶은 일 했으면 좋겠어. 다만……"

"다만 뭐?"

"그게 무엇인지가 명확해진 다음에 그랬으면 좋겠어."

그렇게 말하는 그녀의 얼굴에 갑자기 피곤한 기색이 돌았다. 가벼운 화장으로 가려져 있던 입가의 옅은 주름이 그의 눈에 들어왔다. 그건 당연한 일이었다. 그녀도 이제 서른둘이었으니까.

"그리고…… 오빠도 알겠지만, 우리도 이제는 결혼을 생각해야 할 나이잖아."

결혼? 그녀의 말이 맞았다. 삼십 대 중반을 향해가는, 연애한 지 3년째인 남녀가 결혼에 대해 생각하지 않는다면 그게 이상한 일일 테니까. 하지만 그는 아직은 결혼할 때가 아니라고 생각했다. 왜? 명확한 이유가 있는 건 아니었다. 그냥 아직은 아닌 것 같았다. 하지만 과연 그녀도 같은 생각일까? 그렇지 않은 것 같다. 그녀가 결혼이라는 단어를 입에 올린 게 오늘이 처음은 아니었으니까.

"그 문제라면 내 생각에는……"

그는 최대한 주의를 기울여 부드러운 어조로 말했다.

"지금은 아직……"

그녀가 그의 말을 끊으며 말했다. 미세하게 느껴지는 날카로움이 담긴 목소리였다.

"지금은 아니라는 거야?"

그는 아무런 대답도 하지 않았다.

"지금이 아니면 언제라고 생각하는데?"

대답을 요구하는 그녀의 시선이 집요하게 그의 얼굴을 때렸다. 그는 가볍게 한숨을 내쉰 후 말했다.

"솔직하게 말하자면…… 나는 지금으로선 결혼 생각이 없어."

"왜? 오빠도 서른다섯 전에는 결혼하고 싶다고 말했었잖아."

"그때랑은 또 생각이 달라졌어. 나이 때문에 떠밀리듯 결혼하고 싶지는 않아."

"하지만 그건 오빠 생각이고, 나는? 나는 서른셋을 넘기고 싶지는 않단 말이야."

그녀가 결혼에 대해 조급할 이유는 있었다. 그녀는 임신과 출산에 대해 부정적인 생각을 하고 있지는 않았으니까.

"무슨 말 하려는지 알아. 그런데 얘기했듯이 나는 지금 하는 일을 계속해야 할지 고민 중이야. 만약 그 고민의 결론이 부정적인 방향으로 나온다면, 나라는 사람과 관련한 경제적인 상황에 상당한 불확실성이 드리워지게 되는데 그런 상황에서 결혼이라는 단계로 진입할 수 있겠어? 그건……"

"오빠가 지금 하는 일을 그만두더라도 영원히 아무것도 안 할 건 아니잖아. 그리고 나는 일을 계속할 거고. 그거면 된 거 아니야? 오빠가 잠깐 탐색기를 갖는 거랑 결혼이랑 충돌할 이유는 없는 거 아니냐고."

"그렇게 쉽게 이야기할 수 있는 문제가 아니야."

"그럼? 그럼 어떻게 말해야 하는 건데?"

그녀가 짜증 섞인 목소리로 말했다. 그가 싫어하는 그녀의 태도 중 하나였다.

"나는, 내가 말하고 싶은 건 단순히 일 문제만이 아니야. 그러니까 돈 문제만이 아니라고."

"그럼 어떤 문젠데?"

이미 식사 분위기는 돌이키기 힘들 정도로 망가져 있었다. 그는 더 이상 분위기를 악화시키고 싶지 않았다. 그래서 말했다.

"나도 모르겠어. 그냥 좀 여러 가지로 마음이 복잡해. 어쨌든 내 말 때문에 기분 상했다면 사과할게."

그녀는 무언가를 더 말하려 했다. 그러나 자신을 자제시킨 것 같았다. 한동안 둘 사이에는 어떤 대화도 오가지 않았고, 그는 기계적으로 앞에 놓인 접시에 담긴 음식을 포크로 찔러 입안에 넣었다.

식사를 마치고 그들이 향한 곳은 거기서 얼마 떨어지지 않은 소극장이었다. 혜진이 한 달 전부터 보고 싶다고 했던 뮤지컬이 공연되는 곳.

배우들의 노래나 연기는 나쁘지 않았다. 그러나 스토리는 참아주기 힘들 만큼 진부했다. 그는 관람 내내 알 수 없는 피곤함을 느꼈다. 아니 어쩌면 피곤함보다는 졸음이라고 해야 할지도 모르겠다. 참을 수 없어 손으로 입을 가리고 하품을 한 게 아홉 번은 넘었을 거다. 당장 오피스텔로 돌아가 한숨 푹 잘 수만 있다면…….

"어땠어?"

극장 밖으로 걸어 나오며 그녀가 물었다.

"그럭저럭 볼만 했어."

"거짓말. 내내 하품만 하던데?"

그렇게 말하는 그녀의 목소리가 조금 풀려 있었다. 극장 안에서의 시간이 어떤 작용을 한 것 같았다.

"피곤하면 일찍 들어가서 쉬어."

잠시 그녀의 얼굴을 살피던 그가 물었다.

"그래도 돼?"

갑자기 그녀가 픽 웃었다. 그러고는 말했다.

"내가 왜 오빠를 좋아하는지 알아?"

"왜?"

"오빠한테는 순수함이 있어."

"순수함?"

그녀는 가볍게 고개를 끄덕이더니 살며시 그의 손을 잡았다. 그는 그 말에 동의할 수 없었다.

그녀와 헤어져 오피스텔로 돌아오며 그는 자신에게 물어보았다. 만약 그녀를 열렬히 사랑하고 있다면 오늘처럼 그렇게 그녀에게 "나는 지금으로선 결혼 생각이 없어"라고 말할 수 있었을까?

아마도 그럴 수 없었을 거란 생각이 들었다. 그렇다면 나는 그녀를 사랑하지 않는 걸까? 대답하기 어려운 질문이었다. 그러나 다음 순간 이런 생각이 들었다. 사랑하느냐 사랑하지 않느냐가 어려운 질문이 되어버렸다면 이미 그 사랑은 끝나가고 있는 게 아닐까.

어디선가 차가운 바람이 불어왔다. 금방이라도 눈을 뿌릴 듯 잔뜩 흐린 하늘이 더없이 우울해 보였다.

4

“하지만 그들은 우리의 필요에 의해 불려온 측면도 있지 않습니까?”

종훈의 물음에 송우석은 차분한 목소리로 말했다.

“우리의 필요? 자본의 필요겠지요.”

그가 송우석을 찾아가 인터뷰를 진행하기로 한 것은 지난번 토론과 관련한 기사 작성을 마친 직후였다. 이상하게도 기사를 다 쓰고 나자 송우석의 생각에 대해 더 들어보고 싶어졌는데 이유는 그의 말이 헛소리만은 아니라고 느껴졌기 때문이다. 비록 전부는 아닐지라도 일부분은, 조금은 귀 기울여 들어볼 필요가 있는 의견이라는 생각이 들었다.

송우석은 인터뷰 요청을 흔쾌히 수락했다. 수요일 오후에 자신의 여의도 사무실에서 만나자고 했다. 마침 종훈도 수요일 오후에는 시간이 괜찮았다. 그렇게 그들은 두 번째 만남을 갖게 되었다.

송우석의 사무실은 넓지는 않았지만, 채광과 전망이 좋아 오피스 공간답지 않게 아늑한 느낌을 주었다. 직원이 커피와 다과를 내왔는데 종훈은 커피만 한 모금 마신 후 이미 메일로 보냈던 질문을 조금 더 구체화해 꺼내놓기 시작했다.

“자본의 필요든, 산업 구조상의 필요든 한국 사회가 그들을 필요로 하는 것은 사실입니다. 교수님도 지난번 토론회에서 인정하셨던 부분이고요.”

“모든 일은 어떻게 해석하느냐에 따라 얼마든지 논리적으로 설명될 수 있습니다. 이주 노동자의 수용이 불가피하다는 주장 역시 마찬가지고요. 정책상 이주 노동자의 유입이 필요하다고 결정되면 그것을 뒷받침할 데이터와 학문적 근거들은 얼마든지 만들어낼 수 있습니다. 물론 그 반대도 얼마든지 가능하고요. 이를테면 이런 가설은 어떻습니까? 생산가능인구가 줄어드는 상황에서도 절대로 이주 노동자를 받아들이지 않는다면 다소 시간은 걸리겠지만 출산율은 다시 상승하게 될 것이다. 이것은 충분히 논리적으로 설명될 수 있는 가설입니다.”

“어떤 의미의 말씀인지는 알겠습니다. 그러나 어쨌든 수십만 이주 노동자가 존재하는 지금의 현실은 변할 수 없는 것 아닙니까.”

“아니, 변할 수 있고 변할 수밖에 없습니다. 좋은 방향으로든 나쁜 방향으로든. 두고 보세요. 머지않은 시일 내에 300인 이상 사업장에서도 이주 노동자 고용을 가능케 해달라는 요구가 빗발치게 될 겁니다. 주당 근로 시간이 단축되고 국내 노동 인력 모집이 쉽지 않다는 이유로 말이죠. 만약 그 요구가 수용된다면 20만, 30만이었던 이 땅의 이주민이 어느 순간 100만, 200만이 되었듯 다시 어느 순간 300만, 400만이 될 겁니다. 그리고 이 나라의 인구가 다시 4,000만 대 중반으로 감소할 30년쯤 뒤에는 500만 이상이 될 거고. 이해하시겠습니까? 4,500만 인구 중 500만을 이주민이 차지하게 될 미래를? 그쯤 됐을 땐 그들도 세력화되어 자신들의 이익을 위해 목소리를 내게 될 겁니다. 아무리 낙관적으로

봐도 사회 혼란은 피할 수 없겠죠."

"지나치게 극단적인 전망이라는 생각이 드는군요. 우선 30년이라는 단기간에 말씀하신 수치까지 이주민이 증가할 거라고 보기는 어렵고……"

송우석이 그의 말을 자르며 말했다.

"국내 체류 외국인이 100만 명을 돌파한 것이 2007년입니다. 그런데 그 숫자가 두 배로 증가한 게 2016년이죠. 9년 만에 두 배로 증가했는데 30년 뒤에 2.5배 증가한다는 예측은 오히려 너무 온건한 것 아닌가요?"

"좋습니다. 그 수치가 가능할 수 있다는 데는 동의하겠습니다. 하지만 이주민이 그렇게 증가한다고 하더라도 그들을 우리 사회에 잘 통합시키면 되는 문제 아닐까요?"

"그것이 현실적으로 대단히 어려운, 아니 불가능한 일이기 때문에 반대하는 겁니다. 우리나라는 미국이나 캐나다 같은 이민자들이 세운 국가가 아닙니다. 오랜 기간 동안 단일 민족으로—물론 소수의 외부인들이 들어와 동화되는 일이 있기는 했었지요—사회적, 문화적 동질성을 유지하며 살아온 공동체이지요. 이런 유형의 국가는 단기간에 대규모의 이주민을 받아들이는 것이 적절하지 않습니다. 그 이유는, 우리는 스스로가 잘 의식하지 못할지라도 우리의 동질성을 훼손시키는 상대에 대한 거부감과 반감을 갖고 있기 때문입니다. 다문화사회를 긍정하라는 사회적 압력을 거둬내고 진솔한 마음을 드러낼 기회가 허용된다면 대다수의 남성

블루칼라 노동자들, 중산층과 하위 중산층들은 이주민 증가에 대해서 반대한다는 의견을 표명할 겁니다. 그렇다면 이주민 증가에 대해 찬성하는 사람은? 자본가들과 진보 세력들이겠죠. 성격과 이유는 전혀 다르지만, 그들은 이주민 증가를 원하고 있습니다. 그게 자신의 이익에, 이상에 부합하기 때문이지요. 그러나 한 줌도 안 되는 자본가들과 진보주의자들을 위해 민족 전체가 희생할 수는 없습니다. 이주민은 이주민이 세운 국가로 가는 게 맞습니다. 그들 자신의 행복을 위해서도 말입니다."

"단일 민족이라는 신화가 우리 스스로 의식하는 것 이상으로 우리 내면 안에 강하게 자리하고 있다는 교수님의 의견은 귀담아 들을만한 측면이 있다고 생각합니다. 그러나 그것 때문에 우리 민족은 다문화사회로 갈 수 없다는 의견에는 동의할 수 없을 것 같군요. 전 세계 주요 국가들은 빠르게 그 방향으로 가고 있습니다. 우리만 꽁꽁 문을 닫아걸 수는 없습니다. 그것은 스스로 퇴보를 선택하는 길이기 때문입니다."

"외부와의 교류를 전면적으로 차단하자는 말이 아닙니다. 교류는 있을 수밖에 없고 있어야만 합니다. 그러나 정주와 교류는 엄연히 다른 이야기입니다. 내가 주장하는 건 정주가 가져올 혼란과 손실을 최소화하는 방향으로 정책이 수립되어야 한다는 겁니다. 현행 고용허가제하에서 허용되는 10년의 체류는 사실상의 정주를 의미합니다. 이해하지 못하겠습니까? 이런 사실상의 정주가 차단되었을 때 벌어지게 될 선순환을? 그들의 존재로 인해 지금과는 비교할 수 없을 만큼 개선되었어야 했을 노동환경이 수십 년째 그대로 정체되고 있는 현실을 보면서도 모르겠느냔 말입니다."

"조금 더 자세히 말씀해 주십시오."

송우석은 가벼운 웃음을 짓더니 말했다.

"이주 노동자들을 고용하고 있는 사업장은 대부분 작업환경이 열악해 내국인 노동자를 구하기 힘든 곳입니다. 이주 노동자마저 없다면 공장을 멈춰 세울 수밖에 없는. 그런데 내가 하고 싶은 말은 이겁니다. 낮은 임금과 열악한 작업환경 때문에 내국인 노동자들이 취업을 기피하는 사업장이라면 이미 도산했어야 하는 거 아닌가? 그러나 그런 일은 일어나지 않았지요. 그들은 그런 노력 없이 정부를 압박해 저개발국가의 외국인 노동자들을 고용할 수 있는 제도를 만들도록 했습니다. 그래서 탄생한 것이 산업연수생 제도이고, 그것이 현재의 고용허가제로 발전한 것이지요. 그 결과가 지금 우리가 보고 있는 현실이고. 이주 노동자의 유입이 없었다면 작업장 환경을 개선하고 노동자에게 지급할 임금을 인상했을, 그래서 지금보다 훨씬 더 바람직한 모습으로 변화했을, 또는 그런 노력을 하지 않아 도태됐을 많은 영세 사업장들이 여전히 영세한 모습 그대로 저임금 이주 노동자들을 착취하며 버티고 있단 말입니다."

가볍게 흥분한 듯 송우석의 말이 더 빨라졌다.

"시장 경제하에서 노동력이 부족하다면 임금이 올라가는 게 정상 아닙니까? 그러나 지난 30년 동안 이 나라는 낮은 수준의 임금만 지급하면 되는 이주 노동자를 유입시켜 3D산업의 저임금 체제를 고착화시켰습니다. 그 결과로 몇몇 산업 분야는 일종의 게토화된 노동구역으로 남게 되었지요. 대량의 이주 노동자 유입이 한 국가의 저임금 일자리 임금체계를 교란한다는 건 증명된 사실입니다. 전체 생산가능인구가 줄어드는 국가에서는 더럽고 위험하고 힘든 3D 산업 종사자의 수도 줄어들게 되어 있지요. 그러면 수요와 공급의 법칙에 따라 부족한 노동력을 확보하기 위해 임금 인상이 뒤따르게 됩니다. 우리가 저임금 일자리라고 생각하는 노동집약적 산업의 임금도, 아니 오히려 그런 분야의 임금이 더 높은 수준으로 오르게 된다는 말입니다. 왜? 깨끗하고 육체적으로 덜 힘든 사무직 일자리를 원하는 노동자들은 전체 생산가능인구 감소에도 불구하고 여전히 많을 테니까. 즉 이쪽은 여전히 수요보다 공급이 많을 거란 말입니다. 그러나 현재 이주 노동자들이 많이 일하고 있는 3D 분야의 일자리는 명백하게 수요보다 공급이 적을 겁니다. 그럼 노동자들이 귀한 존재가 되겠지요. 그들의 몸값이 올라가게 될 거란 말입니다. 이게 정상적인 겁니다. 이런 저임금 직종의 임금이 상승하게 된다면 굳이 대학에 가거나 공무원시험을 준비하지 않고 고등학교 졸업 후 바로 일을 시작해 자산을 축적한 후 이십 대 후반에서 삼십 대 초반에는 결혼하는데 충분한 경제적 기반을 갖출 수 있을 겁니다. 그럼 결혼과 출산 모두 증가하는 상황이 만들어질 거고, 그 2세들이 또 다음 시대의 성장 동력이 되는 선순환이 이루어지게 될 거란 말입니다. 이 모든 게 이주 노동자들을 끌어오는 대신 정상적인 방법으로 내국인 노동자들을 고용했다면 이루어졌을 일이란 말입니다."

"하지만 그것은 모든 상황이 대단히 긍정적으로 전개되었을 때만 가능한 일 아닐까요? 영세 업체들이 작업 환경을 개선하고 임금을 인상하기란 쉽지 않은 일이고, 그런데도 무리하게 그런 노력을 감행한다면 좋은 결과를 얻는 경우 못지않게 그렇지 않은 쪽으로 결론이 나게 되는 경우도 많을 텐데, 수많은 영세 업체의 도산을 의미하는 그런 부정적인 상황에서도 과연 한국경제 전체가 순항할 수 있을까요? 또 만약 교수님의 의견대로 영세 업체들이 일종의 산업고도화를 성공적으로 이루어냈다고 하더라도 과연 그것이 출산율 상승으로 이어진다고 보장할 수 있을까요? 독일의 사례를 보면 많은 강소기업이 괜찮은 임금과 좋은 작업 환경을 제공하고 있고, 거의 완전 고용에 가까운 고용률을 보이지만 출산율은 1.45명 정도로 우리보다 조금 높은 수준입니다. 청년 세대의 경제적인 상황이 상당 부분 개선된다 해도 그것이 곧바로 출산율 증가로 이어지지는 않을 가능성이 크다는 얘기죠. 실제로 그렇습니다. 제 나이대 임금 근로자의 평균소득보다 높은 연봉을 받는 저만해도 결혼에 대한 절실한 필요를 느끼지는 않으니까요. 그러니까 꼭 결혼해야 된다는, 아이를 낳아야 한다는 생각이 없다는 겁니다. 저뿐만 아니라 많은 경제력 있는 젊은 세대가 그렇게 생각하고 있습니다."

송우석은 한동안 말없이 있었다. 무언가에 대해 생각하는 것 같았다. 다시 입을 열었을 때 그의 목소리는 다소 가라앉아 있었다.

"이 나라는 쇠퇴해가고 있습니다. 인구학적으로 봤을 때 이 나라는 천천히 자살을 감행하는 중이지요. 그것은 거의 돌이키기 불가능한 현실입니다. 젊은 세대는 재생산을 단념하고 있습니다. 스스로 소멸을 택하고 있단 말입니다. 그런 선택이 자신의 이기적인 욕구에 의한 것인지, 사회경제적 상황에 의한 것인지는 아마 영원히 명확하게 밝혀지지 않을 겁니다. 중요한 것은 그런 일이 일어나고 있으며, 계속해서 일어날 거란 거지요."

"출산율의 감소는 대부분의 선진국가에서 비슷하게 나타나고 있는 현상입니다. 그러니까 그것은 우리만의 문제가 아니라, 이렇게 말하면 조금 적절하지 않을 수도 있겠지만…… 자본주의가 고도화됨에 따라 나타날 수밖에 없는, 어느 정도는 '정상적인 현상'이라고 볼 수도 있다고 생각합니다."

"정상적인 현상? 그거 재밌는 소리군요."

송우석은 말을 멈추고 창밖을 힐끗 바라보았다. 모처럼 미세먼지 없는 파란 하늘이 빛나는 오후였다.

"서구 문명은 타락했습니다."

그것은 마치 독백 같은 나직한 읊조림이었다.

"유럽은 이미 60년대부터 자살 중이지요. 68혁명 이후의 성 해방이 타락의 시발점이었습니다. 낙태의 합법화, 결혼 없는 동거, 동성혼의 인정, 이런 미친 짓이 무엇을 의미하는지 아십니까? 그런 것들을 허용한 문명은 썩었고 조만간 생산력을 유지한 다른 문명에 종속될 거란 걸 의미하지요. 값싼 섹스와 쾌락을 위해 가족제도를 허물어뜨림으로써 유럽은 자멸의 길로 들어선 것입니다."

"유럽인들의 선택이 전부 옳았다고 말할 수는 없겠지만 언급하신 결정들은 어느 정도는 불가피한 것이었다고 생각합니다."

"그렇지 않습니다. 인간이란 가보지 않은 길에 대해 부정적으로 예견하는 데서 위안을 찾는 동물이지만, 유럽의 선택이 달랐다면 분명 그들의 추락은 지금보다 훨씬 덜 가팔랐을 겁니다."

"유럽의 주요 국가들은 여전히 선진국으로 인정받고 있고, 경제적으로도 번영을 누리고 있는데 추락이란 단어는 부적절하지 않을까요?"

"그들의 사회 내부 깊숙한 곳에서 일어나고 있는 쇠락에 대해 말하는 겁니다. 나는 같은 일이 약간의 시차를 두고 이 땅에서도 똑같이 벌어질 거라고 거의 확신합니다. 늙어버린 원주민과 그들에게 동화되기를 거부하는 젊은 이주민 사이의 충돌 말입니다. 결국에는 젊은 쪽이 승리할 겁니다. 그게 시간의 법칙이니까."

"이주민의 사회 통합은 좀 더 긴 시간을 가지고 바라봐야 할 문제 아닐까요?"

"좀 더 긴 시간? 대체 얼마나 긴 시간을 두고 바라봐야 한단 말입니까? 100년? 500년? 그런 관점으로 보자면 인간 세계에서 벌어지는 모든 문제는 아무런 의미도 없습니다. 어차피 인류는 어떤 형태로든 살아갈 거고, 어떤 문명이든 존재할 테니까. 내가 이야기하고 싶은 것은 그런 추상적인 논의가 아닙니다. 바로 지금 이 시간 대화를 주고받고 있는 이 기자와 나의 미래에 대한 것입니다. 분명히 기억해야 할 것은 현재와 같은 양상이 더욱 심화한다면 그 피해는 고스란히 이 기자를 포함한 지금의 젊은 세대들이 입게 될 거란 겁니다."

"어떤 피해를 뜻하시는지 짐작이 안 가는 바는 아니지만, 그런 피해를 감안하고라도 이주민을 받는 게 옳은 거 아닐까요? 그것이 말씀하신 피해보다 더 큰 이익을 얻을 수 있는 길이기에."

"이 기자는 아직도 내가 말한 피해를 추상적으로 이해하고 있습니다."

"추상적이라고요?"

"그렇습니다. 이 모든 건 아주 실제적인 겁니다. 확신하는 바이지만 생산가능인구가 감소하는 상황에서 이주 노동자 수용이라는 편법 대신 내국인 노동자에 대한 처우 개선에 집중한다면, 그래서 사람이 귀해지는 사회가 된다면 출산율은 극적으로까진 아닐지라도 증가하게 될 겁니다. 적어도 현재의 양상보단 나아질 거란 말입니다. 지금이 바로 그런 방향으로 나아갈지 아니면 현재보다 더 안 좋은 방향으로 나아가게 될지를 결정짓게 될 과도기입니다. 이 과도기를 어떻게 보내느냐에 따라 미래가 결정될 거란 말입니다. 부족해진 노동력을 외부에서 끌어와 기존과 같은 저임금체제를 유지하느냐, 아니면 노동자에 대한 처우를 개선하고 노동생산성을 증가시키는 방향으로 가느냐에 따라 향후 20년, 30년이 완전히 달라질 거란 말입니다."

잠시 침묵이 이어졌다. 종훈은 그 주장에 대해서 몇 가지를 생각해 보았다.

"좋습니다. 추가적인 이주 노동자의 대규모 유입에는 어느 정도 부정적인 측면이 있다는 것에 일정 부분 동의하겠습니다. 그러나 현재 국내에서 일하고 있는 이주 노동자들의 인권과 처우는 개선되어야 하지 않겠습니까? 지금보다 인간적인 권리를 누릴 수 있도록 해주어야 하지 않을까요?"

"나는 그들 개개인을 미워하지 않습니다. 그들도 인간이고 인간다운 삶을 살 권리가 있다고 생각합니다. 그러나 문제는 그들의 존재가 국내 노동 시장을 교란해 우리 노동자들의 일자리를 빼앗을 뿐만 아니라 임금수준도 열악하게 만든다는 것입니다. 그들이 있음으로 인해 그런 일이 계속될 수밖에 없는데 가만히 보고만 있을 수는 없는 일 아닙니까. 인권? 그들에게만 인권이 있습니까? 우리는? 우리의 젊은 가장들과 청년들은? 그들이 저임금 노동력을 제공함으로써 마땅히 퇴보되거나 아니면 훨씬 더 높은 임금을 지급하며 지속되어야 했을 산업이 기형적인 형태로 유지되고 있는데. 그런 상태 자체가 우리 노동자들의 인권 향상에 걸림돌이 되고 있는데. 우리 실업자들의 인권은? 이 나라 청년들의 인권은? 이 나라와 이 민족의 인권은! 민족국가의 수명이 다했다고 생각하십니까? 천만에, 인간은 어쩔 수 없습니다. 다문화주의? 관용과 포용? 세계시민? 웃기는 소리 하지 말라고 하십시오. 그 모든 것은 자본과 들뜬 정신이 꾸며낸 장난질일 뿐입니다. 진짜 고결한 것을 상실한 현대인의 장난감 같은 대체품에 불과하단 말입니다. 언젠가 이 기자가 속한 신문사의 최 국장은 나를 보수도 진보도 아닌 제3지대의 논객이라고 칭하더군요. 맞는 말입니다. 나는 보수도, 진보도 아니니까요. 그럼 뭐냐? 나는 그냥 나일 뿐입니다. 보수? 진보? 아주 본질적인 데서 그들은 다르지 않습니다. 욕망한다는 점에서 말입니다. 보수가 유형적인 가치인 돈, 권력을 좇는다면 진보는 인권이니 휴머니즘이니 하는 보다 고상해 보이는 관념을 욕망하는 것이 다를 뿐. 확신하건대 이건 종교심이 기형적으로 분출된 것입니다. 초월적인 것에 대한 신앙을 상실한 현대인의 도피처일 뿐이란 말입니다. 인간이란 헌신할 수 있는 가치 없이는 살아갈 수 없는 동물입니다. 누군가에게 그것은 가족이 되겠고, 다른 누군가에게는 신이 될 수도 있으며, 또 다른 누군가에게는 이념이, 민족이, 예술이 될 수도 있겠지요. 물론 오늘날 가장 많은 경우는 돈이겠지만. 윤리나 인권 같은 고상한 가치도 그런 것 중 하나일 뿐이란 말입니다."

송우석의 장광설을 조용히 듣고 있던 종훈이 말했다.

"교수님께는 그 가치가 무엇입니까?"

"나?"

송우석이 희미하게 웃더니 말했다.

"나에게는 나 자신이라고 할 수 있겠지요. 내 말이 실현되는 것을 보고자 하는 욕구. 뭐 일종의 권력의지라고 해두죠."

노크 소리가 들리더니 커피를 갖다주었던 직원이 들어왔다.

"이영환 사무국장님이 찾아오셨는데요."

"그래? 잠시만 기다리시라고 말씀드려."

직원이 나가고 침묵이 이어졌다. 종훈은 알 수 없는 나른함이 찾아드는 것을 느꼈다.

"어제저녁에 늦게까지 일했습니까? 피곤해 보이는군요."

피곤? 어쩌면 그럴지도 모르겠다. 하지만 그것은 피곤보다는 나른함에 더 가까웠다. 왜 그런 건지는 알 수 없었지만, 종훈은 갑작스레 찾아온 졸음 같은 나른함에 굴복하고 싶어졌다. 가능하다면 인터뷰를 마친 후 차 안에서라도 잠시 눈을 붙이고 싶은 기분이었다.

"압니다. 나도 젊은 시절 언론계에 있어 보았으니까. 쉽지 않은 직업이지요. 그렇지 않습니까?"

종훈은 아무런 대답도 하지 않았다.

"내가 왜 언론계를 떠났는지 압니까?"

잠시 말을 멈추고 종훈을 바라보던 송우석이 다시 말을 이어갔다.

"진정한 내 목소리를 내고 싶었기 때문입니다."

그 말에 종훈의 나른함이 깨졌다.

"기자로 일하면 진정한 자기 목소리를 낼 수 없다는 말입니까?"

“그렇습니다.”

동의할 수 없는, 아니 동의하고 싶지 않은 발언이었다.

“개인적인 경험을 지나치게 일반화시키시는 것 아닐까요?”

“나는 이 기자도 그렇게 느꼈으리라고 생각했는데? 만약 아직 그것을 느끼지 못했다면 조만간 느끼게 될 겁니다.”

“구조가 주는 한계에 대한 얘기라면, 물론 저도 조금은 그것을 느끼고 있습니다. 하지만 그것은 극복될 수 있다고 생각합니다.”

“어떻게? 개인적인 노력으로 말입니까?”

“개인적인 노력이든 다른 이들과의 연대를 통해서든.”

“내가 말하고자 하는 건 보다 궁극적인 것입니다. 그러니까 인간의 숙명 같은 것 말입니다.”

“무슨 말씀인지 이해가 안 되는군요.”

송우석은 가볍게 웃음을 터뜨렸다.

“그만하지요. 별로 중요한 얘기도 아니니까.”

시간은 4시를 넘어있었다.

“기회가 닿는다면……”

송우석이 조롱하는 것 같기도 하고 호의를 담은 것 같기도 한 묘한 미소를 띤 채로 말했다.

“좀 더 편한 자리에서 저녁이라도 한번 같이 먹고 싶습니다. 기회가 닿는다면.”

그렇게 말한 후 송우석은 자리에서 일어났다. 종훈은 그와 악수를 한 후 그곳을 떠났다.

5

회의감 속에 하루하루 지속하던 그의 기자 생활에 예상치 못한 활력소가 되어준 사람이 찾아들었다. 그녀의 이름은 수민이었다. 그녀는 언젠가 박 부장이 그에게 챙길 것을 부탁했던 인턴십 프로그램의 참가자로 졸업을 한 학기 앞둔 여대생이었다.

"지난 2주 동안 법조팀에서 근무했다고? 그럼 중앙지법 기자실로 출근을 했겠네? 어땠어요? 재미있었어? 재판 방청하는 거 지루하죠?"

박 부장이 능글맞은 웃음을 지으며 물으니 그녀는 재미있었다고 대답했다.

"우리가 하는 일은 법조팀보단 훨씬 흥미로운 일이니까 2주 동안 즐겁게 지내보자고. 여기 이종훈 기자가 여러 가지 알려줄 거예요."

그녀는 우연히 거리에서 마주치면 한동안 뇌리에서 지울 수 없는 유형의 미인이었다. 커다란 갈색 눈, 작고 하얀 얼굴, 목덜미를 살짝 덮은 검은 단발머리, 그것은 어느 정도는 신비롭게까지 느껴지는 아름다움이었다. 종훈은 그녀와 마주 선 순간 가슴이 빠르게 뛰기 시작하는 것을 느꼈다.

그날 저녁 박 부장은 비록 2주라는 짧은 시간이지만—전체 인턴 기간은 두 달이었지만 사회부 기획취재팀에서 있는 기간은 2주였다—함께 일하게 된 수민을 환영하는 회식을 하자고 했다. 종훈과 윤 차장까지 포함한 넷이 향한 곳은 근처의 고깃집이었다. 박 부장은 삼겹살, 목살, 항정살이 나오는 세트 메뉴를 주문한 후 수민에게 뻔한 질문을 하기 시작했다.

곧 샐러드와 쌈 채소가 나왔다. 윤 차장이 부드럽고 짭짤한 게 술안주로 딱이라며 주문한 계란찜도 나왔다.

"그럼 부모님이랑 같이 사는 거야?"

"네, 근데 거의 혼자 사는 거나 마찬가지예요. 어머니가 주중에는 대전에 내려가 계시거든요."

"아, 그렇구나."

박 부장은 계속해서 물었다.

"아버지는?"

"이혼하신 뒤로는 따로 사세요."

그녀는 '이혼'이란 단어를 아무렇지도 않게 발음했다. 자신의 가정사를 말하는 것에 어느 정도 단련이 되어 있는 것 같았다.

고기가 나왔다. 박 부장은 비어있는 윤 차장의 잔에 소주를 따르더니 기획취재팀의 무궁한 발전을 위하여 건배하자고 했다.

"근데 최 부장은 국장님의 결정에 대해 뭐라고 안 해요?"

윤 차장이 술잔을 내려놓으며 박 부장에게 물었다.

"똑같은 소리 하지. 그게 뭐 최 부장이라고 해서 바꿀 수 있는 일도 아니고."

종훈이 듣기 싫어하는 사내 정치에 대한 이야기가 이어질 모양새였다. 그래서 그는 맞은편에 앉은 수민에게 말을 건넸다.

"그럼 아침은 직접 해 먹어?"

"네, 근데 안 먹을 때도 많아요."

"잘 챙겨 먹어야지."

"그래야 하는데…… 선배는 아침 잘 챙겨 드세요?"

"나? 나도 잘 챙겨 먹지는 못하지."

그가 웃으며 그렇게 대답하자 그녀도 웃었다.

"어머님은 대전에서 무슨 일 하시는지 물어봐도 돼?"

"대학에서 일하세요."

"학생들 가르치시는 거야?"

그녀는 고개를 끄덕였다. 자연스럽게 대학에 관한 이야기가 이어졌다. 그녀의 어머니가 재직하는 대학이 아니라 그녀가 다니고 있는 대학에 대해, 그녀의 대학 생활에 대해. 한참 얘기를 주고받고 있는데 윤 차장이 끼어들었다.

"뭐야 두 사람 분위기 좋은데?"

장난스러운 어조였다.

"학교 얘기하고 있었……"

종훈의 대답이 채 끝나기도 전에 누군가의 휴대전화가 울렸다. 윤 차장의 전화였다.

"잠시만 통화 좀 하고 올게요."

발신자를 확인한 윤 차장은 그렇게 말하곤 자리에서 일어나 밖으로 나갔다.

수민은 고기는 별로 먹지 않았다. 주로 샐러드에 젓가락을 가져갔다. 박 부장이 물었다.

"고기는 별로 안 좋아하나 봐?"

수민이 생긋 웃더니 대답했다.

"아주 안 먹는 건 아닌데, 채식 위주로 먹는 습관이 들어서요."

"채식 좋지."

박 부장이 말했다.

"근데 사람은 뱃속에 기름기가 들어가 줘야 해. 그래야 균형이 잡힌다니까."

박 부장의 음식에 대한 지론이 이어졌다. 적당한 음주는 건강에 좋고, 고기를 먹을 때는 마늘과 양파를 함께 먹어야 한다는, 딱 그 나이 중년 남자들이 가지고 있을 만한 생각들이었다. 그러다 어느 순간 음식 얘기는 언론 환경에 대한 것으로 바뀌었고 종훈도 대화에 가세해 인쇄 미디어에 대한 자기 생각을 몇 마디 하기에 이르렀다.

그러고 있는데 윤 차장이 돌아왔다. 박 부장은 오늘 술맛이 좋다며 등갈비를 추가로 주문했다.

"쉽지 않은 시대야. 단순 보도만으로는 살아남기 힘든 시대라고."

살짝 술이 오른 박 부장이 혼잣말처럼 그렇게 중얼거렸다.

윤 차장이 말했다.

"자자, 그런 얘긴 이제 그만하시고, 2차 가시죠."

"아니야. 나 오늘은 늦지 않게 들어가 봐야 해. 마누라랑 그러기로 약속했거든. 지금 몇 시지?"

"이제 겨우 9시예요."

"아냐, 여기서 가는 시간 생각해 봐."

박 부장의 집은 평촌이었다. 지금 시간이면 차가 많이 막히진 않을 테니 10시 전에는 충분히 도착할 수 있을 터였다.

"그럼 어떻게 하지? 우리끼리 한 잔 더 할까?"

윤 차장의 그 말이 끝나기 무섭게 그의 휴대전화가 울렸다. 집에서 온 전화 같았다.

"제수씨야?"

박 부장이 물었다.

"네."

"빨리 들어오래?"

"그런 건 아닌데……."

"아니긴 뭐가 아니야, 그런 것 같구먼. 오늘은 이만 헤어지고 한 번 더 날을 잡자고. 수민 씨 다른 팀으로 가기 전에."

윤 차장이 아쉬운 듯 뭐라고 중얼거렸다. 박 부장은 계산서를 들고 자리에서 일어났다.

밖으로 나오자 차가운 겨울바람이 그들을 맞이했다.

"그럼 주말 잘들 보내고, 다음 주에 보자고."

박 부장과 윤 차장은 대리기사를 부른 후 차가 있는 회사로 걸음을 옮겼다. 그런 그들의 뒷모습을 보며 종훈은 생각했다. 저들은 속물이긴 하지만 나쁜 사람들은 아니라고. 적어도 이전에 겪었던 최 부장에 비한다면.

그가 보기에 박 부장과 윤 차장은 언론인이라기보다는 일종의 '관료'였다. 하긴 어쩌면 언론인이란, 진정한 언론인이란 관료일지도 모른다.

"어떻게 가? 버스?"

수민이 대답했다.

"지하철 타고 가려고요."

그는 오늘은 차를 가져오지 않아 택시를 타고 갈 생각이었었다. 하지만 그녀의 말을 듣고 보니 지하철을 타고 가는 것도 괜찮을 것 같았다.

"집이 반포라고 했지?"

"네."

지하철을 이용한다면 금호역까지 같이 갈 수 있을 것 같았다.

"선배님은 집이 어디세요?"

"금호동."

"가깝네요."

"같이 지하철 타고 가야겠다."

그들은 광화문역을 향해 걸었다. 그는 걸음을 옮기며 연재 중인 다문화주의에 관한 기획 기사에 관해 이야기했다. 그녀는 흥미롭다는 표정으로 얘기를 들었다. 그는 그녀에게 다문화주의에 대해 어떻게 생각하느냐고 물었다. 그녀는 잠시 생각하더니 대답했다.

"다양성은 존중되어야 한다고 생각해요. 그렇지만……"

"그렇지만 뭐?"

"그것 자체가 선은 아니라고 생각해요?"

"선? 다문화주의가?"

"네."

"그렇지. 다문화주의가 선은 아니지."

열차는 금방 도착했다. 열차에 몸을 실은 그는 얼마 전 있었던 송우석과 한성주의 토론에 대해 이야기했다. 그녀는 한성주에 대해서 들어본 적이 있다고 했다.

"꽤 호감 가는 이미지의 활동가라고 할 수 있지. 수요일에 인터뷰를 진행할 건데, 같이 가는 거 어때?"

"네, 가고 싶어요."

곧 3호선으로 갈아타야 할 종로3가역에 도착했다. 환승 통로를 지나 승차장으로 가는데 그녀의 휴대전화가 울렸다. 오빠라는 호칭으로 상대를 부르는 것으로 보아 남자친구인 듯했다. 살짝 질투 비슷한 감정이 일었다. 그는 통화를 마친 그녀에게 물었다.

"남자친구?"

그녀는 고개를 가로젓더니 말했다.

"아니요, 그냥 학교 선배예요."

오금행 열차가 도착했다. 빈자리가 있어 앉아서 갈 수 있었다. 이왕 남자친구 얘기가 나온 김에 그는 물어보았다. 사귀는 사람이 있느냐고.

"지금은 없어요."

그녀는 담담한 목소리로 대답했다. 그는 그 대답에 기뻐하는 자신을 느꼈다.

다음 정차역은 금호역이라는 안내방송이 나왔다. 그는 부드러운 아쉬움을 느끼며 자리에서 일어났다.

"가볼게. 주말 잘 보내고 월요일에 봐."

"네, 안녕히 가세요."

열차가 멈춰 섰다. 승차장으로 걸어 나온 그는 계단을 향해 발걸음을 옮기며 생각했다. 수민과 대화하며 자신이 느꼈던 감정의 정체에 대해. 그것은 일종의 성적 긴장감이었나? 그렇게 정의되어도 무방할 것 같았다. 그는 가볍게 한번 얼굴을 찌푸린 후 빠른 걸음으로 계단을 올라갔다.

6

"난 신문에 일자리 없다는 기사가 나오면 이해가 안 돼. 우리 같은 데는 사람을 구할 수가 없다니까. 말했잖아, 한국 사람은 제일 젊은 축이 오십 대 후반이라고. 오십 대 후반도 드물어, 거의 육십 대야. 외국인 노동자 아니면 아예 뭘 할 수가 없어."

그렇게 말하고는 목이 말랐는지 명원은 손을 뻗어 물이 담겨 있는 유리잔을 집어 들었다. 종훈은 말없이 그런 명원을 바라보았다.

명원은 그의 고등학교 친구였다. 햇수로 따지자면 15년 넘게 우정을 이어오고 있는 친구. 하지만 그들의 오늘 만남은 거의 6개월 만에 이루어진 것이었다. 그동안 서로의 일이 바쁘기도 했고, 6년 전 결혼한 명원에게 아이가 생기면서 육아와 집안일로 쉬는 날에도 좀처럼 시간을 낼 수 없었기 때문이다.

명원은 아버지가 운영하는 시멘트 회사에서 재무 일을 하고 있었다. 근래 들어 일이 많은지 토요일에도 출근한다고 했다. 토요일인 오늘도 오전에 회사에 들렀다 점심시간에 맞춰 나온 것이다.

이야기는 자연스럽게 이주 노동자에 관한 것으로 흘러갔다. 그 주제로 길게 얘기할 생각은 없었지만 어느 순간 궁금해지기 시작했다. 이주 노동자의 고용주인 친구가 자신의 고용인들에 대해 어떤 생각을 가지고 있는지.

"내가 좋으냐 싫으냐의 문제가 아니야. 그 사람들 아니면 일이 안 돌아간다니까."

"외국인 노동자들의 임금은 얼마나 주는데? 한국인의 80% 정도?"

"기술을 얼마나 가지고 있느냐에 따라 다르지. 용접 일하는 사람은 일당 20만 원까지 가져가. 기술 없는 젊은 애들은 훨씬 덜 받지만."

"20만 원이나?"

"기술 있으면 외국인이든 한국인이든 거의 차별이 없다고 보면 돼."

자신이 생각했던 것보다 훨씬 더 깊숙이 다문화사회에 진입한 대한민국을 느끼며 종훈이 물었다.

"주로 어느 나라 사람들이 많아?"

"우즈베키스탄, 그 근처 중앙아시아 사람들."

"일은 성실하게 잘해?"

"그런 사람도 있고, 아닌 사람도 있고. 근데 또 내가 답답한 게 뭔 줄 알아? 무슨 일만 생기면 다 사업주 책임이야. 얼마 전에도 좀 의심스럽긴 했지만, 불법체류자 아니라고 해서 고용했거든, 근데 알고 보니까 불법체류자였어. 그게 걸려서 벌금 오백만 원 내고……."

물론 그의 회사만 벌금을 내고 끝나지는 않았을 것이다. 불법체류자인 외국인도 추방됐을 테니까. 대화의 방향을 조금 돌려 지금 하는 일을 계속할 생각이냐고 물었다.

"그만두고 작은 카페를 하나 하더라도 내 일을 하고 싶어. 아버지 일이 아니라. 근데 아버지는 내가 무조건 있어야 한다고 그러시니까……."

"카페는 아니지, 그쪽은 완전히 레드오션인 거 알잖아."

"알아. 진짜로 카페를 하겠다는 게 아니라 그렇게 해서라도 여기서 벗어나고 싶다고."

"지금 하는 일이 그렇게 힘들어?"

명원은 고개를 끄덕이며 한숨을 내쉬었다. 의외였다. 아버지 회사에 들어가 편하게 돈 버는 줄 알았는데.

"그래도 아버지 밑에서 일하며 돈 버는 게 낫지, 나와 봐라. 얼마나 힘든데…… 아버지 회사가 연 매출 10억은 넘지?"

"넘지."

"직원도 다섯 명은 되고?"

"아버지랑 나랑 삼촌이랑 고정적으로 일하는 사람 두 명, 그 정도야. 나머지는 일 생기면 용역회사 통해서 구하고. 근데 삼촌도 힘들어서 그만두고 싶어 하는 중이야."

삼촌까지 힘들어서 그만두고 싶어 한다면 엄살만은 아닌 게 분명했다.

"그만두는 것까지는 아니더라도 어느 정도 휴직 기간을 갖는 건 어때?"

"그런 이야기 하면 아버지는 무조건 안 된대."

"네가 하는 일 대신 할 사람을 채용하면 되는 거 아니야?"

"그게 그렇게 간단치가 않아. 사실 회사가 이 정도 성장한 것도 내가 대학 졸업하고 재무 쪽 일을 맡으면서부터 거든. 그전에는 거의 아버지 혼자 하청받아서 일하는 수준이었어."

그건 처음 듣는 얘기였다. 아버지가 중소기업 사장이어서 인생 편하게 사는 금수저인 줄 알았는데.

"그랬어? 그럼 네가 들어가서 회사 기틀을 잡은 거네."

식사를 마치고 나온 그들은 천천히 걸음을 옮겨 거기서 얼마 떨어지지 않은 라운지로 갔다. 그날의 만남은 명원의 회사에서 가까운 화성의 한 호텔에서 이루어졌는데 명원이 굳이 그곳의 음식이 괜찮다며 거기서 보자고 했기 때문이다. 그의 말대로 음식 맛은 괜찮았다. 가격이 좀 비싸기는 했지만. 호텔은 규모나 시설 면에서 서울의 5성급 호텔에 뒤지지 않았는데 이용객은 비교할 수 없을 만큼 적었다. 주로 주말에 동탄이나 수원의 아이가 있는 신혼부부들이 시부모님을 모시고 와서 쉬고 놀다가는 용도로 이용되는 것 같았다. 서울의 그 정도 규모, 수준의 호텔이나 쇼핑몰에서 느낄 수 있는 이용객의 밀도감에 비하면 너무도 썰렁한 그 공간을 걸으며 종훈은 약간의 어색함을 느꼈다.

라운지에도 사람이 없기는 마찬가지였다. 그들은 각각 아메리카노와 그린티 라떼를 한 잔씩 주문한 후 구석에 놓인 소파로 가서 앉았다. 종훈은 커피는 자신이 사겠다고 했지만 명원은 먼 곳까지 찾아와줬는데 자신이 사야 한다며 기어이 그렇게 했다.

주문한 음료가 나온 후 그들은 조금 다른 주제로 대화를 이어가기 시작했는데 그것은 명원의 결혼생활에 대한 것이었다.

"힘들게 일하고 집에 들어가면 푹 쉬고 싶거든. 특히 주말에는. 근데 와이프는 빨래나 청소 같은 집안일을 주말에 같이하자는 거야. 평일에는 자기도 애 보느라고 힘들다고."

그의 아내는 전업주부였다. 그럼 빨래, 청소 같은 건 해야 하는 거 아닌가?

"그래서 어떻게 해? 주말에 같이해?"

"별수 있어? 그래야지. 근데 주말에는 그것 말고도 더 큰 할 일이 있어."
"뭔데?"
"애들 데리고 나가서 놀아주는 일."
"집 근처 공원 같은 데서?"
"그럴 때도 있지만 거의 차 끌고 나가."
"주말에는 주말대로 할 일이 많네. 쉽지 않구나. 결혼생활."
"너도 해봐라. 혼자일 때가 그리워질 거다."
명원이 웃으며 말했다.
"근데, 그래도 좋아."
"뭐가? 결혼이?"
"어."
"힘들다며?"
"힘들지. 근데 퇴근하고 집에 들어가면 애들이 달려와서 안길 때, 안겨서 나를 바라보며 웃을 때, 그때 느끼는 행복은, 그거는 어떤 거랑도 비교할 수가 없거든. 그건 결혼해 봐야만 안다. 그러니까 너도 빨리 결혼해라."
그때 명원의 휴대전화가 울렸다. 아내인 것 같았다.
"어, 곧 들어갈게. 그래. 그거 사러 갈 때는 같이 가자고 했잖아. 알겠어."
명원이 통화를 마치자 종훈이 물었다.
"빨리 들어오래?"
"어, 오늘 같이 가야 할 곳이 있거든."

시간은 어느새 5시를 넘어있었다. 조금 더 있으면 토요일이 저물겠지. 그러는 게 아쉽지는 않았다. 다만 알 수 없는 허전함을 느꼈을 뿐. 오늘은 오피스텔이 아닌 부모님이 계시는 분당 집으로 갈 예정이었다. 오래간만에 어머니가 해주시는 밥을 먹게 되겠지. 그리고 일찍, 푹 자는 것도 나쁘지 않을 것 같았다. 아니, 그러는 게 아주 좋을 것 같았다.

"그럼 이만 일어나자."

"그래."

호텔 밖으로 나와 주차장을 향해 걸으며 명원이 말했다.

"다음에는 꼭 용현이까지 셋이 보자."

"그래."

그때 그들 앞에서 걷고 있는 한 젊은 여자의 뒷모습이 종훈의 눈에 들어왔다. 검은 단발머리, 날씬한 체형에 잘 어울리는 아이보리색 코트가 수민을 떠오르게 하는 여자였다. 그럴 리는 없지만, 혹시 수민이 아닐까 하는 생각에 고개를 돌리는 그녀의 얼굴을 힐끗 바라보았다. 역시 아니었다. 예쁜 얼굴이었지만 수민과 같은 절대로 잊을 수 없는 분위기는 없었다.

"그럼 잘 들어가라."

명원이 인사했다.

"그래, 잘 지내고 또 연락하자."

자신의 차가 주차된 곳으로 향하는 명원의 뒷모습을 바라보던 종훈이 가볍게 숨을 내쉰 후 차 문을 열었다.

돌아오는 길에 그는 수민에 대해서 생각했다. 낯선 여자를 보는데 어떤 특정한 여자가 떠올랐다면 그것은 사랑이 시작되었다는 징후라고 할 수 있었다. 그러나 그는 그런 사실을 애써 부인했다. 혜진 때문은 아니었다. 그럼? 아마도 스스로가 너무 철없게 느껴졌기 때문일 것이다.

그는 생각을 다른 쪽으로 돌렸다. 라디오에서는 퀸의 〈Too much will kill you〉가 흘러나오고 있었다.

7

한 달 만에 찾은 부모님의 집은 여전했다. 테라스에 늘어선 화분들 위치만 조금 바뀐 것 같았다. 아버지는 모처럼 고등학교 동창 모임이 있어 대구에 내려가셨다고 했다. 아마도 주무시고 내일 오후에나 오실 거 같다고 했다.

"저녁 아직 안 먹었지?"

"네, 이제 먹어야지요."

씻고 나오니 저녁상이 차려져 있었다. 반찬은 그가 좋아하는 담백한 백김치와 오징어무침, 시금치나물이었다.

"요즘도 많이 바쁘니?"

"뭐 비슷하죠."

"바빠도 아침은 꼭 챙겨 먹고 다녀라. 지난번에 보내 준 김치는 거의 다 먹었지?"

"아직 있어요. 아무래도 주로 밖에서 밥을 먹다 보니까……."

"그럼 백김치랑 동치미 조금만 가져가라. 너 백김치 좋아하잖아."

"너무 큰 데 말고 작은 통에 조금만 싸주세요."

"그래."

역시 집밥이 좋긴 좋았다. 포만감을 느낄 만큼 충분히 먹고 나자 어머니가 사과를 깎아주었다. 사과는 놀랄 만큼 달았다.

"이 사과 진짜 맛있네요."

"그래? 몇 개 싸줄까?"

"아니, 괜찮아요. 근데 아버지는 요즘도 수영 잘 다니세요?"

"내가 유치원에서 일하면서 수영을 못하잖니, 그러니까 네 아버지도 등록해 놓고 잘 안 가. 같이 가야지 가게 된다면서."

그의 어머니는 노인일자리사업의 일환으로 진행되고 있는 아동 보육 도우미로 집 근처 초등학교 병설 유치원에서 월요일부터 금요일까지 하루에 2시간씩 일하고 있었다. 시간은 오후 2시에서 4시까지라고 했다. 그는 처음에는 어머니가 그 일을 하는 것에 반대했었다. 굳이 그 일을 해야 할 만큼 경제적으로 어려운 것도 아니었고 체력적으로도 부담되실 수 있다고 생각했기 때문이다. 그의 부모님은 두 분 모두 큰 액수는 아니지만, 연금을 받고 있었고, 작은 오피스텔을 하나 보유하고 있어 임대수익도 있었다. 거기다 그가 드리는 약간의 용돈까지 더하면 풍족하지는 않더라도 생활하는데 크게 어려움을 겪지는 않으실 게 분명했다. 하지만 어머니는 고집을 꺾지 않으셨고 기어이 두 달 전부터 그 일을 시작했다. 어머니의 얘기에 따르면 말이 좋아 아동 보육 도우미지 실제로는 청소만 하다 돌아온다고 했다.

"근데 내가 일하는 유치원에 '옴란'이란 이름의 시리아 아이가 있거든. 부모님이 난민이라는데 애는 참 밝고 아주 잘생겼어. 피부도 하얗고."

"난민이요? 우리말은 잘해요?"

"그럼. 우리나라 애들이랑 얼마나 잘 어울려 노는데. 근데 우리나라 국적이 없어서 수업료, 급식비, 교재비 같은 건 전액 다 내야 한다고 그러더라고."

"난민인데요?"

"난민이라도 법적으로 그렇게 돼 있나 봐."

"그럼 그 아이 부모님은 여기서 일하는 거예요?"

"그건 나도 모르지. 근데 참 안됐어. 며칠 전에 우연히 간식 먹은 거 치우러 갔는데 옴란이 왼손으로는 요구르트병을 받치고 오른손으로 빨대를 잡고 있는 거야. 자세가 조금 이상해서 자세히 봤더니 글쎄 왼손 손가락이 없더라고."

어머니는 안타깝다는 듯 혀를 찼다.

"폭격을 당했거나 폭발 때문에 그런 거 아니겠어? 그러니 부모가 그 나라를 떠나오는 수밖에…… 옴란 위로도 형이 두 명이나 있다고 하던데……."

아직 인생을 시작하지도 않은, 겨우 유치원에 다니는 아이가 그런 일을 당했다니 안타까웠다.

"옴란이라고 했나요? 그 아이, 몇 살이죠?"

"일곱 살."

자기도 모르게 한숨이 나왔다.

"그런 아이에게는 우리 정부에서 특별 지원을 해줘야 하는 거 아닌가? 적어도 수업료랑 급식비 같은 것은……."

"법적으로 그렇게 안 되어있나 봐. 안타깝지…… 근데 아이는 되게 밝아."

"유치원 다닐 때야 아무것도 모르니까 잘 지내겠지만 초등학교 들어가고, 중학교, 고등학교 가면 다르잖아요. 성인이 된 후에 좋은 일자리를 얻는 것도 어려울 테고……. 그렇다고 시리아로 돌아갈 수도 없는 게 이미 언어나 문화가 완전히 한국화돼서 모든 걸 다시 시작해야 하니……."

"나라에서 대책을 세워서 잘 돌봐 줘야 할 텐데……."

식사를 마치고 뉴스를 보고 있자니 부드럽게 졸음이 몰려왔다. 오래간만에 집에 돌아와 어머니가 해주는 밥을 먹고 소파에 파묻혀 있으니 긴장이 풀린 모양이었다. 그런 그를 본 어머니가 말했다.

"피곤할 텐데 들어가서 쉬어. 방에 이불이랑 갖다 놨어."

"네. 그래야겠어요."

그는 리모컨을 집어 들어 TV를 끈 후 예전에 그의 방이었던,

지금은 손님이 하룻밤 묵게 되면 일종의 게스트룸으로 사용되는 작은 방으로 들어갔다. 방은 깨끗하게 정리되어 있었다. 침대에 눕자 햇볕에 널어놓은 이불에서 나는 기분 좋은 냄새가 희미하게 느껴졌다. 채 5분도 지나지 않아 그는 스르르 잠에 빠져들었다.

너무 일찍 잠자리에 들어서였을까? 그는 새벽녘에 잠에서 깨어났다. 아니, 사방이 캄캄한 게 한밤중인 것 같았다. 몇 시나 된 거지? 침대에서 일어나 어딘가에 놓아두었을 휴대전화를 찾았다. 휴대전화는 바닥 한구석에 놓여 있었다. 시간을 확인해 보니 새벽 4시였다. 새롭게 도착한 문자나 부재중 전화는 없었다. 갈증을 느낀 그는 조용히 방문을 열고 소리 죽여 걸음을 옮겨 냉장고가 있는 주방으로 갔다. 냉장고 안에는 생수병이 없었다. 요즘에는 보리차를 끓여 드신다고 했던 어머니의 말이 떠올랐다. 가스레인지 위에 있는 커다란 주전자가 눈에 들어왔다. 주전자는 무거웠다. 어제저녁 그가 잠든 후에 새로 보리차를 끓여놓으신 것 같았다. 그는 주전자를 들어 식탁 위에 있던 머그잔에 가득 따랐다. 보리차에는 아직 약간의 온기가 남아 있었다.

물을 마시고 방으로 돌아오니 다시 잠들기 쉽지 않을 것 같았다. 그렇다고 불을 켜고 다른 일을 하고 싶지도 않았다. 어쩌지? 다시 침대에 누워 이런저런 생각을 하며 뒤척이다 잠드는 게 최선일 것 같았다. 그래서 다시 침대 위에 몸을 던졌다. 보일러를 지나치게 돌렸는지 방 안이 덥고 건조했다. 그는 몸을 일으켜 창문을 조금 열었다. 차가운 새벽공기가 밀려들어 왔다. 나쁘지 않았다.

5분쯤 그렇게 창문을 열어놓았더니 더는 덥지 않았다. 그는 창문을 닫은 후 다시 침대에 누웠다. 그러자 난데없이 지난주 수요일에 진행했던 송우석과의 인터뷰 장면이 떠올랐다. 왜 그날의 기억이 떠오른 건지는 알 수 없었다. 어쨌든 떠오른 이상 계속해서 그 생각을 이어가 보기로 했다. '젊은 세대는 서서히 자살을 감행하고 있습니다.' 아니지, 그는 '젊은 세대'라는 단어를 쓰지 않았다. 한국은 서서히 자살하고 있다고 했던 것 같다. 하긴 그게 그거겠지만……. 서서히 자살하고 있다고? 결혼하지 않고, 애를 낳지 않는 방식으로? 그럴지도 모르지. 하지만 젊은 세대가 그러는 것은 이유가 있어서이다. 그냥 막무가내로 결혼을 혐오하고 기피하는 것이 아니라. 그 이유는…….

갑자기 '확신'이라는 두 글자가 떠올랐다. 맞아! 우리는 확신이 필요한 거다. 확신 말이다. 이 결혼이 행복을 약속한다는 확신. 그렇다면 그런 확신은 어디서 얻을 수 있는 것일까? 적어도 그에게는 돈은 아니었다. 그럼? 아름다움? 그와 같은 수준의 사회적 입지를 확보한 싱글들에게 그것은 상당히 큰 고려조건인 것이 분명했다. 그 순간 우습게도 이런 물음이 솟아올랐다. 그렇다면 육체의 균형 잡힌 비율은 일종의 물신화될 수 있다는 뜻인가? 어디선가 '당연하지!' 하는 소리가 들려오는 것 같았다. 물론 그것은 정신 나간 생각이었다. 아름다움이란 영원할 수 없는 거니까. 하지만 아름다움뿐만 아니라 모든 것은 영원할 수 없지 않은가? 어차피 모든 것이 다 유한하다면, 어차피 모든 것이 단지 일정 기간 만 유지되다 사라지는 것이라면 그 일정 기간 최대의 만족을 주는 것을 추구하면 되는 일 아닐까? 그러나 그런 생각은 어딘지 불완전해 보였다.

수민 같은 여자라면 어떨까? 일정 기간 유지되며 만족을 줄 수 있는 아름다움이 그녀에게는 분명히 있지 않은가. 그러나 그렇게 10년이 흐른다면? 그러면 그녀도 삼십 대 중반이 되어있을 것이다. 아름다움은? 아마도 감소되어 있을 것이다. 그렇다면 결혼생활은? 그때쯤이면 다른 추동력이 존재할 거다. 아이 말이다. 그녀를 닮은 예쁜 딸이. 그 조그마한 아이가 바통을 이어받아 가정에 대한 사랑을 유지시켜 주는 에너지원으로 작용할 것이다. 아니면 그보단 못하겠지만 귀여운 아들 녀석일지도. 그러니까 결국 모든 것은 시간의 흐름과 함께 해결될 것이다. 그렇지만…….

그는 자신이 수민과의 결혼생활을 가정한 채 생각을 전개 시키고 있다는 사실에 대해 어떠한 이상함도 느끼지 않았다. 그냥 아주 자연스럽게 그렇게 생각이 흘러갔다.

그러다 어느 순간 이런 물음이 찾아왔다. 나는 왜 이런 생각을 하고 있지? 그 순간 갑자기 그 아이에 대해 어머니가 했던 얘기가 떠올랐다. 손가락을 잃어버렸다는 아이 말이다. 대체 왜 작고 귀여운 꼬마한테 그런 끔찍한 일이 일어난 걸까? 대체 왜 이런 미친 짓들은 지구상에서 끝나지 않고 계속되는 것일까? 국제사회는 대체 뭘 하고 있단 말인가? 시리아 정도 규모의 나라라면 UN 평화

유지군이 개입해 충분히 빠른 시일 내에 내전을 종식시킬 수 있지 않을까? 그러나 곧 그것은 그렇게 간단한 일이 아닐 거라는 생각이 들었다.

'시리아의 인구 규모도 작은 편은 아니지. 비슷한 규모의 아프가니스탄이나 이라크에 들어간 미군이 막대한 돈과 적지 않은 인명을 희생하고도 아직 만족스러운 수준의 평화를 만들어 내지 못했으니까. 하지만…….'

갑자기 이런 생각이 이어졌다. 내전 상태의 시리아에 비하면 헬조선이라는 이 땅은 얼마나 괜찮은 곳인가. 물론 크게 의미 있는 생각은 아니었다. 고통이란 상대적인 거니까. 총알이 날아다니지 않는다고 해서, 폭탄이 터지지 않는다고 해서 여기가 행복으로 충만한 곳인 건 아니니까.

하품이 나왔다. 다시 잠이 주어질 수 있다는 신호였다. 떠올릴수록 안타깝기만 한 그 아이에 관한 생각은 이제 그만하자. 다른 쪽, 그러니까 아까의 주제, 수민에 관한 생각으로 방향을 돌리자. 거기까지 생각했을 때 갑자기 다시 송우석이 했던 말이 떠올랐다. 기자로 일한다는 것과 진정한 자기 목소리를 내는 것은 상치되는 일이라고 했던 말.

그리고 송우석은 이런 말도 덧붙였었지. '이 기자도 그렇게 생각하고 있지 않았소?' 물론 그도 비슷한 생각을 한 적이 없지는 않았다. 하지만…… 하지만 뭐? 그건 너무 단정적이잖아. 물론 그것은 과장이지, 그러나 그 과장 속에 진실이 있다면? 그럴지도 모르지……. 그러나 그게 꼭 기자에게만 해당하는 이야기일까? 일반 기업체에 취직하면, 공무원이 되면 온전히 자기 목소리를 낼 수 있을까? 그렇지는 않을 것 같았다.

다른 생각을 하자. 수민에 대한 생각을 조금 더 해보려고 했었잖아, 그러면 거기에 집중해야지. 그러나 수민에 대한 생각은 또다시 방해를 받았다. 이번에는 혜진에 대한 생각이 찾아왔기 때문이다. 사실 혜진은 어제 그에게 만나자고 했었다. 아주 맛있는 쌀국수집을 발견했다며 같이 먹으러 가자고 했다. 하지만 그는 부드럽지만 단호하게 거절했다. 부모님을 찾아봬야 한다는 이유로 말이다. 그것은 거짓말이 아니었다. 하지만 그는 미안함을 느꼈다. 왜? 그 말을 하는 순간 깨달았기 때문이다. 사랑은 이미 끝났음을.

물론 그것은 일시적인 감정적 기복일 수도 있었다. 일종의 하강기로 접어들었을 뿐 다시 반등기가 찾아오면 극복될 수 있는 침체 같은 것. 그는 일단 그 문제에 대해서는 더 명확하게 입장을 정리하지 않기로 했다. 조금 더 시간이 흐르면 모든 것은 자연스럽게 드러나게 될 테니까.

안방 문이 열리는 소리가 들리더니 어머니가 거실로 나오시는 것 같았다. 부엌일을 하시려는 건가? 몇 시나 됐지? 창밖은 여전히 어두웠다. 그가 깨지 않게 조심해서 부엌으로 걸어가는 어머니의 발소리가 들려왔다.

8

수민과 함께 찾은 '더불어 사는 사회를 만드는 사람들'의 사무실에서 만난 한성주는 지난번 토론회에서 보았던 것과는 전혀 다른 얼굴로 종훈을 맞이했다. 그는 대학 캠퍼스에서 쉽게 마주칠 수 있는 인상 좋은 남학생 같았다. 캐주얼한 복장—청바지에 푸른색 티셔츠를 입고 있었다—때문에도 그렇게 느껴졌겠지만 그게 전부는 아니었다. 토론장에서는 한 번도 보여주지 않은 순수해 보이는 웃음 때문에 그렇게 느낀 것 같다고 종훈은 생각했다.

"어서 오세요. 찾아오시는데 어렵진 않으셨죠?"

"네. 쉽게 찾아왔습니다."

"다행이네요. 저희 사무실이 좀 외진 곳에 있어서 가끔 오다 헤매는 분이 계시거든요."

그 말처럼 대림동 차이나타운 뒷골목에 위치한 '더사만'의 사무실은 초행길인 사람에게는 살짝 헷갈릴만한 건물들 사이에 있었다. 그러나 다문화사회 관련 기획 기사로 이미 몇 차례 이 동네를 찾은 적이 있던 종훈에게는 낯설지 않은 장소였다.

"이쪽은 오늘 인터뷰를 함께 진행할 채수민 인턴기자입니다."

그의 소개와 함께 수민이 가볍게 고개 숙여 인사했다.

"네, 반갑습니다. 차라도 한잔 드시면서 얘기하시죠."

그렇게 말하더니 한성주는 정수기가 있는 쪽으로 걸어갔다.

"커피나 녹차 중에 어떤 거로 드릴까요?"

종훈이 말했다.

"저는 녹차로 하겠습니다."

수민도 녹차로 마시겠다고 했다.

잠시 후 한성주는 종이컵에 담긴 녹차 세 잔을 들고 돌아왔다.

"잘 마시겠습니다."

"뭘 이런 걸 가지고요."

한성주는 종훈과 수민에게 종이컵을 건넨 후 작은 테이블을 두고 그들과 마주 앉았다.

그는 조선족 아버지와 한족 어머니 사이에서 태어난 이주 노동자의 아들이었다. 하지만 그런 배경을 지닌 아이들의 일반적인 인생 진행 방식과는 달리 남다르게 뛰어난 머리로 명문 Y대학교에 입학해 그 학교에서 사회복지학을 공부했다. 종훈과 친한 동생 승호도 같은 학교, 같은 과 출신이었기에 넌지시 물어본 적이 있었는데, 그에 따르면 한성주는 호감 가는 외모와 소탈한 성격, 성실한 수업 태도로 동기들뿐만 아니라 교수들 사이에서도 가장 인기 있는 학생이었다고 한다.

대학 졸업 후 시민단체에서 1년간 일한 그는 나이 스물여덟에 그곳에서 나와 이주 노동자들의 권익을 위한 단체 '더사만'을 설립하고 다소 공격적인 활동을 펼치기 시작했다. 이주 노동자 하면 떠오르기 마련인 이미지와는 전혀 다른, 잘생기고 지적인 젊은 활동가는 이내 몇몇 진보언론의 관심을 끌기 시작했고, 해당 분야에서 꽤 유망한, 장래성 있는 젊은이로 알려지게 되었다. 몇몇 사람들은 그가 서른다섯이 되기 전에 국회로 진출할 거라고 말하기도 했다. 그런 한성주였기에 종훈도 꼭 한번 만나 인터뷰를 진행하고 싶었던 것이다.

“연락드린 대로 지난번 프레스센터에서 있었던 토론회에서 말씀하신 것과 관련해 몇 가지 여쭤보고 싶은 게 있어 찾아왔습니다. 그날 토론에서 고용허가제의 부정적인 측면을 언급하시며 개선이 필요하다고 말씀하셨는데, 그에 대한 구체적인 방안이 있으신지 듣고 싶습니다.”

녹차를 한 모금 마신 한성주는 테이블 위에 종이컵을 내려놓으며 말했다.

“아주 상식적인 수준에서 생각하면 정답이 쉽게 나오지 않을까요? 이주 노동자도 여기 계신 두 분 기자님과 마찬가지로 한 사람의 인간입니다. 어떤 인간이 자신이 살던 고향과 가족, 친구를 떠나 타지에서 일자리를 얻고 수년간 일하며 생활한다는 것은 쉬운 일이 아닙니다. 저는 그런 어려운 일을 결심하고 행한 사람에게는 그가 수년간 일하며 살아온 곳에서 계속 일하며 살아갈 권리가 있다고 생각합니다. 4년 10개월간 두 번, 최장 9년 8개월만 일하고 쫓겨나는 것이 아니라 원한다면 계속해서 쭉 살 수 있는 권리 말입니다.”

“하지만 원하는 모든 이주 노동자에게 영주권을 부여한다면 지나치게 많은 이주 노동자가 국내로 유입되게 되지 않을까요?”

“한국은 노동력이 부족한 국가입니다. 앞으로 그런 양상은 한

층 더 심각해질 거고요. 그러니까 이주 노동자의 유입은 불가피한 일인 것이죠."

"하지만 노동력 부족은 다른 방식으로도 극복될 수 있지 않을까요?"

수민이 말했다.

"이를테면 생산 과정에서 로봇이 담당하는 역할을 대폭 확대하거나 다양한 사유로 노동 시장에서 이탈한 이들의 취업에 특단의 혜택을 부여하는 방식으로요."

한성주는 그녀를 바라보더니 웃으며 말했다.

"물론 그런 방향으로의 노력도 필요하겠지요. 그러나 이주 노동자의 유입을 단순히 노동력 확보 차원으로만 봐서는 안 된다고 생각합니다. 왜냐하면 그들은 노동자이면서 동시에 소비자이기도 하기 때문입니다. 많은 사람이 지적하듯 현재 고용허가제하에서 일하고 있는 이주 노동자들은 받은 임금의 상당 부분을 국내에서 사용하지 않고 본국으로 송금하고 있습니다. 가족을 동반할 수 없도록 규정한 현행 고용허가제가 만들어 내는 양상이라고 할 수 있지요. 한국으로 데려오는 것이 금지된 본국에 있는 아내와 자식들에게 돈을 송금하지 않는다면 그게 더 이상한 일 아니겠습니까? 저는 이 땅에서 장기적으로 일하길 원하는 이주 노동자에게는 영주권을 부여하는 것과 동시에 그들이 가족을 데리고 올 수 있도록 허용하는 일이 반드시 필요하다고 생각합니다. 그렇게 된다면 내수 진작에 크나큰 효과를 보게 될 겁니다. 56만 명에 달하는 이주 노동자들에게 그러한 권리를 부여한다면 대략 추산해도 연간 15조 원 이상의 내수 진작 효과가 있을 테니까요."

종훈이 말했다.

"하지만 그와 같은 적극적인 이주민 수용정책이 야기할 수 있는 여러 가지 문제가 있지 않습니까? 그것을 이유로 다문화 정책에 대해 반대하는 이들도 적지 않은 게 현실이고요. 이에 대해서는 어떻게 생각하시는지요?"

"인간이 모인 사회에서 갈등이란 없을 수 없다고 생각합니다. 그 갈등을 어떻게 조정해 나가느냐가 중요하겠지요. 아무리 부정하려 해도 한국은 외부로부터의 인구 유입이 필요한 국가입니다. 단순히 현재의 경제 규모를 유지하기 위한 이유 때문이 아니라 늘어나는 노령 인구를 돌보는 인력의 확보 차원에서도 말입니다. 출산율이 획기적으로 높아지지 않는 한 극복될 수 없는 인구구조하에서 적극적인 이주민 수용 외에 다른 어떤 대안이 있다고 할 수 있겠습니까? 물론 말씀하신 여러 가지 문제가 발생할 수 있겠지요. 인종과 문화, 종교가 다른 사람들이 함께 살아가면서 갈등이 전혀 없을 수는 없는 일이니까요. 그러나 그런 갈등은 극복 불가능한 것이 아닙니다. 덮어두고 피하는 대신 정면으로 마주하고 해결을 위한 노력을 시작할 때 갈등은 극복될 수 있다고 생각합니다."

"인구가 감소하고 경제 규모가 축소되는 국면에 접어든 국가가 취할 수 있는 대응 방안은 두 가지라고 생각합니다. 말씀하신 것처럼 외부로부터 대량의 이주민을 받아들이는 것이 첫 번째이고, 두 번째는 일종의 우아한 쇠퇴방식이죠. 인구가 줄고 경제 규모가 축소되니까 이주민을 대량으로 받아들이자가 아니라 그런 상황에서도 개개인의 삶의 질을 상승시키는 쪽으로 노력을 집중한다면 비록 국가의 인구 규모나 경제 규모는 작아질지라도 시민 한 사람, 한 사람의 삶은 더 만족스러워질 수 있다는 주장 말입니다. 어떻게 생각하십니까? 인구가 감소하는 것을 꼭 나쁘게만 볼 필요는 없는 것 아닙니까?"

"급격하게 고령 인구가 증가하는데 그에 맞춰 생산가능인구의 증대가 이뤄지지 않는다면 말씀하신 개인의 삶의 질이 높아질 수 있을까요? 현재 우리나라의 65세 이상 고령 인구는 740만 명입니다. 머지않은 시일 내에 천만 명을 넘어서게 될 것입니다. 그러면 그들 중 간병, 간호가 필요한 이들에게 그 서비스를 제공할 인력이 지금보다 훨씬 더 많이 필요하게 될 텐데, 그런 일을 감당해 주어야 할 젊은 층은 점점 더 줄어들고 있습니다. 연금도 마찬가지입니다. 수령할 사람은 점점 늘어나는데 납부할 사람은 점점 줄어드는 현실, 이런 현실 아래서 어떻게 개개인의 삶의 질이 더 높아질 수 있겠습니까? 노인요양시설은 만성적으로 인력이 부족하고, 연금은 재원이 고갈돼 제대로 지급되지 못하는 사회에서 어떻게 개개인이 행복할 수 있겠느냐 말입니다. 이주민을 적극적으로 받아들이는 정책은 이주민들만을 위한 것이 아닙니다. 그것은 지금 이 나라에서 살아가고 있는 모든 사람을 위한 일입

니다."

"최근 우리 사회에서는 이주민의 수용과 다문화주의의 확산에 대해 부정적인 의견을 지닌 사람들이 증가하고 있습니다. 우리라고 노르웨이의 브레이빅 같은 사람이 나타나지 말라는 법도 없고요. 이런 다문화주의에 반대하는 사람들에 대해서는 어떻게 생각하십니까?"

한성주는 종이컵을 집어 들어 녹차를 한 모금 더 마셨다. 그리고는 말했다.

"민주주의 체제하에서 어떤 사안에 대해 반대 의견을 지니고 있다면 그것을 표출할 자유는 있다고 생각합니다. 그러나 그것이 지나치게 편협하고 선동적인 주장이라면, 사회 전체의 이익을 위해 어느 정도는 규제가 필요할 수도 있다고 생각합니다. 대표적인 예가 방금 언급하신 브레이빅 같은 인종주의자들의 주장이겠지요. 현재 한국 사회에서 나타나고 있는 반다문화주의 주장들은 어떤가요? 저는 거기에도 약간은 인종주의적인 성격이 있다고 생각합니다."

"인종주의적인 성격이라…… 조금 민감한 발언이 될 수도 있을 것 같군요."

"사실에 입각해서 말씀드리는 것입니다."

"하지만 반다문화주의자들은 반대로 얘기합니다. 한국 사회가 다문화주의에 대해 부정적으로 언급하는 것을 금지하는 강한 압박을 가하고 있다고 말입니다. 다문화주의라는 것 자체가 어떠한 결점도 없는 선이 아님에도 불구하고 그것에 대해 비판하는 것을 부정적으로 본다면 다문화주의의 지속적인 발전을 위해서도 바람직하지 않은 것 아닐까요?"

"어떤 정책이나 제도도 비판으로부터 자유로워서는 안 된다는 주장에는 저도 동의합니다. 말씀하신 것처럼 건전한 비판이 있을 때만 지속적인 발전이 가능하니까요. 그러나 현재 나타나고 있는 반다문화주의적 발언들은 결코 건전한 비판이라고 할 수 없습니다. 거기서 우리가 발견할 수 있는 것이라고는 무분별한 증오와 공격성 같은 인간성의 가장 저열한 측면들뿐이니까요."

"지난번 대표님과 토론했던 송우석 교수의 주장에 대해서도 그렇게 생각하시는지요?"

한성주는 잠시 생각한 후 대답했다.

"송 교수의 주장이 하나부터 열까지 다 잘못됐다고는 말하지 않겠습니다. 그러나 그 주장의 가장 큰 줄기는 먼저 언급한 반다문화주의자들의 것과 다르지 않다고 생각합니다."

"마지막으로 한 가지만 더 여쭤보겠습니다. 다문화주의가 기능적인 측면에서 필요하다고 생각하시는지, 아니면 윤리적인 측면에서 지지되어야 한다고 생각하시는지에 대한 질문입니다. 만약 한국 사회가 말씀하신 경향에서 벗어날 수 있다면, 그러니까 인구학적인 이유로 외부에서 이주민을 받을 필요가 없다면, 다시 말해 우리 사회 내에서 인구 재생산이 충분히 이루어진다면 다문화주의에 대한 추구는 불필요하다고 보시는지요?"

"다문화주의의 본질은 인구 위기를 극복하기 위한 하나의 방안으로서의 의미를 뛰어넘습니다. 그것은 타자에 대한 존중과 교류에 대한 갈망, 그러니까 휴머니즘의 다른 이름입니다. 저는 말씀하신 것처럼 한국 사회가 내부적으로 다문화주의를 강화해야 할 긴급한 이유를 지니고 있지 않다고 할지라도 다문화주의는 추진되어야 하고 추구되어야 한다고 생각합니다."

깔끔하고 논리적인 주장이었다. 특히 한성주처럼 호감 가는 청년의 입에서 나와서 더 그렇게 느껴지는 것 같았다. 그러나 종훈은 그 주장에 전적으로 동의하는 것이 과연 옳은 일인지에 대해서는 다소 의구심이 들었다. 송우석의 말을 너무 많이 들어서 그런 걸까?

어쨌든 이제는 인터뷰를 종결지을 시간이었다. 이 정도 녹취 분량이면 기사 작성에는 큰 어려움이 없을 터였다.

장시간 인터뷰에 응해 주어서 감사드린다는 종훈의 인사에 한성주는 아니라고, 오히려 두 분 기자님이 수고 많으셨다고 대답했다. 계단 앞까지 나와 그들을 배웅하는 한성주를 뒤로 한 채 건물 밖으로 걸어 나오며 종훈이 말했다.

"녹취 파일 잘 풀어서 기사로 만들어 줘. 나랑 부장님이 검토한 후 오늘 인터뷰 기사 바이라인에는 수민 씨 이름이 올라갈 거니까."

그녀는 잠시 그를 바라보더니 알겠다고 대답했다.

9

돌이 갓 지난 아기들이 옹알거리며 입술을 움직일 때 그 작고 귀여운 입술의 움직임에서 신비로움을 느껴본 적이 있는가? 더없이 맑은 피부에 지상의 것이 아닌 것 같은 눈망울로 당신을 바라보는 아기의 신비로움을 느껴본 적이 있느냐는 말이다. 종훈은 대단한 미인을 볼 때도 이와 유사한 신비로움을 느끼게 되는 것 아닐까 생각했다. 꽃다운 나이의 젊은 아가씨 중 상당수가 보여주는 싱그러운 아름다움을 훨씬 더 뛰어넘는 특별한 미인은 아기가 때때로 큐피드 같은, 말하자면 꼬마 '천사' 같은 존재로 느껴질 때도 있는 것처럼, 지상의 존재가 아닌 놀랍도록 경이로운 생명체로 느껴질 때가 있는 법이다.

그날 퇴근 후 찾은 와인바에서 수민과 마주 앉은 종훈 또한 그런 경이로움을 느꼈다. 어쩌면 조금은 술기운 때문이었는지도 모르겠지만 말이다.

"좋아요. 솔직하게 말할게요. 저랑 사귀게 되면 선배가 불행해질 수도 있다고 생각해요."

수민의 작고 빨간 입술이 귀여운 모양을 그리면서 그렇게 대답했다.

"왜 그렇게 생각하는지 물어도 돼?"

그녀는 잠시 말없이 그를 바라보았다. 하얀 피부에 살짝 붉어진 뺨, 잘 익은 복숭아를 연상시키는 아름다운 얼굴로.

"항상 그랬으니까요."

살짝 벌어진 입술 사이로 드러난 섬세한 치아가 눈부시게 아름다웠다. 지금 이 스물넷의 아가씨가 보여 주는, 아직은 상실될 기미가 전혀 없는 젊음은 그 자체로 충분히 신비로운 것이 분명했다.

"전 선배보다 나이 많은 남자도 만나봤어요. 오래 사귄 건 아니었지만. 하긴 제 연애가 길었던 적은 별로 없었죠."

"얼마나 짧았는데?"

"가장 길었던 게 8개월 정도?"

"그럼 보통은?"

"그때그때 달랐어요. 두 달, 한 달, 삼 주."

정말이지 솔직한 아가씨였다.

"절대로 길다고 할 순 없겠네. 하지만……."

다음 순간 그는 잠시 무슨 말을 해야 할지 떠올릴 수가 없었다. 그러나 이내 할 말을 만들어냈다.

"그건 이십 대 초반의, 캠퍼스에서의 풋사랑이어서 그랬던 거 아닐까?"

그녀는 차분한 얼굴로 그의 눈을 바라보며 말했다.

"말했잖아요. 선배보다 더 나이 많은 사람과도 사귀어봤다고."

나보다 나이가 많은 남자? 그녀의 나이에 그런 남자와 사귀었다는 게 믿어지지 않았다.

"그냥 쉽게 선배의 마음을 받아줄 수도 있어요. 선배는 괜찮은 사람이니까. 사실 이제까지 그래왔던 것 같아요. 첫사랑 빼곤 미칠 듯이 사랑한 남자는 없었으니까. 어느 정도 괜찮은 사람이 다가오면 물리치지 않았었죠. 하지만 그런 사랑이 저를 만족시켜준 적은 없었어요. 그 사람들도 저 때문에 힘들었을 거고요."

그는 가볍게 한숨을 내쉬었다. 그리곤 말했다.

"솔직하게 얘기해 줘서 고마워. 근데 그런 솔직함 때문에 수민 씨가 더 좋아지는데 어떡하지?"

그가 스스로 느끼기에도 제법 여유 있어 보일 거라 생각되는 미소를 지으며 그렇게 말하자 그녀는 잠시 말없이 무언가를 생각했다.

"어쨌든 고맙게 생각해요. 선배가 저를 좋게 봐주신 거……. 그렇지만 아무래도 네, 좋아요 라고 대답할 수는 없을 것 같아요. 적어도 현재로서는."

"현재로서는?"

"네."

"그럼 추후에는 바뀔 수도 있다는 말이네?"

"모르겠어요."

그는 그녀의 눈이 아름답다고 생각했다. 다른 어느 부위보다도 눈이.

"좋아, 이런 얘긴 이제 그만 하기로 해. 어찌 됐든 우리는 일로 만난 거고 다른 어떤 주제보다 그것에 관한 얘기를 많이 나눠야 할 의무가 있다고 할 수 있으니까. 경험해 보니까 신문일은 어때?

앞으로도 계속 이 일을 하고 싶다는 생각이 들어?"

"솔직하게 대답해야겠죠?"

"그게 수민이의 성격 아닌가?"

그녀는 생긋 웃더니 말했다.

"기자가 되고 싶다는 생각을 진지하게 해본 적은 없어요."

"그래? 그럼 왜 언론사 인턴에 지원한 거지?"

"경험해 보고 싶었거든요."

"언론을?"

"네."

"아직 인턴 기간이 끝난 건 아니지만 소감을 물어봐도 될까?"

그녀는 잠시 생각하더니 나직한 어조로 말했다.

"선배 같은 사람이랑 알게 됐다는 것만으로도 가치 있는 경험이었다고 생각해요."

"그렇게 말해 주다니 고맙네. 그렇지만 그 말은 일 자체에 대해서는 별로 할 말이 없다는 뜻으로 들리는데?"

그녀는 부정하지 않았다. 그는 자신에게 물어보았다. 왜 그녀에게 농담처럼 사귀고 싶다는 말을 한 걸까? 물론 그 모든 것은 일종의 장난이었을 수도 있다. 조금 취한 김에 매력적인 후배에게 던져보는, 완전히 장난만은 아닌 장난.

그러나 장난은 받아들여지지 않았다. 그녀는 진지하면서도 반감이 들지 않게 그의 제안을 물리쳤다. 그는 장난이 그렇게 끝난 것이 싫지 않았다. 그렇다고 기쁜 것도 아니었지만 말이다.

"저희 세대는 세상에 대해 너무 일찍, 너무 많이 알아버린 것 같아요."

그녀는 차분한 어조로 말했다.

"직업에 대해서도 마찬가지고요. 다들 안정적인 직장을 원하죠. 하지만 안정적인 곳은 재미가 없죠. 그럼 재밌는 걸 찾으면 될 거 아니냐고 말하지만 재밌는 것도 언제까지나 재밌지는 않죠. 특히 그것이 일이 되어버린다면. 사람도 마찬가지라고 생각해요. 그러니까 연애도 말이에요. 저 되게 부정적이죠?"

순수한 소녀 같은 얼굴로 그런 말들을 내뱉는 그녀가 더없이 매력적으로 느껴졌다. 아니, 어쩌면 그녀라서 그런 말을 하는 게 매력적으로 느껴지는 건지도 몰랐다.

"부정적인 게 아니라 현실적인 거라고 말하고 싶네. 지금은 외로운 시대잖아. 일이 있어도, 연애를 해도. 근데 가끔은 그런 생각도 들어. 인간이란 원래 그럴 수밖에 없는 존재인 게 아닐까 하는……."

"만족하지 못하는, 만족할 수 없는 존재다 그런 뜻인가요?"

그는 고개를 끄덕였다.

침묵이 찾아왔다. 거북한 침묵은 아니었다. 얼마나 그러고 있었을까, 그는 잔을 들어 조금 남아 있던 와인을 마셨다. 왠지 조금 전보다 달콤함이 더 진해진 느낌이었다.

"이제 그만 일어날까?"

그녀는 가볍게 고개를 끄덕였다. 그리곤 생긋 웃었다.

10

그가 혜진과의 이별을 결심한 것은 그날 저녁 수민과 헤어져 오피스텔로 돌아오는 길에서였다. 두말할 것 없이 그것은 이상하고 바보스러운 결심이었다. 왜냐하면 그가 그런 결심을 하는 데 결정적인 영향을 끼친 사람인 수민은 이미 그의 마음을 받아줄 수 없다고 말한 상태였으니까. 그런데도 혜진과 헤어지겠다고? 왜? 왜냐고 묻는다면 이렇게 대답할 수밖에 없었다. 더는 그녀를 사랑하지 않으니까.

물론 그것은 잔인한 행위가 될 것이 분명했다. 그것은 말하자면 배신이었다. 그것도 아주 질 나쁜 배신. 그 자신도 절대 좋아하지 않는 행동 '배신' 말이다. 혜진은 그와 만난 3년 동안 진실하고 성실한 연인이었다. 그녀가 있었기에 그는 성적인 욕구를 수치스럽지 않은 방식으로 해소할 수 있었고, 아울러 이해와 격려, 친밀감이 느껴지는 대화 같은 관계적인 욕구도 채울 수 있었다. 그녀는 그에게 작은 선물을 건네기도 좋아했는데 그런 것에 소비된 비용과 그녀가 지불한 저녁 식사와 와인 값 같은 걸 더하면 (그녀는 일반적인 젊은 여자들보다 훨씬 더 남자친구에게 베푸는 데서 즐거움을 느끼는 타입이었다) 상당한 액수의 금전적 지출이 그를 위해 이루어진 것도 틀림없었다. 그러니까 상식적으로 보자면 그는 그녀에게 그러면 안 되는 거였다. 그러나 인간이 상식으로 움직이는 존재이던가.

오피스텔에 돌아온 그는 혜진에게 전화를 걸었다. 그녀는 받지 않았다. 그래서 그는 짧은 문자를 보냈다. 내일 저녁에 만났으면 한다고. 만나서 해야 할 중요한 말이 있다고. 그는 그 문자를 보내며 죄의식을 느꼈다. 그러나 어쩔 수 없었다. 죄의식 때문에 이별을 미룰 수는 없는 거니까.

혜진에게서 연락이 온 건 11시가 조금 넘어서였다. 퇴사자 송별 회식이 있어 연락이 늦었다고 했다. 그는 문자로 보낸 것과 같은 얘기를 반복했다. 그리고 내일 저녁 8시에 그녀의 사무실에서 가까운 DDP에서 만나자고 했다. 그녀는 알겠다고 했다. 그는 다시 한번 미안함을 느끼며 전화를 끊었다.

씻고 잠자리에 누웠지만 좀처럼 잠이 오지 않았다. 그녀에게 어떻게 말해야 할지 생각이 끝없이 이어졌다. 최대한 솔직하게 말하는 게 좋을 것 같다는 생각이 드는가 하면 다음 순간에는 어떻게든 그녀에게 상처가 덜 될 수 있는 방식으로 이야기하는 것이 최선일 거란 생각이 들었다. 그렇게 엎치락뒤치락하는 생각의 어느 지점에선가 그는 잠이 들었다. 그리고 꿈을 꾸었다. 꿈에 등장한 사람은 그의 초등학교 시절 짝꿍이었던 이름은 기억나지 않는 여자아이였다. 아니 어쩌면 그 아이가 아니라 그 아이라고 생각되는 어떤 존재였는지도 모르겠다. 어쨌든 그 아이가 그의 옆에 앉아 있었다. 선생님은 칠판 쪽으로 등을 돌린 채 분필로 무언가를 적고 있었고, 다른 아이들은 그것을 노트에 받아 적고 있는 것 같았다. 그도 다른 아이들처럼 선생님이 칠판에 적고 있는 것들을 받아 적으려고 했던 것 같다. 그러나 그럴 수가 없었다. 옆자리에 앉은 아이가 자꾸만 그에게 무슨 말인가를 했기 때문이다. 그는 그 아이가 그러지 말아 주었으면 좋겠다고 생각했던 것 같다. 하지만 그 아이는 더 큰 목소리로 그에게 말하기 시작했고 급기야는 자리에서 일어나더니 두 손으로 그의 목을 조르려 했다. 그는 그 아이를 밀치며 교실 밖으로 달려 나간 것 같은데 이상하게도 그가 도달한 곳은 군대 막사 같은 장소였다. 그리곤 앞문이 열리더니 검은색 법복을 입은 남자 서넛이 들어왔다. 맨 앞에서 들어오는 남자는 우습게도 영국 법관이 쓰는 하얀 가발을 쓰고 있었다. 그는 근엄한 표정으로 재판석의 가장 높은 자리에 앉더니 그를 노려보며 판결문을 읽기 시작했다. 정확한 내용은 알 수 없었지만 정황상 자신에게 심히 불리한 판결인 것 같았다. 당황한 그가 그곳에서 달아나려는 순간 무표정한 얼굴에 강인해 보이는 팔뚝을 지닌 남자 둘이 다가와 그의 양팔을 붙잡더니 어디론가 끌고 갔다. 그는 살려달라고 소리쳤다. 있는 힘을 다해 소리쳤다. 그러자 그의 오른팔을 붙잡고 있던 남자가 말했다. '너는 죽지 않는다. 다만 추방당할 뿐이다' 라고. 하지만 그에게는 그 둘이 명백하게 같은 것으로 느껴졌다. 죽음이 곧 추방이고, 추방은 곧 죽음을 의미했다. 그는 또다시 살려달고 애원했다. 자신을 추방하지 말아 달라고 외쳤다. 그러나 가차 없는 멜로디와 함께 그는 어딘가로 내던져졌다.

그곳은, 현실이었다. 책상 위에 놓아둔 휴대전화에서는 그가 알람 곡으로 설정해 놓은 요란한 팝송 〈Semi Charmed Life〉란 노래가 울려 퍼지고 있었다. 그는 천천히 몸을 일으켜 휴대전화를 잡아채고는 알람을 껐다. 그리곤 꿈의 잔상 때문에 썩 기분이 좋지 않았지만 서둘러 출근 준비를 했다.

새로운 하루는 많은 지나간 날과 비슷하면서도 다르게 흘러갔다. 수민은 인터뷰했던 내용을 정리한 기사를 그에게 점검받았다. 어젯밤 그가 장난처럼 건넸던 말에 대한 기억은 전혀 없는 얼굴이었다.

기사는 훌륭했다. 그가 보기에 수민은 자질이 있었다. 그가 그런 자기의 생각을 표명하자 그녀는 대답 없이 웃기만 했다.

몇 가지 일을 더 처리한 후 그는 서둘러 사무실에서 나왔다. 시간은 이미 7시를 훌쩍 넘어 있었다. 휴대전화를 확인해 보니 혜진으로부터 문자가 와 있었다. 약속장소인 일식집에 도착했다는 내용이었다. 그는 15분 안으로 가겠다고 답문을 보냈다. 그녀는 자신이 조금 일찍 도착했다며 천천히 오라고 했다.

그가 약속장소에 도착한 것은 약속 시간을 조금 넘긴 8시 9분이었다. 그녀는 그가 처음 보는 잘 어울리는 빨간색 코트를 입은 채 창가 쪽 자리에 앉아 책을 읽고 있었다. 그 모습이 평소보다 아름다웠다.

"미안, 조금 늦었네."

그가 인사하자 그녀는 괜찮다며 책을 보느라 지루한지 몰랐다고 했다.

“뭐로 할까?”

그가 물었다.

“생선 초밥?”

그녀는 야키소바를 먹겠다고 했다. 그는 새우튀김 우동과 야키소바, 그리고 생선 초밥을 한 접시 주문했다.

그가 물었다.

“무슨 책 읽고 있었어?”

그녀는 읽고 있던 책을 덮어 표지를 그에게 보여 주었다. 베른하르트 슐링크의 소설 『계단 위의 여자』였다.

“재밌어?”

“어. 근데 『귀향』만큼은 아니야.”

소설에 관한 이야기가 한두 마디 더 이어진 후 그녀가 물었다.

“근데 꼭 해야 할 중요한 말이라는 게 뭐야?”

갑자기 갈증이 났다. 그래서 테이블 위에 놓여 있던 물잔을 집어 들어 물을 마셨다. 물은 적당히 차가웠다.

“일단 먹고, 먹고 나서 얘기할게.”

그렇게 말하는 그의 얼굴에서 무언가 심상치 않은 분위기를 감지했는지 그녀는 더는 묻지 않았다. 그는 조금 불편하게 느껴지는 분위기를 풀기 위해 오늘 회사에서는 별일 없었는지와 같은 일상적인 질문을 던져볼까도 잠시 고민했지만 결국 그러지 않기로 했다. 그런 평소와 다르지 않은, 아무렇지도 않은 듯한 태도가 이어서 나올 얘기의 충격을 더 강화할 거란 생각이 들었기 때문이다.

주문한 음식이 나왔다. 그들은 한동안 말없이 먹기만 했다. 그러나 이내 그가 젓가락을 내려놓고 입을 열었다.

"그동안 널 만나면서 정말 행복했어. 넌 너무 좋은, 나에게 과분한 여자였다고 생각해."

"무슨 소리야 그게?"

그녀가 그를 뚫어져라 쳐다보며 말했다. 그는 가볍게 한숨을 내쉬었다.

"꽤 오래전부터 고민했었어. 우리가 계속 만나는 것에 대해서."

그녀의 표정이 묘하게 변했다. 그 순간 그녀는 어떤 감정을 느끼고 있는 걸까? 분노? 슬픔? 억울함? 아니면 어이없음?

그녀가 말했다. 목소리가 살짝 떨린 것도 같았다.

"혹시 지난번에 내가 결혼 얘기해서 그러는 거야?"

"그런 거 아니야."

"그럼? 혹시…… 여자라도 생긴 거야?"

그는 아무런 대답도 하지 않았다. 그녀는 옅은 한숨을 내쉬었다. 한동안 침묵이 이어진 후 그녀가 냉정을 되찾은 목소리로 물었다.

"왜 이렇게 갑작스럽게 그런 통보를 하게 됐는지 이유라도 알고 싶은데, 그럴 수 없을까?"

"미안해. 정말로. 하지만 다른 여자 때문은 아니야."

"그럼 뭣 때문인데?"

그도 말해 주고 싶었다. 도대체 무슨 이유로 그녀와 헤어지려고 하는지를 말이다. 그러나 이유는 그 자신도 뚜렷이 알 수 없었다. 어느 순간부터 그녀에게 더는 설렘을 느낄 수 없어서? 그런 상태를 명확히 깨닫게 해준 수민의 출현 때문에? 아니면 그냥 더 자유로워지고 싶어서? 그 모든 게 복합적으로 작용했을 거다. 그러니 그중 어떤 것을 이유로 대더라도 무방했을 거다. 그러나 그래서 대체 무엇을 얻겠는가? 그녀에게 상처만 줄뿐 아무것도 바꿀 수 없지 않은가.

"그럼 뭣 때문인데?"

똑같은 말을 반복하는 그녀의 목소리에 짜증 같기도 하고 슬픔 같기도 한 감정이 묻어 있었다. 갑자기 솔직해지고 싶었다. 그것만이 그녀를 이해시킬 수 있는 방법이란 생각이 들었다.

"어쩌면 다른 여자 때문일지도 모르겠어."

그녀는 아무 말도 하지 않았다.

"미안해."

음식은 차갑게 식어 있었다. 그는 또다시 작지만 긴 한숨을 내쉬었다.

"내가 왜 오빠를 좋아했는지 알아?"

그는 대답하지 않았다.

"순수해서. 처음 만났을 때부터 나는 알았어."

그녀는 잠시 말을 멈추고 기운 빠진 숨을 내쉬었다.

"근데 끝까지 그러네."

그는 '난 순수하지 않아'라고 말하려고 했다. 그러나 그보다 먼저 그녀가 말했다.

"근데 그거 알아? 그러는 게 더 잔인할 수도 있다는 거."

그녀는 벗어놓았던 코트를 손에 들고 자리에서 일어났다.

"먼저 가볼게. 좀 더 쿨하게 헤어져 주지 못해서 미안하네."

그는 그녀를 붙잡고 싶었다. 그리고 얘기하고 싶었다. 이성 아닌 한 사람의 인간으로서는 여전히 너를 좋아한다고. 다만 더는 너를 보며 가슴이 뛰지는 않는다고. 그건 나의 잘못도, 너의 잘못도 아닌, 그러니까……. 부질없는 소리가 될 게 분명했다.

그래서 그는 작은 목소리로 중얼거렸다.

"미안해."

멀어져가는 그녀의 뒷모습이 슬퍼 보였다. 그는 자신이 잘한 건지 의문이 들었다. 하지만 설령 잘한 일이 아니라 할지라도, 그러니까 잘못한 일일지라도 그렇게 된 것이 다행이라고 느꼈다. 그리고 자신은 참 나쁜 놈이라고 생각했다.

2부

·

의문

11

눈을 뜨자마자 머리가 깨질 듯 아팠다. 지나치게 술을 많이 마신 탓이었다. 어젯밤 혜진과 헤어지고 나서 영 편치 않은 마음을 달래기 위해 대학 후배 동준을 불러낸 것이 화근이었다. 처음 계획은 가볍게 맥주나 한잔하면서 막을 내린 연애에 대해 되돌아볼 생각이었다. 동준이 조언 비슷한 무엇을 해준다면 술안주 삼아 들으면서 미안하기도 하고 허전하기도 한 마음도 달래며.

하지만 일은 계획과는 다르게 진행되었다. 마침 동준도 1년 넘게 사귀었던 여자친구와 헤어진 지 얼마 되지 않은 시점이었고—여자친구 쪽에서 이별을 통보했다고 한다—먼저 관계를 파기한 사람에 대한 신랄한 비난을 쏟아내고 싶은 욕구가 가득한 상태였다. 그것도 술에 흠뻑 취해서. 결국 그들은 맥주는 간단히 마신 후 소주로 종목을 바꾸었고, 새벽 3시까지 지나치게 많은 술병을 비워가며 때로는 격하게, 때로는 자조적 유순함이 깃든 조곤조곤함으로 대화를 이어갔던 것이다.

종훈은 얼굴을 찌푸리며 천천히 몸을 일으켰다. 창문으로 쏟아져 들어오는 햇살이 하얀 게 10시는 넘은 것 같았다. 냉장고로 걸어가 차가운 생수를 꺼내 커다란 머그잔에 가득 따랐다. 물은 이가 시릴 정도로 차가웠다. 갈증이 사라지자 지끈거리던 머리도 조금 나아지는 것 같았다.

다시 침대로 돌아와 주저앉은 그는 바로 옆 책상 위에 놓아둔 휴대전화를 집어 들었다. 혹시 와있을지 모를 문자나 부재중 전화를 확인하기 위해서였다. 크게 중요하지 않은 연락 몇 건이 도착해 있었으나 그는 그것들은 미뤄둔 채 포털 사이트에 접속해 올라온 뉴스들을 훑어보기 시작했다. 그렇고 그런 기사들의 목록을 천천히 훑어 내려가는데 갑작스럽게 그의 주의를 잡아끄는 기사가 나타났다. 그것은 〈이주 노동자 인권 활동가 한성주 대표 실종〉이란 제목의 기사였다. 그는 서둘러 기사를 읽기 시작했다. 기사에 따르면 한성주가 종적을 감춘 건 지난 8일 저녁이라고 했다. 함께 일하는 직원의 말에 의하면 한성주는 그날도 다른 날과 마찬가지로 저녁 9시쯤 사무실에서 나와 집으로 향했다고 한다. 그러나 그날 저녁 그는 집으로 들어가지 않았다. 남양주에 있는 그의 집 근처 CCTV에는 귀가하는 그의 모습이 찍혀 있지 않았다. 사건을 수사 중인 경찰 관계자는 납치 및 살해까지 모든 가능성을 열어 놓고 수사를 진행 중이라고 밝혔다. 그 기사는 시민신문의 차상혁 기자가 쓴 것이었다. 곧 다른 언론사에서도 비슷한 기사가 쏟아져 나올 터였다.

그는 잠시 무언가를 생각한 후 출입처가 영등포 경찰서인 동기 윤정훈 기자에게 전화를 걸었다. 윤 기자는 전화를 받지 않았다. 윤 기자가 그에게 전화를 걸어온 건 15분쯤 후였다. 그는 한성주 실종 사건에 대해 알고 있는 것들을 얘기해 달라고 했고 윤 기자는 대략적인 상황에 대해 들려주었다. 경찰은 한성주가 납치된 것으로 결론을 내리고 있다고 했다. 대림역 근처에서 흰색 승합차에 올라타는 한성주의 모습이 담긴 CCTV도 확보한 상태라고 했다. 그는 번호판은 확인되었느냐고 물었고 윤 기자는 렌트한 차량인 것 같다고 했다. 그러면서 사건이 생각보다 쉽게 풀릴 수도 있을 것 같다고 덧붙였다. 그는 고맙다고 말한 후 내일 오후에 사무실에서 보자고 했다.

오후에는 가봐야 할 곳이 있었다. 그와 가장 친한 사촌 동생 성훈이 한 달 전 집 근처 상가에 수공예품 전문점을 오픈했기 때문이다. 정확하게 말하자면 성훈의 어머니, 종훈의 큰어머니가 오픈한 가게였다. 대기업에서 직장생활을 하는 성훈은 토요일 오후, 주로 12시에서 6시까지 가게를 본다고 했다.

냉장고에 있던 즉석 전복죽을 데워 간단히 아침을 해결한 그는 차를 가지고 양재동으로 향했다. 성훈의 가게에서 얼마 떨어지지 않은 곳에 있는 양재동 꽃시장에서 화환을 하나 사갈 생각이었다. 개업선물로 무엇이 적당할지 생각해 보았지만, 화환 외에는 딱히 떠오르는 게 없었다. 그렇다고 거리에 새로운 가게가 들어설 때마다 보게 되는 식상한 화환을 선물할 건 아니었다. 가게 인테리어와 잘 어울리는 꽃이나 식물을 살 생각이었다. 일전에 성훈이 카카오톡으로 가게의 내부를 찍은 사진을 보내 주었는데 노란색으로 칠한 벽을 배경으로 짙은 갈색 나무로 된 진열장이 놓여 있고, 그 위로 여러 가지 수공예품들이 전시되어 있었다. 주로 아프리카산 목각 인형이나 상아 조각, 그림 같은 것들이었는데 한마디로 아주 이국적인 느낌을 풍기는 공간이었다. 그런 공간에 어울리는 꽃이란 어떤 것일까? 꽃시장에 가보면 알게 되겠지.

토요일 오전의 꽃시장은 제법 사람들로 붐비고 있었다. 조그마한 화분에 담긴 선인장부터 사람 키보다 더 큰 이름 모를 나무까지 다양한 식물들이 진열되어 있었는데 그의 마음을 단번에 잡아끄는 꽃이나 난은 좀처럼 찾을 수 없었다. 그러다 우연히 어느 한쪽 구석에서 아주 독특한 식물과 마주쳤는데 그것은 잎이 노란색, 주황색, 붉은색, 연두색, 짙은 녹색 등 형형색색으로 빛나는 아주 이국적인 느낌의 식물이었다.

“저기요, 이거 이름이 뭐예요?”

점원이 대답했다.

“크로톤이요.”

“크로톤? 무슨 방사성 동위원소 이름 같네, 얼마나 하죠?”

"12,000원이요."

생각보다 비싸지 않았다.

"이걸로 하나 할게요."

점원이 물었다.

"화분도 하나 하셔야죠?"

그 울긋불긋한 식물이 담겨 있는 볼품없는 검은색 플라스틱 화분을 보니 그래야겠다는 생각이 들었다. 그는 점원의 안내를 받아 화분이 전시된 곳으로 갔다. 곧 그 식물과 아주 잘 어울리는 우아한 느낌의 검은색 화분을 찾을 수 있었다.

"이걸로 할게요."

"분갈이도 하실 거죠?"

"네."

점원은 화분에 분갈이 비용이 담긴 바코드를 붙여 주었다. 그는 화분과 식물을 들고 계산대로 갔다. 계산을 마친 후 분갈이를 해주는 곳으로 가니 기다리는 줄이 늘어서 있었다. 그는 바닥에 화분을 내려놓고 천천히 줄이 줄어들기를 기다렸다. 분갈이해주는 중년의 아주머니는 원래의 플라스틱 화분에 담겨 있던 흙을 다 바닥에 쏟아내고 새 화분에 식물을 담은 후 쏟아낸 흙을 다시 새 화분에 담았다. 흙이 부족한 경우에는 옆에 놓아둔 포대에 담겨 있는 흙을 더 퍼다 담았다. 옮겨심기를 마치면 흙 위에 작은 조약돌 같은 걸 뿌려주었다. 그러면 옆에 있던 사람이 가지고 돌아가는 길에 흙이 쏟아지지 않도록 신문지로 화분을 꽁꽁 싼 후 테이프로 둘러 주었다. 그것은 먼지가 적지 않게 나는, 다소 고된 노동이었지만 그 일을 하는 사람들은 별로 불만스러운 기색 없이 정확하고도 효율적으로 자신의 업무를 수행했다. 그 광경을 보며 그는 생각했다.

'철저하게 분업화되어 있군. 고객에게 구매를 권유하고 해당 식물에 대한 정보를 제공하는 사람, 계산하는 사람, 분갈이하는 사람, 분갈이를 마친 화분을 신문지로 싸는 사람……'

마치 한국의 자본주의 시스템을 보는 것 같았다. 철저하게 효율성을 중시하는, 냉혹하지만 잘 돌아가는 시스템 말이다.

화분을 들고 주차장으로 돌아온 그는 뒷좌석에 화분을 싣고 시동을 걸었다. 채 5분도 걸리지 않아 'AFRICAN'이란 글자와 'handcrafts & arts'란 글자가 도드라지게 새겨진 노란색 간판을 단 성훈의 가게 앞에 도착했다. 상가 건물 뒤 주차장에 차를 대고 화분을 꺼내든 그는 천천히 가게를 향해 걸어갔다.

"성훈아, 나 왔다."

검은색 야구 모자를 쓴 키 큰 남자와 이야기를 나누고 있던 성훈이 그를 보더니 반가워하며 인사했다.

"아니 형 그냥 오지 뭘 또 사 왔어?"

종훈은 들고 있던 화분을 창가 근처 구석에 내려놓으며 말했다.

"여기랑 잘 어울리는 이국적인 걸로 하나 골랐다. 마음에 들려나 모르겠네."

"좋은데. 잎 색깔도 이 공간이랑 잘 어울리고. 아, 이쪽은 한상민이라고 내 제일 친한 친구야."

성훈은 야구 모자를 쓴 남자를 가리키며 그렇게 말했다.

"내 사촌 형이야. 이름은 이종훈. 성진일보 기자야."

상민이 가볍게 고개 숙여 인사했다. 어디선가 본 듯한 얼굴이었다.

"상민이는 작곡가야. HSE 엔터테인먼트 소속 작곡가. 점심 식사는 했어?"

"어. 늦게 일어나서 아침 겸 점심 먹고 오는 길이야."

"잘됐네. 나도 상민이랑 식사하고 이제 막 가게 열었거든."

"그랬구나. 어떻게 장사는 잘돼?"

"이제 시작인데, 열심히 해야지."

"네가 주말에 가게를 보고 평일에는 큰어머니가 나오시는 거야?"

"평일에는 어머니 막내 이모님이 주로 계시고, 어머니는 아침저녁으로 들러서 전반적인 거 관리하시고 그래."

진열된 것 중에는 종훈의 흥미를 끄는 것도 많았다. 60cm는 되어 보이는 기린 조각상, 독특한 모양의 향초 받침대, 젬베라는 이름의 아프리카 전통 북 등. 그가 그런 물건들을 둘러보며 이것저것 묻고 있는데 상민이 성훈에게 말했다.

"나는 이만 가볼게. 수고하고, 조만간 또 보자."

"그래, 시간 내 와줘서 고맙다. 잘 들어가고, 또 연락하자."

상민은 아까와 마찬가지로 종훈에게 가볍게 고개 숙여 인사한 후 가게 밖으로 나갔다.

“나 때문에 일찍 가는 거 아냐?”

“아니야. 3시에 약속이 있대.”

“작곡가라고?”

“어, 근데 요새 좀 힘든가 봐.”

“일이? HSE면 괜찮은 기획사 아니야?”

“돈은 많이 버는 거 같은데, 왜 연예계 일이 그렇잖아, 밤새가면서 빡세게 일하고…… 얼마 전에는 후배 하나가 죽었대. 간경화로.”

“간경화? 그걸로 사람이 죽어?”

“그게 생각보다 무서운 병인가 봐. 그쪽 일이 술 많이 마시고 생활도 불규칙하고 하니까…….”

“세상에 쉬운 게 없구나. 근데 너는 어떻게 회사는……”

그 순간 가게 문이 열리더니 뚱뚱한 체구의 삼십 대 중반쯤 되어 보이는 남자가 안으로 들어왔다.

“어서 오세요.”

성훈이 싹싹한 태도로 인사하며 그에게 다가갔다.

“구경 좀 하려고요.”

남자는 두리번거리며 말했다.

“아, 네. 천천히 둘러보시고 궁금한 사항 있으시면 말씀하세요.”

남자는 이것저것 살펴보다가 종훈이 관심을 가졌던 향초 받침대 앞에 서더니 물었다.

“이건 균형이 잘 안 잡히면 넘어질 수도 있을 것 같은데, 아이들 있는 집에서 괜찮을까요?”

남자의 말처럼 계단 모양으로 된 그 받침대는 맨 위쪽 단 아래가 비어있어 잘못 건드리면 넘어질 우려가 있어 보였다.

“아이들이 잘못 건드리면 말씀하신 대로 넘어질 수도 있을 것 같네요. 그럼 이건 어떠세요?”

성훈은 그 옆에 있는 다른 받침대를 가리키며 말했다.

“초를 켠 상태에서 보시면 느낌이 또 달라요.”

그렇게 말하고 성훈은 향초 하나에 불을 붙여 받침대 위에 올려놓았다.

“좋네요.”

남자는 조금 더 받침대를 들여다보더니 말했다.

“근데 저게 디자인은 더 괜찮은데…… 넘어질 우려만 없으면…….”

남자는 조금 더 둘러본 후 말했다.

“구경 잘했습니다. 제가 바로 요 앞 아파트에 살거든요, 지금은 카드를 안 가져와서 살 수 없고 다음 주에 다시 한번 들릴 게요.”

성훈은 웃으며 그렇게 하시라고 말했다. 그런 성훈을 보며 종훈은 생각했다. ‘자식, 생각보다 장사 잘하는데’.

남자가 가고 나서 종훈이 말했다.

“저 사람, 다음번에 오면 사겠는데.”

그러자 성훈이 가볍게 웃더니 말했다.

"꼭 그렇지도 않아. 다시 오겠다고 말하고 안 오는 경우도 많으니까. 특히 젊은 사람들은 여기서 보고 가서 인터넷으로 비슷한 거 찾아 주문하는 경우도 많고."

하긴 요즘이 어떤 세상인가. 충분히 그러고도 남을 것 같았다. 그는 화제를 돌려 질문했다.

"여기 인테리어는 다 새로 한 거야?"

"어. 완전히 새로 했어. 원래는 일반적인 상가 형태였거든. 출입구 쪽은 통유리로 교체하고, 벽이랑 천장은 노란색으로 칠하고, 조명 새로 설치하고, 출입문 앞에 데크 깔고……."

"다해서 얼마나 들었어?"

"얼마나 들었을 것 같아?"

"1,000만 원?"

"750만 원."

"생각보다 저렴하게 했네."

"어머니랑 잘 아시는 분이라 거의 실비만 받고 해주셨거든."

그때 또다시 문이 열리더니 70대 중반은 되어 보이는 머리가 하얀 어르신이 들어오셨다.

"어서 오세요."

어르신은 코끼리 목각 상이 놓여 있는 곳으로 가더니 그것들을 천천히 하나하나 살펴보았다. 꽤 큰 것부터 어린아이 주먹만 한 것까지 다양한 종류의 코끼리들이 있었는데 어르신은 그중 하나를 집어 들더니 물었다.

"이건 어디서 만든 거지요?"

성훈은 옆으로 가 목각 상을 살펴보고는 말했다.

"이건 세네갈에서 만든 거네요. 여기 아랫부분에 붙어 있는 스티커에 표시되어 있어요."

성훈의 말처럼 조각상의 아랫부분 코끼리 발바닥 밑에 작은 스티커가 붙어 있었다. 거기에 'Made in Senegal'이라고 쓰여 있었다.

어르신이 물었다.

"다른 것들도 다 세네갈에서 온 건가요?"

"그렇지는 않고요. 남아공, 케냐, 인도에서 만든 것들도 있습니다."

"그래요?"

어르신은 조심스럽게 코끼리 목각 상을 다시 원위치에 올려놓은 후 이번에는 상아로 만든 작은 조각상이 놓여 있는 곳으로 가 살펴보기 시작했다. 종훈은 휴대전화를 꺼내 시간을 확인했다. 어르신이 조각상을 만지며 뭐라고 중얼거리는 소리가 들려왔다.

12

월요일 아침 종훈은 아침 식사를 거른 채 사무실로 향했다. 새롭게 시작할 연재 기획 기사 '학령인구 감소시대, 교육에 대해 말한다'와 관련해 검토해야 할 것들이 많았기 때문이다. 인터뷰 대상자 섭외는 수민의 도움을 받을 생각이었다. 일정만 허락한다면 인터뷰도 함께 진행하고.

10시쯤 사무실에 들어온 윤 기자를 통해 한성주 사건에 관한 보다 자세한 정보를 얻을 수 있었다. 한성주를 태운 승합차는 렌트한 차량으로 최종 행선지는 강원도 횡성의 야산이고 아마도 그곳 어딘가에 한성주의 시신이 유기된 것으로 추정된다고 했다. 현재 차량을 렌트한 사람의 신원은 파악된 상태라고도 했다.

"오늘내일 중으로 용의자가 검거되겠군."

"아마도."

윤 기자는 고개를 끄덕이며 대답했다.

"용의자는 어떤 놈일까?"

"경찰은 둘 중 하나로 보고 있어. 한성주에게 개인적인 원한이 있는 놈이거나 아니면 한성주의 활동에 대해 불만이 있는 놈. 곧 밝혀지겠지."

종훈은 무언가를 생각하며 한숨을 내쉰 후 말했다.

"알겠어. 또 새로운 소식이 들어오면 알려 줘."

그때 돌아서려는 종훈을 붙잡으며 윤 기자가 물었다.

"근데 혹시 박상훈 경위라고 알아?"

"알아. 예전에 마포경찰서가 출입처였을 때 친하게 지냈거든. 근데 박 경위는 왜?"

"박 경위가 한성주 사건 담당이야. 나한테 묻더라고, 이종훈 기자는 잘 지내고 있느냐고."

"그래? 그거 잘됐네!"

종훈은 윤 기자에게 고맙다고 말한 후 자리로 돌아가 박 경위에게 전화를 걸었다. 박 경위는 한참 만에 전화를 받았다.

"이 기자, 이거 오랜만이네. 잘 지내고 있지?"

"네 경위님, 진작 한번 연락드렸어야 했는데 이제야 전화 드리네요. 어떻게, 잘 지내고 계시죠?"

"나야 뭐 똑같지. 근데 어인 일이야? 아까 윤정훈 기자한테 안부 좀 전해 달라고 그랬더니 그 얘기 듣고 전화한 거야?"

"네, 윤 기자한테 얘기 듣고 반가워서 전화했어요. 근데 이번에 한성주 사건 담당하시게 되었다면서요?"

"어, 골치 아픈 거 또 하나 굴러들어온 거지."

"제가 그 사건에 관심이 좀 있거든요. 경위님이 그 사건을 맡게 되셨다니 아주 반갑네요."

"그럼 그렇지, 나 보고 싶어서 전화한 게 아니라 일 때문에 전화했구나."

"경위님도 보고 싶고 사건에 대해서도 듣고 싶어서 전화했죠."

"곧 용의자 검거에 들어갈 거야."

"어떤 놈이죠?"

"이름은 심승우. 나이는 스물일곱, 2년 전 대학 중퇴하고 이런저런 알바로 살아가고 있는 녀석이야."

"한성주랑 동년배네요. 혹시 둘이 서로 아는 사이 아닐까요?"

"모르지. 잡아서 족치면 알게 되겠지."

내일 오후쯤 박 경위를 찾아가면 사건의 전말에 대해 자세히 들을 수 있을 것 같았다. 종훈은 한두 가지 궁금한 것들에 대해 더 물어본 후 통화를 마쳤다.

수민이 그에게로 다가와 조금 전 얘기했던 부탁 하고 싶은 일이 무엇이냐고 물었다. 그는 구상하고 있는 교육과 관련된 새로운 연재 기획 기사에 관해 설명한 후 몇 가지 문헌들에 대한 검토와 정리를 부탁했다. 그녀는 알겠다고 대답한 후 자리로 돌아갔다. 그는 인터뷰 대상자로 고려하고 있는 인물들의 목록을 확인한 후 통화를 시작했다. 몇몇 교수들은 예상보다 뻣뻣하게 나왔고 한 학원 강사는 아주 적극적으로—자신을 홍보할 좋은 기회를 포착했다고 느낀 듯했다—인터뷰에 응하겠다고 대답했다. 1차 인터뷰 대상자 섭외를 마쳤을 때는 점심시간이 되어 있었다.

오늘은 점심 약속이 잡혀 있었다. 상대는 대학 선배 정운이었다. 정운은 9개월 전 결혼 후 남양주에 신혼집을 차리고 회사가 있는 종로까지 통근하고 있었는데, 무슨 일인지 갑자기 연락해와 점심이나 한번 같이 먹자고 했다. 박 부장에게 식사 약속이 있어 나갔다 오겠다고 말한 후 사무실 밖으로 나오자 겨울답지 않게 포근한 날씨가 그를 맞아주었다. 그는 서둘러 약속장소인 근처 한정식집으로 향했다.

정운은 이미 도착해있었다.

"빨리 나온다고 나왔는데 늦었네. 미안."

정운은 괜찮다고 말한 후 시간이 많지 않으니 빨리 음식을 주문하자고 했다. 안으로 들어가 자리를 잡고 갈비탕을 시키자마자 정운이 말했다.

"나 요즘에 고민이 많다."

"깨가 쏟아질 신혼에 무슨 고민이 그렇게 많으실까?"

정운은 얼굴을 찌푸리더니 말했다.

"와이프가 애를 갖는 것에 대해서 반대해."

"형수님이 올해 몇이지?"

"서른다섯."

"미루기에는 적은 나이가 아닌데."

음식이 나왔다. 시장기 때문인지 맛있게 느껴졌다.

"영원히 안 낳겠다는 건 아니지?"

"안 낳고 싶대."

"그래? 왜? 무슨 특별한 이유라도 있는 거야?"

"일 그만둬야 하는 것도 싫고, 둘이서 행복하게 사는 게 더 낫대."

"형은 낳고 싶은 거잖아."

"그렇지. 거기다 부모님도 빨리 손주 보고 싶어 하시고."

"형수님은 원래 아기를 싫어했어?"

"싫어한다기보다도…… 왜 그런 거 있잖아, 잃는 게 너무 크다는 거지."

뭐라고 해줄 말이 떠오르지 않았다. 그래서 물을 마시며 잠시 말없이 있었더니 정운이 다시 입을 열었다.

"계속 아기 얘기할 거면 잠자리도 갖지 않겠대. 지난번에 말다툼했을 땐 자기는 마음이 확고하니까 정 아이를 갖고 싶으면 헤어지고 다른 여자를 만나든지 하래. 서로 감정이 격앙된 상태에서 나온 말이긴 하지만 그게 남편한테 할 소리야?"

그때의 일이 떠오른 듯 정운의 목소리가 높아졌다. 종훈은 가볍게 숨을 내쉰 후 말했다.

"두 가지 방법밖에 없을 것 같네."

"어떤 방법?"

"형이 형수님 뜻을 따르거나 아니면……."

"아니면?"

차마 갈라서라는 말은 할 수 없었다.

"어떻게든 설득해서 아이를 갖는 것."

"설득이 안 된다니까. 그러려다 얼마나 싸웠는데."

"형이 각서 같은 걸 써서 들고 가면 어떨까? 애를 낳으면 양육은 내가 전적으로 맡겠다. 육아휴직 후 복직되면 아이 돌봐줄 아줌마를 고용하겠다. 아이 때문에 부부의 삶의 질이 떨어지지 않도록 최선을 다해 노력하겠다, 뭐 이런 내용으로 말이야."

"내가 그런 걸 왜 써야 해? 결혼한다는 건 아이를 낳겠다는 얘기 아니야?"

"요즘은 꼭 그렇지도 않잖아……. 근데 형수님은 원래 결혼 전부터 아이를 안 갖겠다고 그랬던 거야?"

"그런 얘기 하긴 했었지. 그래도 결혼하면 바뀔 줄 알았지."

잠시 침묵이 이어졌다.

"너무 성급하게 문제를 풀려고 하지 말고 조금 시간을 두고 기다려볼 수밖에 없을 거 같네. 사람 마음이란 게 변할 수도 있는 거니까……. 근데…… 형은, 혹시 형수님 의견대로 따라줄 생각은 없는 거야?"

"애 안 낳는 거? 솔직히 말하자면 나는 그래도 상관없어. 그냥 둘만 살아도 상관없어. 근데 부모님이 손주를 원하시고…… 그리고 생각해 봐, 삼십 대야 애 없이 둘이 사는 게 좋을 수도 있겠지, 근데 사십 되고 오십 됐는데 둘만 있어 봐, 얼마나 쓸쓸하겠냐. 퇴근하고 집에 돌아오면 애들이랑 같이 놀고 그런 소리로 집안도 시끌시끌하고 이런 게 사람 사는 거지, 둘이서 우두커니 소파에 앉아 TV나 보는 게 사는 거냐고?"

"그렇긴 하지……."

시간은 12시 반이 넘어 있었다. 정운은 긴 한숨을 내쉬더니 말했다.

"너무 내 얘기만 지껄였네. 너는 어떻게 잘 지내고 있냐? 일은 여전히 바쁘지? 혜진 씨랑은 잘 만나고 있고?"

"헤어졌어."

"뭐? 언제? 왜?"

"얼마 안 됐어."

“뭐 땜에 헤어진 건데?”

“그게 말로 설명하긴 좀 어려운데…….”

“하여튼 요즘 여자들은…….”

“내가 헤어지자고 했어.”

“뭐? 네가? 왜?”

“더는 사랑하지 않는다는 걸 깨달아서.”

“뭐? 사랑하지 않는 걸 깨달아서?”

정운은 그 이상 말하진 않았지만, 표정으로 보아 이렇게 말하고 싶은 것 같았다. 스무 살 어린애도 아니고 나이가 몇인데 사랑 타령이야?

“그래, 뭐 사랑하지 않는데 결혼까지 가기 전에 헤어진 게 다행인지도 모르지.”

물을 한 모금 마신 정운이 테이블에 물잔을 내려놓으며 말했다.

“커피 마시러 갈까?”

종훈은 그러자고 했다. 그들은 음식점에서 나와 바로 옆 건물에 있는 카페로 갔다. 아메리카노 두 잔이 나오자 정운이 말했다.

“인생이란 게 살면 살수록 설레는 순간이 없어지는 것 같아. 대학 다닐 때는 하루하루가 신선했는데…… 내가 말한 적 있지? 내 인생에서 대학교 2학년, 3학년 때가 제일 행복했다고. 그때는 아침에 딱 눈을 뜨면 이런 생각이 들었어. 오늘은 또 어떤 멋진 일이 나를 기다리고 있을까? 말도 안 되는 소리 같지? 근데 진짜 그랬어. 그때는 그랬는데…….”

“모든 게 탄생과 성장과 절정과 쇠퇴로 갈 수밖에 없는 거 아닐까? 그리고 마지막에는 소멸이 있고.”

“그럼 지금 나는 쇠퇴기인 거야? 서른여섯에? 이제는 백세 시대라는데 그럼 나의 쇠퇴기는 60년 동안 계속되는 거야? 끔찍하다.”

“중간에 다시 반등할 수도 있지.”

잠시 침묵이 이어졌다.

“어쨌든 형수님이랑 일, 잘 해결됐으면 좋겠네.”

정운은 한숨을 내쉬더니 말없이 창밖을 바라보았다.

그들은 10분쯤 더 그곳에 앉아 있다 밖으로 나왔다. 정운이 말했다.

“시간 내줘서 고마워. 직장도 가까운데 종종 보자고.”

종훈은 그러자고 대답했다. 둘은 악수를 한 후 헤어졌다. 종훈은 사무실로 돌아오며 생각했다. 우리 시대의 결혼생활이란 너무도 어려운 과업이 되어버렸다고.

왜 결혼이 이렇게 힘든 일이 되었을까? 이전보다 여권이 신장되어서? 그럴지도. 하지만 그것은 바람직한 일 아닌가? 그렇다, 바람직한 일이다. 여성이 주체적으로 변해서 결혼생활이 힘들어졌다는 건 지나치게 가부장적인 생각이다. 실제로 그런 측면이 있을지라도 말이다. 게다가 현대의 결혼생활이 예전보다 어려워진 게 어떻게 여자들만의 탓이겠는가. 남자에게도 책임이 있지 않겠는가. 당연히 있을 터였다. 그렇다면 그것은 어떤 책임인가?

그것은 남자, 여자 구분 없이 모두에게 해당하는 현대적 속성에 기반한 것이 분명할 거란 생각이 들었다. 그리고 곧이어 떠오른 단어가 '이기주의'였다. 자신의 이익에 극도로 민감한 현대인들은 부부관계에서마저도 자신이라는 한 개인에게 이익이 되는 쪽으로 일을 진행하고 싶은 것이다. 그런 방식이 충돌을 불러일으켜 종국에는 서로에게 고통을 가져다준다고 할지라도 말이다.

하지만 현대인들에게도 할 말은 있다는 생각이 들었다. 인간이란 자신이 살아가는 시공간의 영향을 받을 수밖에 없는 존재이고, 현대를 살아가는 우리는 현대적인 가치관의 영향을 받을 수밖에 없는 존재이니까. 그것을 극복하는 일은 대부분 사람에게는 불가능하다. 일부 예외적으로 이타적인 놀라운 소수의 사람에게는 가능할지도 모르겠지만.

그렇다면 대다수인 우리는 어떻게 해야 하는가? 자신의 개인적인 이익을 위해 만인의 만인에 대한 투쟁을 지속해야 하는가?

그것은 고통스러운 일이 될 것이 분명했다. 그러나 다른 대안이 없다면? 그렇다면 그것을 선택할 수밖에 없는 일이었다. 그럼 정말로 다른 대안은 존재하지 않는가? 몇 가지 구시대적인 대안이 떠올랐다. 그러나 그런 것들이 과연 현대적 여건에서 대안으로 기능할 수 있을지는 의문이었다. 아니, 그럴 수 없을 것 같았다. 그렇다면…….

어느새 사무실이 있는 빌딩 앞에 도착했다. 정답 없는 고민은 그만해야 할 시간이군, 그렇게 중얼거리며 그는 빌딩 안으로 들어갔다.

13

"시간 괜찮으면 같이 저녁 먹고 들어가는 거 어때?"

수민은 잠시 생각하더니 대답했다.

"좋아요."

퇴근 시간의 광화문 거리는 묘한 활기를 띠고 있었다. 환하게 불을 밝힌 빌딩 숲을 지나 천천히 걸음을 옮기며 그가 말했다.

"저 와인바, 살라미 안주 맛있는데."

"그래요?"

"밥 대신 와인 마실까?"

그녀는 좋다고 대답했다.

다소 즉흥적으로 들어간 그곳은 넓지는 않았지만 아늑하고 따스한 느낌을 풍기는 조용한 공간이었다. 딱 하나 비어있는 테이블로 안내된 그들은 조금은 나른해지는 기분을 느끼며 의자에 앉았다. 그는 가격이 적당한 까베르네 소비뇽 한 병과 프로슈토와 살라미로 구성된 안주를 주문했다.

"한성주 대표랑 만난 게 며칠 전인데 이런 일이 일어나다니 믿기지 않아요. 사람 일은 한 치 앞도 알 수 없다더니……."

수민이 혼잣말처럼 중얼거렸다.

"무사히 돌아올 수 있을까요?"

그는 와인을 한 모금 마신 다음 말했다.

"그러기는 쉽지 않을 거야."

"살해당했을 거로 생각하시는 거예요?"

그는 대답하지 않았다. 잠시 침묵이 흘렀다.

유독 더 술에 잘 취하는 날이 있다. 오늘이 꼭 그랬다. 얼마 마시지 않았는데도 술기운이 올라왔다. 온갖 것들—한성주의 납치와 살해, 정운의 결혼생활에 드리운 위기, 혜진과의 결별, 맞은편 자리에 앉은 아름다운 수민까지—이 어지럽게 그의 머릿속을 휘돌아다니는 것 같았다.

그녀가 뭐라고 중얼거렸다. 아니, 어쩌면 중얼거린 것은 그녀가 아니라 그인지도 모르겠다. 그는 고개를 들어 그녀를 바라보았다. 순간 그는 느꼈다. 그녀를 사랑하고 있는 자신을.

노란 조명 아래서 화사하게 빛나는 그녀는 너무도 아름다웠다. 어째서 그녀는 내 마음을 받아줄 수 없다는 걸까? 왜 너무 쉽게 그렇게 대답했던 걸까? 어쩌면 그 대답은 얼마든지 바뀔 수 있는 것은 아닐까?

"아까 점심에 학교 선배가 좀 보자고 해서 같이 점심을 먹었거든, 근데 굉장히 안쓰러운 얘기를 하더라고."

"무슨 얘기를 했는데요?"

"선배가 지금 신혼인데 형수가 애를 안 갖겠다고 선언을 했대. 선배는 애가 있었으면 좋겠고, 선배 부모님은 반드시 있어야 한다고 하는데도 말이야."

"그래서 선배에게 뭐라고 하셨어요?"

"뻔한 소리 했지. 형수를 잘 설득하거나 아니면 형수가 하자는 대로 하라고."

그녀는 손끝으로 와인잔을 건드렸다.

"수민 씨는 어떻게 생각해? 결혼하고도 아이를 안 갖는 것에 대해서."

그녀는 잠시 생각하더니 말했다.

"결혼생활이 반드시 아이 낳는 일로 연결되어야 하는 건 아니라고 생각해요. 물론 그런 생각을 하고 있다면 결혼 전에 분명히 자신의 생각을 밝혀야 하겠지만요."

"그럼 결혼은 왜 하는 거라고 생각해?"

"사랑하는 사람과 함께 있고 싶어서겠죠."

"그러기 위해 꼭 결혼해야만 할 필요가 있을까?"

"꼭 결혼해야만 할 필요는 없겠죠."

"결혼이 오직 두 사람만의 행복을 위해 기능하는 것에 대해서는 반대하지 않아. 아이를 갖는 건 선택의 문제고, 아이가 없을 때 더 행복할 수 있는 커플은 그렇게 할 권리가 있다고도 생각하고. 근데 이 생각까지는 어떻게 할 수 없을 것 같아. 그렇게 재생산 없는 결혼들이 모이면 이 나라는 어떻게 될까? 이 나라의 미래는 어디로 가게 될까?"

"축소되겠죠. 다음 세대는 분명 지금보다 더 인구밀도가 낮아진 세상에서 살게 될 거예요. 경쟁도 줄어들고 환경오염도 줄어들고 어쩌면 인간 사이의 갈등도 더 줄어든 세상에서."

"축소에 대해 너무 긍정적으로만 생각하는 거 아니야?"

"부정적인 측면도 있겠죠. 고통도 따를 거고. 하지만 그렇더라도 각 개인의 선택을 존중해야 한다고 생각해요. 그게 불가피하게 사회 전체적인 쇠퇴를 불러일으킨다고 할지라도 말이에요."

"수민 씨는 어때?"

"뭐가요?"

"결혼하고 애 안 낳는 거."

"솔직히 말하자면 생각해 본 적 없어요. 결혼을 하고 싶은 건지도 잘 모르겠는걸요."

그녀는 잠시 말을 멈추고 테이블 너머의 무언가를 바라보았다. 그러나 곧 다시 시선을 그에게로 돌리며 말했다.

"어쩌면 결혼도, 연애도…… 그냥 외롭지 않기 위해 하는 거 아닐까요."

그가 나직한 목소리로 중얼거렸다.

"그런 지도 모르지."

"뭐가요?"

"외롭지 않기 위해 연애한다는 말, 맞을지도 모른다고."

그녀는 조용히 창밖을 바라보더니 말했다.

"지금까지 살아오면서 꽤 많은 남자를 만났다고 생각해요."

그녀는 천천히 와인잔을 들어 한 모금 마셨다.

"대체로 처음에는 즐거웠죠. 그렇지 않을 때도 있었지만. 제가 좋아하지 않는데도 상대가 저를 좋아해서 사귄 경우 말이에요. 하지만 어쨌든 사귀기로 한 이상 항상 어떤 기대를 하려고 노력했던 것 같아요. 이번에는 진짜일지도 몰라, 같은 생각? 그렇지만 결론은 항상 아니었죠. 항상. 솔직히 말하면 앞으로도 영원히 아닐지도 모른다고 생각해요. 아직 서른도 안 됐는데 사랑에 대해서 이렇게 회의적인 거 조금 우습죠?"

그렇게 말하며 그녀는 희미하게 웃었다. 그는 그녀의 그런 미소가 매력적이라고 생각했다.

"최근에 내린 결론은 이래요. 다소 종교적으로 들릴 수도 있겠지만, 인간이란 어쩔 수 없는 거구나. 왜, 기독교에는 모든 사람은 죄인이라는 교리가 있잖아요. 제가 만난 사람들이 그렇다는 게 아니라 저 자신이 그런 것 같아요."

그녀는 살짝 취한 것 같았다. 그는 그런 그녀를 가만히 바라보았다.

"그렇지만…… 그래도 희망을 버려서는 안 된다고 생각해요. 아직 우리가 경험해 보지 못한 가능성이 존재하니까."

"아직 경험해 보지 못한 실망도 존재할 테고."

그녀는 아무 말도 하지 않았지만, 눈빛으로 그 말에 동의하고 있었다.

"내가 보기에는 말이야, 수민 씨는 충분히 더 행복할 자격이 있어. 그렇지 않은 게 이상스럽게 느껴질 만큼. 하긴, 행복할 수 있는 조건을 갖췄다고 해서 다 행복한 건 아니지. 그런데 나는 그런 경우를 보면 안타까우면서도 흥미로워."

"행복할 수 있는 조건을 갖췄는데도 불행한 사람을 보면 흥미롭다는 거예요?"

그는 고개를 끄덕이며 말했다.

"인간의 운명에 드리운 비극성에 대한 흥미라고나 할까? 마릴린 먼로나 커트 코베인 같은 경우를 생각해 봐. 그들은 불쌍하면서도 어느 정도는 어리석어 보이지 않아? 하지만 그렇다고 꼭 자의에 의한 불행만을 뜻하는 건 아니야. 타의에 의해 순식간에 박탈되는 행복도 이상스럽긴 마찬가지니까."

납치되어 사라진 한성주에 관한 생각이 다시 찾아들었다. 따지고 보면 그는 아직 채 서른도 안 된 청년일 뿐이었다. 인생에 대해 아주 많은 기대와 가능성을 지닌 청년. 그런데 그런 그의 인생이 한순간에 증발해버린 것이다. 그가 가졌던 꿈과 야망도 함께 말이다.

"어쩌면 한성주도 그런 경우에 해당한다고 할 수 있겠네……. 어쨌든 인간이란 아주 취약한 존재야. 그건 분명해."

그는 한동안 아무 말도 하지 않고 무언가에 대해 생각했다. 그녀는 그런 그를 방해하지 않았다. 다시 대화가 시작된 것은 그의 다소 뜬금없는 물음 때문이었다.

"앞으로 이 나라는 어떻게 될까?"

반쯤은 혼잣말 같은 그 물음에 그녀는 아무런 대답도 하지 않았다. 그는 계속해서 말했다.

"수민 씨처럼 똑똑하고 매력적인 여자들 상당수가 아이를 갖지 않게 될 미래는 어떤 모습일까? 아마도 지금보다 훨씬 활력이 떨어진 사회가 되겠지? 많은 아름다움이 계승되지 못한 채 사라지게 될 테고. 많은 가능성이 태어나보지도 못하고 소멸되는 시대, 전반적으로 쓸쓸하고 애잔한 시대. 뭐 그게 꼭 나쁠 이유도 없겠지. 하지만……."

그는 잠시 말을 멈췄다. 그녀는 여전히 말없이 그를 바라보았다.

"그것보다는 좋은 미래가 왔으면 좋겠어. 더 많은 사람이 더 행복한 미래가……."

그녀는 동의한다는 듯 가볍게 고개를 끄덕이곤 나직한 숨을 내쉬었다.

"너무 감상적이었나?"

그렇게 말하며 그는 손으로 턱을 쓰다듬었다.

그녀와 헤어져 오피스텔로 돌아가는 택시 안에서 그는 한성주를 납치 살해한 범인이 검거되었으며 그는 스물일곱의 대학중퇴생이라는 뉴스를 듣게 되었다.

14

"그러니까 심승우 단독범행으로 보신다 이거네요?"

종훈의 물음에 박 경위는 다소 피곤한 목소리로 대답했다.

"그렇다니까, 본인이 그렇게 자백했고, 이 기자도 잘 알겠지만,

우리가 이런 사건 하루 이틀 겪는 거 아니잖아."

"그렇지만 단독범행으로 보기에는 범행방식이 너무 정교한 측면이 있지 않나요?"

"공범 없이 혼자서는 도저히 불가능하다고 할 정도는 아니야."

"범행 동기는 정확히 뭐래요?"

"한성주 같은 사람들 때문에 우리나라가 점점 더 오염되는 것을 두고 볼 수 없었대."

"그게 다예요?"

"어."

"정말로 그게 다라고 생각하세요?"

"그럼?"

심승우가 극우주의적 성향을 지닌 청년인 것은 분명했다. 그의 노트북과 휴대전화에서 발견된 관련 사이트에 접속한 흔적들, 그리고 그곳에 남긴 글들이 그 사실을 증명해 주었다. 그가 쓴 글들은 대단히 조악했다. 대부분이 서너 줄밖에 안 되는, 논리라고는 찾아볼 수 없는 감정 배설에 불과했다. 그러나 극우 성향 사이트에 글을 남기는 것과 직접 테러를 저지르는 것은 차원이 다른 문제다. 거기다 그가 범행을 저지른 방식은 너무나 교묘했고, 무엇보다 중요 사실은 비용이 많이 들었다는 것이다. 가난한 대학중퇴생인 그가 무슨 돈으로 한 달이나 차량을 렌트했으며, 시신을 유기한 지역의 호텔에서 나흘이나 묵었는지는 정확히 규명되지 않았다. 범행을 전후한 일주일 동안 그가 평소와는 비교도

되지 않을 만큼 돈을 헤프게 썼다는 사실도 밝혀졌다. 이런 모든 일을 이유로 종훈은 누군가, 또는 어떤 조직이 심승우에게 범행에 필요한 일체의 비용을 제공했고, 성공했을 시 성공보수까지 약속한 것은 아닐까 하고 의심했다. 그런 의심을 뒷받침할만한 어떤 구체적인 증거도 갖고 있지 못했지만 말이다.

심승우의 계좌는 깨끗했다. 계좌에 들어 있는 돈은 채 100만 원도 되지 않았는데, 그마저도 2개월 전 마지막으로 아르바이트를 하고 받은 140만 원을 아껴가며 생활한 결과였다. 물론 범행의 대가는 현금으로 지급되었을 수도 있다. 그렇다면 그 돈은 어디에 있는 걸까? 샅샅이 수색한 심승우의 작은 원룸 어디에서도 뭉칫돈은 발견되지 않았다. 그러니까 종훈의 음모론적인 생각을 뒷받침해 줄 수 있는 어떠한 물증도 없었다.

종훈은 자신이 가지고 있는 의심에 대해 박 경위에게 말했다. (이번이 처음은 아니었다. 지난주에도 비슷한 내용으로 통화한 적이 있었다) 박 경위는 차량 렌트에 들어간 돈은 후배에게 빌린 것으로 밝혀졌으며, 호텔에 묵거나 일식집에서 식사한 것은 심승우 자신의 표현에 따르자면 거사를 앞두고, 그리고 마치고 자신에 대한 보상 차원에서 한 일이라고 했다고 말했다. 종훈은 잠시 무언가를 생각한 후 다시 입을 열었다.

"심승우가 인터넷에 남긴 글들 확인해 보셨죠? 생각보단 과격하지 않더라고요. 물론 그렇다고 제정신인 사람이 쓴 글이라고 할 수는 없겠지만……. 송우석의 주장에 공감한다는 구절을 여러 차례 남긴 것으로 보아서 다문화주의에 대한 반감이 있는 것은 분명해요. 하지만……"

박 경위가 그의 말을 끊으며 말했다.

"이 기자, 내가 이제 나가봐야 해서 그러는데, 심승우란 놈이 일반적으로 이런 사건을 저지르는 녀석들과는 좀 다른 유형이란 건 나도 인정해. 하지만 그렇다고 그 자식의 배후에 누가 있다거나 우리가 밝혀내지 못한 어떤 진실이 더 있다고는 생각하지 않아. 왜냐고?"

그는 가볍게 얼굴을 찌푸렸다.

"너무 명백하니까. 녀석도 그렇게 진술했고, 정황도 진술과 일치하니까. 이 기자가 이 사건에 특별한 관심을 두고 있고, 여러 가지 가설을 세우고 있는 거 잘 알겠는데 드러난 게 너무 명확해서 다른 식으로 생각할 여지가 없다니까."

종훈은 가볍게 한숨을 내쉬었다.

"알겠어요, 어떤 말인지. 오래 붙잡아서 미안해요. 혹시라도 더 진전된 상황이 발생하면 연락해 주세요."

경찰서 밖으로 걸어 나오며 종훈은 어떤 개운치 못한 떨떠름함을 느꼈다. 기자로서 그의 직감은 이 사건에 무언가 더 밝혀져야 할 구석이 있다고 외치고 있었다. 허나 당장 그에 대해 더 파고들 수는 없었다. 일단은 신문사로 복귀해 모레부터 연재되기 시작할 '교육'에 대한 기획 기사를 작성해야 했기 때문이다. 사무실로 향하는 차 안에서 그는 느꼈다. 자신의 내부에서 다시 일에 대한 열정이 되살아났음을. 그는 이런 사건이 필요했던 것이다. 꼭 이런 사건이.

차가 막혀 사무실에는 5시 넘어서야 도착할 수 있었다. 박 부장은 외근 중이었고 윤 차장과 수민만 자리를 지키고 있었다. 윤 차장과 심승우 사건에 대한 얘기를 간략하게 주고받은 후 수민에게로 간 그는 오늘 저녁에는 야근해야 할 것 같다고 말했다. 수민은 이미 알고 있었다는 얼굴로 고개를 끄덕였다.

한 시간이나 지났을까, 윤 차장이 약속이 있어 먼저 퇴근하겠다고 인사한 후 사무실을 떠났다. 벽에 걸린 시계를 보니 6시 반이었다.

"저녁 먹으러 갈까?"

수민은 그러자고 했다. 그들은 엘리베이터를 타고 로비로 내려와 출입구를 향해 걸음을 옮겼다. 걸으면서 그는 수민에게 박 경위와 만나 주고받은 얘기들에 대해 들려주었다. 그가 품고 있는 의심에 대해서는 말하지 않았다. 아직 거기까지는 말하고 싶지 않았기 때문이다. 막 출입문 밖으로 나와 횡단보도를 향해 가려는데 그를 부르는 목소리가 들려왔다. 그것은 혜진의 목소리였다.

"잠깐 시간 괜찮아? 하고 싶은 얘기가 있는데."

다소 당황스러운 일이었지만 그는 침착함을 잃지 않은 채로 대답했다.

"좋아, 근데 잠시만."

그리고는 안주머니에서 지갑을 꺼내 그 안에서 법인카드를 찾아 수민에게 주며 말했다.

“미안한데, 이걸로 먼저 식사해. 그리고 좀 있다 사무실에서 보자고.”

수민은 말없이 고개를 끄덕였다. 수민을 뒤로한 채 그는 혜진과 함께 근처의 카페로 갔다. 아메리카노와 바닐라라테를 주문한 후 비어있는 창가 쪽 자리로 가 앉자 그녀가 말했다.

”불쑥 찾아와서 미안해.”

그는 아무런 대답도 하지 않았다.

“좋아 보이네. 잘 지내고 있나 보지?”

그는 차분한 목소리로 대답했다.

“그냥 그래.”

잠시 침묵이 이어졌다. 주문한 음료가 나왔다는 점원의 외침이 들렸다. 그는 자리에서 일어나 카운터로 가 커피를 받아왔다.

“나는 잘 지내지 못했어.”

그가 가져다준 바닐라라테를 물끄러미 바라보며 그녀가 말했다. 재즈풍의 음악이 잔잔히 흘러나오는 가운데 다음 손님에게 음료가 나왔음을 알리는 점원의 목소리가 들려왔다.

“그러다 도저히 그냥 이렇게 이유도 모른 채 헤어질 수는 없다는 생각이 들었어. 그래서…… 이렇게 찾아온 거야.”

그것은 분명 그녀로서는 자존심 상하는 일이었을 것이다. 자신을 차버린 남자에게 다시 찾아와 왜 그랬는지 이유를 묻는 일 말이다. 그는 그녀가 그런 행동을 하게 만든 것에 미안함을 느꼈다. 그것은 이별을 통보하던 날에 느꼈던 것 이상의 미안함이었다.

그녀는 올해로 서른둘이었다. 곧 삼십 대 중반으로 들어서게 될 나이. 그는 그런 그녀와 3년간 연애했다. 그녀의 연애 상대가 그 아닌 다른 남자였다면 그녀는 결혼적령기를 놓치지 않았을지도 모른다. 물론 그녀는 결혼적령기를 놓쳤다고 하기에는 아직 젊었다. 그러나 그는 꼭 그렇지만은 않을 수도 있다고 생각했다. 삼십 대 중반의 남자와 삼십 대 중반의 여자는 다르니까. 그는 그녀의 인생에서 빛나는 시간을 훔쳐내 버린 것이다.

"예쁘던데."

그녀가 말했다.

"누구야?"

"인턴."

"그럼 대학생?"

그는 고개를 끄덕였다.

"걔 때문이야?"

대답 대신 그는 아메리카노 잔을 들어 한 모금 마셨다.

"대답해 줘. 무슨 이유로 우리가 헤어져야만 하는 건지."

강요하는 목소리는 아니었다. 부탁의 목소리였다. 슬픔 어린 부탁의 목소리. 그는 한숨을 내쉰 후 말했다.

"그 애와 나는 아무런 관계도 아니야. 일주일 후면 그 애는 우리 부서를 떠나 다른 곳으로 갈 테고, 인턴 생활 자체도 한 달 후면 완전히 끝날 거야. 그러면 아마도 다시 만날 일은 없을 거야."

그녀는 말없이 그를 바라보았다. 그 시선은 그럼 도대체 무엇 때문이냐고 묻고 있었다.

"굳이 헤어져야만 했던 이유를 말해야 한다면…… 자기애 때문이 아닐까 싶네."

"자기애? 그게 무슨 말이야?"

그는 생각했다. 나는 너와 함께 있는 게 싫지 않았고 너로부터 많은 것을 받아왔지만, 결국 아주 결정적인 순간에는 너를 밀쳐냈어. 그건 분명 잔인한 일이었어. 하지만 어쩔 수가 없었어. 왜냐고? 지난 3년 동안은 네가 필요했지만, 그것이 영원히 서로에게 묶이는 계약으로 가기엔 너에 대한 내 사랑이 충분치 못했으니까. 널 이용만 하다 버렸다고, 그것도 여자로서 가장 좋은 시절을 향유하고 버렸다고 비난하고 싶다면 좋아 동의할게. 나는 그랬어. 나는…… 어쩌면 내가 기사를 통해 비난했던 이주 노동자들의 착취자와 다를 바 없는 놈일지도 몰라.

그게 그 순간 그의 머릿속에서 두서없이 떠오른 생각이었다. 물론 그 생각 중 어느 하나도 입 밖으로 꺼내놓을 수는 없었다.

"오빠가 말하는 자기애가 어떤 건지 모르겠지만, 나는……"

그녀의 입술이 금방이라도 울음을 터뜨릴 것처럼 일그러졌다.

"오빠가 다시 한번 생각해줬으면 좋겠어."

그녀는 결국 울지 않았다. 잠시였지만 그런 모습을 보인 게 부끄러웠던 듯 서둘러 다시 평정을 찾기 위해 노력했고 성공했다.

그런 그녀를 보며 그는 생각했다. 조금 전 내뱉은 말이 그녀가 그를 찾아온 이유일 거라고. 그녀가 안쓰럽게 느껴졌다. 그러나 그의 마음은 달라지지 않았다. 그는 그런 자신을 잔인하다고 욕해도 할 말이 없을 거라고 느꼈다.

이제 어떻게 말하는 것이 가장 좋을까? 오직 그 문제만이 그 순간 그의 머릿속을 가득 채우고 있었다. 어떻게 더 이상의 소란 없이 그녀를 자신에게서 떼어낼 수 있을까. 아주 실제적인 그 물음에 대한 답이 그는 필요했다.

"미안해. 그럴 수는…… 없을 것 같아."

그는 어떤 형태의 비난이든 다 받을 준비를 하며 그렇게 말했다. 이제 과연 어떤 일이 일어날 것인가?

그녀는 긴 한숨을 내쉬더니 말없이 테이블 위에 놓인 빨대만 바라보았다. 그렇게 5초쯤 흐르자 그는 느꼈다. 그녀가 추가로 어떤 비난의 말도 하지 않으리란 걸.

그렇게 한동안 더 이어지던 침묵을 깬 것은 그녀의 힘 빠진 목소리였다.

"알았어. 더는 귀찮게 하지 않을게……."

"미안해. 정말로."

"뱃속이 좋지 않아, 이건 더 마실 수 없을 것 같아."

그렇게 말하며 그녀는 자리에서 일어났다. 그도 따라서 일어났다. 하지만 그녀가 말했다.

"미안한데, 혼자서 돌아가고 싶어."

그는 고개를 끄덕였다. 그리고 다시 자리에 앉았다. 그녀는 천천히 걸음을 옮겨 카페 밖으로 나갔다. 그런 그녀의 뒷모습이 애처롭게 느껴졌다. 그러나 그와 동시에 이제 모든 것은 완전히 끝났으며, 그렇게 되었다는데 안도감을 느꼈다.

그랬다. 그는 죄책감과 동시에 안도감을 느꼈다. 또한 자신이 분열된 존재임도 느꼈다. 이타적이길 원하면서도 이기적일 수밖에 없는, 그러면서도 타인의 이기적인 모습에는 분노하는, 뭔가 양립할 수 없는 것들이 뒤섞인 존재. 다시 한번 죄책감이 찾아왔다. 그런 감정이 밀려들 때면 그가 사용하는 방법이 있었다. 그것은 자신뿐만 아니라 모든 사람이 죄책감 느낄 일을 저지르며 살아간다는 사실을 의식적으로 생각하는 것이었다. 그런 생각은 위안을 주었다. 나는…… 그러니까…… 말하자면 다른 많은 이와 같은 인간인 것이다. 그는 그런 생각을 일종의 '면죄부 발부'라고 불렀다. 너에게 면죄부를 발부하노라!

그는 5분쯤 더 앉아 있다 그곳을 떠났다.

사무실에 돌아온 그를 수민이 맞이했다. 그녀는 샌드위치로 간단하게 저녁을 해결했다고 했다. 그는 그녀가 제대로 된 음식을 사 먹지 않은 것에 대해 화가 났지만 동시에 미안하기도 했다. 그래서 다른 말 없이 그녀가 처리해 주어야 할 업무에 대해서만 지시한 후 자기 자리로 돌아갔다. 수민 또한 혜진에 대해 어떤 것도 묻지 않았다.

9시쯤 되자 일은 거의 마무리되었다. 수민에게 퇴근할 준비를 하라고 말한 후 화장실에 다녀오려고 하는데 휴대전화가 울렸다. 박 경위의 전화였다.

"이 기자, 지금 통화 괜찮아?"

"네, 괜찮습니다."

"심승우 사건 말이야. 새로운 게 하나 발견돼서 전화했어."

"어떤 건데요?"

"그놈이 렌트했던 차 있잖아, 그거 소유한 업체에서 연락이 왔는데 차 바닥 매트 아래 명함이 하나 떨어져 있었대."

"명함이요?"

"어, 근데 그 명함이 누구 거냐면 말이야, 송우석 알지? 왜 그 다문화주의에 대해 반대하는 책 써서 유명해진 교수 있잖아, 그 양반 거야. 한성주랑 정확히 반대편에 선 사람이라고 할 수 있는 그 양반 명함을 심승우가 가지고 있었다는 건…… 이 기자가 말했던 것처럼 이번 사건이 전적으로 심승우 혼자 기획한 것이 아닐 수도 있다는 뜻이지."

"심승우에게 어떻게 그 명함을 받게 되었는지 물어보셨어요?"

"물어봤지."

"뭐래요?"

"강연회에 갔을 때 받은 거래."

"강연회?"

"어, 송우석이 두 달 전에 출판사에서 주관한 강연회에 강사로 나왔는데 그때 만났다고 하더라고."

"그래요? 그렇지만 강연회에 온 모든 사람에게 명함을 나눠주진 않았을 거 아니에요?"

"당연하지. 심승우 말로는 강연이 끝나고 찾아가서 더 많은 것을 배우고 싶다고 했더니 명함을 주었대. 연락하라는 뜻으로."

"송우석을 소환해서 어떻게 된 건지 물어보는 게 좋을 것 같은데요."

"그러기로 했어."

박 경위와 통화를 마치자 여러 가지 생각이 찾아왔다. 한성주와 송우석, 송우석과 심승우……. 무언가 더 분명해져야 할 필요가 있었다. 그는 내일 당장 송우석을 찾아가기로 했다.

15

송우석은 만남을 요청하는 종훈의 전화에 즐겁게 반응했다. 기다리고 있었다는 듯한 목소리였다. 그는 직접 종훈의 사무실이 있는 광화문으로 가겠다고 했다. 다만 오늘과 내일은 일정이 있어 만나기 힘들 것 같으니 목요일 저녁에 보자고 했다. 종훈은 좋다고 대답했다. 그러자 송우석은 묻지도 않은 말을 했다.

"이 기자도 이미 알고 있을지 모르지만 나와 토론했던 젊은 이상주의자의 죽음에 내가 관련이 있을지도 모른다는 의심을 받고 있습니다. 유쾌한 일이라고 할 수는 없지만, 뭐 어쩔 수 없죠. 인생을 살다 보면 원치 않아도 이런저런 일들을 겪게 되는 법이니까……. 자세한 얘기는 만나서 하도록 하죠."

송우석의 목소리에는 어떤 즐거움이 배어 있었다. 종훈은 그렇게 느꼈다. 무엇에 대한 즐거움이었을까? 경찰 소환이 임박한 시점에서 자신의 결백을 증명하기 위한 전투 의지를 높이려는 전략인가? 아니면 평소와 다를 바 없는 그의 목소리에 내가 지나치게 과장된 의미를 부여한 건가?

그날 온종일 새로운 국면으로 접어든 심승우 사건에 관한 관심과 함께 송우석의 그 즐거움 배인 목소리에 대한 생각이 종훈의 마음 한구석을 맴돌았다.

송우석이 종훈을 찾아온 것은 다음날 오후 6시를 조금 넘어서였다. 그는 경찰과의 문답을 마치고 오는 길이라고 했다. 송우석이 아무런 사전 연락 없이 약속 날짜를 하루 앞당겨 찾아왔고, 종훈에게는 오늘 저녁 처리해야 할 업무가 있었음에도 그들 두 사람은 아주 자연스럽게, 마치 그렇게 되도록 예정돼 있었다는 듯 사무실을 나와 근처의 조용한 일식집으로 향했다.

"여긴 광화문으로 나올 일이 있으면 종종 찾는 곳입니다. 이 기자도 몇 번 와봤을 거로 생각하는데, 그렇지요?"

그곳은 종훈이 처음 가보는 곳이었다. 위치상 눈에 잘 띄지 않는 곳에 있어서이기도 했지만, 그 이상으로 간판이나 장식이 너무

수수해 지나가는 이의 시선을 끌 수 없었기 때문이다. 어떤 의미에서 그곳은 외부에 자신의 존재를 드러내지 않으려고 애쓰는 듯한 인상을 주었다. 그런 노력을 하는 음식점이 존재할 수 있을지는 의문이지만 어쨌든 그래 보였다.

그곳이 처음이라는 종훈의 말에 송우석은 가볍게 웃더니 그럼 분명 더 즐거운 식사가 될 거라고 했다.

음식점 내부는 밖에서 예상했던 것과는 전혀 달랐다. 조용하고 차분한 검은 공간, 그게 그곳의 색깔이었다. 그들은 예약한 룸으로 안내되었다. 송우석은 디너 정식을 주문했다.

"이 나라의 경찰은 제법 유능하다고 생각합니다. 창의적인 수사를 펼쳐나가기 위한 노력은 격려받아 마땅하다고 생각하고. 하지만 이번에는 너무 나갔어요. 상상력을 지나치게 발휘했다고 할까?"

"심승우가 렌트한 차량에서 교수님의 명함이 발견되었다는 얘기는 들었습니다. 그런 발견이 있은 이상 교수님께 이것저것 물어보는 것은 당연한 수순이겠지요."

음식이 나오기 시작했다.

"뭐 어찌 됐든 모든 것은 다 잘 해결되었습니다. 오해는 풀렸고, 사실관계는 명확하게 밝혀졌으니까."

그렇게 말하며 송우석은 음식을 들라는 의미의 손짓을 했다.

"심승우가 어떻게 교수님의 명함을 갖고 있게 되었는지 여쭤봐도 될까요?"

"그 명함은 내가 준 겁니다. 『내일을 위한 선택』의 출간기념 강연회에서. 그 어리석은 젊은이는 강연이 끝난 후 내 앞으로 걸어와 존경한다는 인사와 함께 메일 주소를 가르쳐달라고 했었죠. 내 책들을 읽고 깊은 감명을 받았으며 추후 내 조언을 구하고 싶을 때 메일을 보내고 싶다는 말을 늘어놓으면서요. 나는 그 청년의 요구를 흔쾌히 수락했습니다. 이 기자도 잘 알겠지만 글 쓰는 사람이란 자신의 열렬한 독자에게는 약한 법이지요. 그러나 그 일이 있고 난 뒤로 그 청년으로부터 메일을 받은 적은 없습니다. 내 생각으론 그는 메일을 보내기 위해서가 아니라 나로부터 기념할만한 무언가를 얻기 위해 그런 요구를 했던 것 같습니다. 아마도 원래의 목적은 자신이 들고 있던 작은 수첩에 내가 적어준 메일주소를 남기는 것이 아니었을까 생각합니다. 그러나 내가 앉아있던 테이블 위에는 마침 명함이 몇 장 있었고 나는 굳이 볼펜을 들어 글자를 적어주는 대신 그걸 주는 게 좋겠다고 생각했지요."

"휴대전화 번호가 노출되는 것에 대해서는 염려되지 않으셨나요?"

"그는 나의 적이 아니라 독자였습니다. 그의 눈빛을 보고 곧바로 그 사실을 알 수 있었지요. 내가 왜 나의 독자를 두려워해야 한단 말입니까?"

"심승우는 그 뒤로 한 번도 연락해오지 않았습니까?"

"적어도 메일은 보내오지 않았습니다."

"전화는?"

“나는 종종 이상한 전화들을 받고 있습니다. 아무 말도 하지 않고 5초쯤 있다 끊는 것 같은 전화 말입니다. 그런 전화 중 하나가 그 청년으로부터 온 것일 수도 있겠지요.”

음식은 전반적으로 훌륭했다. 특히 선어회는 그 맛이 환상적이었다.

“교수님의 주장에 강하게 영향을 받은 사람이 살인을 저질렀습니다. 이 사실에 대해서는 어떻게 생각하십니까?”

“나는 다문화주의에 반대하는 운동을 폭력적인 방식으로 벌이자고 주장한 적이 없습니다. 그런 방식은 현명하지 않기 때문이죠. 바람직한 방식은 조용하면서도 실제적인, 대단히 이성적인 조치들이어야 한다는 게 나의 일관된 생각입니다.”

“그러나 심승우를 비롯한 적지 않은 이가 교수님의 주장에 감정적으로 반응하고 있는 것이 현실입니다. 이런 상황에 대한 책임을 느끼지는 않으십니까?”

“내가 어떻게 대답할 것 같습니까? 오늘의 만남이 사적인 자리이긴 하지만 이곳에서 한 발언도 충분히 기사화될 수 있다는 걸 아는 사람으로서.”

“책임을 느낀다고 대답하시겠지요.”

송우석은 조용히 웃었다.

“이번 사건은, 어느 정도는 불가피한 일이었다고 생각합니다.”

“그게 무슨 뜻이죠?”

“극단적인 행동은 문제를 정치적으로 풀 수 없다고 느낄 때 나타나는 법이죠. 정부 정책이 흔들림 없이 자본가들과 다문화주의자들의 이익만을 대변하는 데 대한 젊은 세대들의 좌절감은 언젠가는 행동으로 폭발할 수밖에 없습니다."

"자본가라고 이야기하시지만 이주 노동자들을 고용한 대부분의 사업주는 자본가라 불리는 것이 부적절한 영세 사업장을 소유한 사람들입니다. 그들을……"

"혁신이 언제 일어나는지 압니까? 그런 영세한 자본가들에게 저임금 이주 노동력을 공급해 지지부진한 사업이 유지되도록 하는 일을 그칠 때 일어납니다."

"그렇게 쉽게 얘기할 수 있는 문제가 아니라고 생각합니다. 농업, 어업, 저숙련 육체노동 생산직 고용주들은 이주 노동자 공급이 축소되면 당장 사업장을 닫아야 할 실정입니다."

"이미 조정이 이루어졌어야 했을 구조가 인위적인 개입으로 지나치게 오래 지속된 것입니다. 창조적 파괴가 일어나야만 합니다. 충격을 최소화하는 방식으로. 그것이 장기적으로 봤을 때 모두에게 이익이 될 테니까."

"교수님의 주장대로 다문화주의에는 결점이 있습니다. 그러나 그렇기에 국수주의로 가자는 데는 대다수 국민이 동의하지 않을 겁니다. 그것이 글로벌화된 현시대와 미래에 적절한 대응 방식이 될 수 없기 때문입니다. 그러니까 저는……"

"이 기자."

송우석이 호의 섞인 동정이랄까 아니면 비웃음으로도 비칠 수 있는 눈빛으로 그를 바라보며 말했다.

"아직도 모르겠습니까? 내가 왜 이런 일을 하는지를? 내가 아무리 부르짖어도 이 나라는 서구사회가 갔던 길과 비슷한 길을 걷게 될 겁니다. 그리고 서구와는 또 다른 미래를 만들어 내게 될 거고. 비슷하게 나쁘지만 더 끔찍할 미래를 말입니다. 우리 세대는 후손들에게 더 좋은 사회를 물려주는 데 실패했습니다. 하지만 어쩌겠습니까? 실패한 데서부터 다시 시작하는 수밖에."

잠시 말을 멈춘 송우석은 무언가를 생각하는 듯했다. 그는 곧 다시 입을 열었다.

"객관적인 지표로만 보자면 21세기 초반에 대한민국에서 살아가고 있다는 것만으로도, 이곳에서 중간 정도 수준의 생활을 하고 있다는 것만으로도 전 세계 76억 인구 중 상위 30% 안에는 들 겁니다. 우리는 여러 가지로 문제가 많지만, 그 정도 수준은 되는 나라에서 살고 있지요. 나는 다음 세대에게 최소한 지금 수준의 국가는 물려줘야 한다고 생각합니다. 민족적 정체성을 상실하고 인종적, 문화적으로 분열된, 경제적으로도 몰락해가는 국가가 아니라."

"죄송한 말씀이지만 저희 세대는, 저희 젊은 세대는 그런 민족주의적인 주장에 별 감흥을 느끼지 못합니다. 민족적 정체성을 유지하는 일은 저희에게 크게 중요한 일이 아닙니다. 개개인의 삶이 행복하고 만족스러우냐가 훨씬 더 중요한 일이지요."

"바로 그것이 다문화주의에 대한 추구의 철회로 가능할 거라는 말입니다. 외부인을 들여옴으로써 사람의 가치를, 노동의 가치를 인위적으로 낮추는 방식을 그칠 때 말입니다. 우리의 젊은이들과 우리의 노동자들은 보다 나은 대우를 받아야만 합니다. 이제 곧 수적으로 그렇게 대우해 줄 수밖에 없는 수준으로 그들의 숫자가 줄어들 겁니다. 그런데 밖에서 사람을 데려와 부족한 수를 채우자고? 앞으로도 계속 지금과 같은 낮은 임금과 열악한 처우로 다음 세대들을 고통받게 하자고? 그럴 수는 없습니다. 나는 절대로 거기에 동의할 수 없습니다."

솔직히 말해서 종훈은 송우석이 설파하는 일종의 이타주의(다음 세대를 위한다는 점에서), 또는 공동체적 이기주의 (인종적으로 동일한 한국인만을 위한다는 점에서)에 공감할 수 없었다. 왜? 어떤 이유로? 갑자기 그의 머릿속에서 '위선'이란 단어가 떠올랐다. '맞아, 바로 그거야!'하고 그는 생각했다.

그렇다면 그는 왜 그런 생각을 했던 걸까? 민족과 다음 세대를 걱정하는 송우석의 발언이 거짓처럼 느껴져서? 아니, 그렇지는 않았다. 아마도 그런 말을 하는 그의 마음은 진심이었을 거다. 그럼 왜? 언젠가 송우석이 했던 말이 그에 대한 답이 될 수 있을 것 같았다.

"인간이란 헌신할 수 있는 가치 없이는 살아갈 수 없는 존재입니다. 나에게는 그 가치가 나 자신이지요. 내 말이 실현되는 것을 보는 것, 일종의 권력의지라고 해두지요."

그러니까 그가 저렇게 열을 내는 것은 자기 생각이 이 땅에서 실현되고 있지 않기 때문인 것이다. 그것은 이타주의도, 공동체적 이기주의도 아니었다. 그냥 이기주의였다. 종훈은 분명히 그렇다고 느꼈다.

"이건 맥락에서 벗어난 얘기지만 교수님의 말씀을 듣고 있는데 갑자기 이런 생각이 드는군요. 어떤 한 인간이 자신이 이상적으로 생각하는 사회를 만들기 위해 애쓰는 것은 지극히 이기적인 일이다, 라는 생각. 어떻습니까? 제 생각이 말입니다."

송우석은 잠시 생각하더니 나직한 어조로 말했다.

"그렇습니다. 그것은 이기적인 일입니다. 말한 대로 그것은 지극히 이기적인 일입니다."

"동의하신다니 기분이 좋군요."

침묵이 이어졌다. 송우석은 한동안 말없이 무언가를 생각하는 것 같았다.

"그런데 이 기자, 아주 사적인 질문을 하나 해도 되겠습니까?"

"얼마든지요."

"언제 결혼할 생각이죠?"

의외의 질문이었다.

"결혼이라…… 당분간은 생각 없는데요."

"사귀는 사람은 있습니까?"

충분히 무례한 느낌을 줄 수 있는 질문이었다. 그러나 종훈은 전혀 그런 느낌을 받지 못했다.

"얼마 전에 헤어졌습니다."

"안타까운 일이로군요. 나는 말입니다, 이 기자 같은 유능한 젊은이들이 너무 늦지 않게 가정을 이루는 것이 대단히 중요하다고 생각합니다."

"그런 생각을 가지고 계실 거라 짐작했습니다."

"국가나 사회를 위해서가 아닙니다."

"그럼 무엇을 위해서죠?"

"순수하게 개인의 행복을 위해서."

"결혼이 말입니까?"

"그렇습니다."

"오늘날은 순수하게 개인의 행복을 위해 결혼하지 않는 시대 아닐까요?"

"물론 소수의 특별한 사람은 결혼하지 않을 때 더 행복할 수 있겠죠. 그러나 대다수는 그렇지 않습니다."

송우석은 음울한 표정으로 희미하게 웃더니 계속해서 말했다.

"올해로 내 나이 쉰하나입니다. 인생을 절반 넘게 살았다고 할 수 있는 나이지요. 나는 결혼을 하지 않았습니다. 여자가 없었던 건 아니었죠. 여자야 충분히 있어 왔고 지금도 있습니다."

"그럼 왜 결혼하지 않으신 거죠?"

그 말에 송우석은 희미하게 웃었다. 어딘지 회한이 느껴지는 웃음이었다.

"결혼이란 것에는 적절한 시기가 있습니다. 그 시기를 넘어서면 결혼이란 것이 줄 수 있는 유익보다 그로 인해 초래될 손실이 더

커질 수도 있는 법이지요."

"교수님은 그 시기를 넘어섰다는 뜻입니까?"

"그 시기는 사람에 따라 다릅니다. 나로 국한시켜 말하자면, 그렇습니다. 나는 그 시기를 넘겼다고 생각합니다."

"저는 결혼이라는 것이 행복을 보장해 주지 못한다는 것을 보며 자랐습니다. 제 부모님을 통해서요. 아버지는 주로 밖으로 도는 타입이셨죠. 다른 여자가 있어서이기도 했지만, 꼭 그것 때문만은 아니었습니다. 말하자면 한 여자와만 평생 묶이는 결혼이란 제도에 적합하지 않은 사람이었던 거죠. 그런 이유로 저는 어머니의 마음고생을 보며 자랐습니다. 그래도 어머니는 아버지를 떠나지 않으셨지요. 노년에 들어서는 꽤 친밀하게 지내시게 된 것도 같고요. 그러나 전체적으로 보았을 때 행복한 인생은 아니었습니다."

종훈은 자신이 왜 그런 얘기까지 꺼내놓은 건지 알 수 없었다. 술을 한 방울도 마시지 않았지만 가볍게 취한 기분이었다.

"엄밀히 말하자면 행복한 삶이란 존재하지 않습니다. 덜 불행한 삶이 있을 뿐."

"결혼이 덜 불행한 삶을 줄 수 있다고 생각하십니까?"

"그렇습니다."

"하지만 결혼 때문에 더 불행해질 수도 있지 않을까요?"

"물론 그럴 수도 있습니다. 그러나 그것에도 그 나름의 장점이 있지요."

"장점이요? 불행한 결혼의 장점?"

"모든 선택은 결과를 남기는 법이죠. 설령 그것이 불행한 결혼이었다 할지라도."

"결혼 없이 사는 삶도, 그 선택도 어떤 결과를 남길 겁니다."

"그 결과는 불행한 결혼보다 초라할 겁니다."

"선뜻 동의하기 힘든 주장이군요."

송우석은 또다시 웃었다. 이번에는 확실하게 유쾌한 웃음이었다.

"아무쪼록 이 기자가 내 말에 동의할 수 있는 경험을 할 수 있기를 빌겠습니다."

그렇게 말하면서 그는 자리에서 일어났다. 시간은 8시를 넘어있었다.

16

금요일 저녁에 분당 부모님 집을 찾은 건 거의 2년만인 것 같다. 보통은 한 달에 한 번 토요일 오후에 찾아가 하룻밤 자고 일찍 나오는 게 다였다. 연락도 없이 찾아온 아들을 아버지, 어머니는 반갑게 맞아주었다. 하지만 내심 어쩐 일인지 궁금해하는 것도 같았다.

"근처에서 약속이 있어 누구 좀 만나고, 이 동네 온 김에 집에서 자고 가려고 왔어요. 시간이 늦었는데 주무세요."

아버지는 회사에는 별일 없느냐고 물었다. 종훈은 여전히 바쁜 건 똑같고, 자잘한 변화가 있었지만 크게 달라진 건 없다고 대답했다. 피곤할 텐데 어서 씻고 쉬라는 어머니의 말에 그는 알겠다고 대답한 후 방으로 들어갔다.

씻고 방으로 돌아오니 침대 위에 어머니가 가져다 놓은 이부자리가 놓여 있었다. 그 속으로 들어가 편안히 눕고 싶다는 생각이 밀려왔다. 그는 혹시 새로 온 연락이 없나 휴대전화를 확인한 다음 전화기를 책상 구석에 던져놓고 불을 껐다. 곧 깊은 잠이 펼쳐졌다.

그가 다시 눈을 뜬 건 새벽 6시쯤이었다. 잠깐 눈을 감았다 뜬 기분이었는데 다섯 시간 반이 지나있었다. 거의 죽은 사람처럼 잤군, 하는 생각이 들었다. 갈증이 나서 부엌으로 가 물을 마시려는데 그 소리에 깬 어머니가 거실로 나왔다. 어머니는 어제 늦게 자 피곤할 텐데 특별한 일이 없으면 좀 더 자라고 했다. 그는 알겠다고 대답한 후 방으로 돌아와 휴대전화로 뉴스를 살펴보았다. 그러다 보니 어느새 7시가 되어있었다. 아버지도 일어나셨는지 어머니에게 아침상을 차리라고 하시는 소리가 들렸다.

식사 자리에서 어머니가 말했다.

"이따 10시에 정원이랑 서현이, 예준이 올 거야. 시간 괜찮으면 얼굴 보고 가."

정원은 그의 누나였다. 하나밖에 없는 누나. 그녀는 결혼을 일찍 해 벌써 초등학교 3학년인 딸과 1학년인 아들이 있었다. 아이들은 그를 좋아했다. 그는 알겠다고 조카들이랑 놀다 가겠다고 대답했다.

식사를 마친 후 아버지가 산책하러 나가지 않겠느냐고 물었다. 그는 그러자고 했다. 말이 좋아 산책이지 그냥 아파트 옆 공원까지 걸어갔다 걸어오는 거였다. 어머니가 설거지를 마칠 때까지 기다렸다 세 식구가 함께 집을 나섰다. 종훈은 얼마 전 다녀온 성훈의 가게에 관해 얘기했다. 아버지는 당신도 3주 전에 다녀왔다고 했다. 그리고는 조금 걱정스러운 얼굴로 말끝을 흐렸다.

"잘 돼야 할 텐데…… 비싼 월세 내면서 말이야……."

이어서 아버지는 신문사 일에 관해 물었고, 어머니는 친구 딸이 최근에 결혼한 얘기를 하며 넌지시 당신 아들도 빨리 결혼해 가정을 이루기를 바라는 심정을 드러냈다. 종훈은 혜진과 헤어진 것에 대해서는 말하지 않았다. 언젠가는 말해야겠지만, 당장은 아닌 것 같았기 때문이다.

햇살이 좋았고 크게 춥지 않아 산책은 생각보다 길게 이어졌다. 집에 돌아오니 9시가 훌쩍 넘어 있었다. 아버지는 리모컨을 집어 들더니 TV를 켜 그저 그런 시니어 토크쇼 프로그램을 보기 시작했다. 어머니는 부엌에서 무언가를 했다. 종훈은 방으로 돌아와 그즈음 읽고 있던 북유럽의 교육제도에 관한 책을 펼쳐 들었다. 몇 장이라도 읽으려고 일부러 챙겨온 책이었다. 하지만 몇 페이지 넘기지 않아 현관 초인종 울리는 소리가 들려왔다. 누나와 조카들이 온 것이다. 그는 책을 덮어 책상 위에 놓아둔 채 거실로 나갔다. 아버지가 손자 손녀를 보며 웃고 있었다. 누나는 어머니와 무슨 얘기를 주고받다 그를 보더니 반갑게 인사했다. 서현이도 반가운 얼굴로 달려들어 안겼다. 서현이는 어렸을 때부터 유독 그를 좋아했었다. 예준이도 따라와 그의 손을 잡았다. 그는 아이들과 함께 거실 구석의 소파 있는 데로 가 유치한 말장난을 이어가기 시작했다. 아이들은 때때로 그의 손을 잡고 끌어당겨 소파에서 일어나게 만든 후 팔을 비트는 장난을 쳤다. 그러다 갑자기 서현이 물었다.

"삼촌, 몇 살이에요?"

일 년에 많아야 대여섯 번, 주로 명절과 친척의 결혼식 때 만나서인지 서현은 그의 나이를 모르는 것 같았다.

그가 장난스러운 어조로 되물었다.

"몇 살 같아 보여?"

"음……"

서현은 살짝 인상을 찌푸리더니 말했다.

"사십 살."

"뭐? 그건 너무하는데."

그의 반응에 서현과 예준 모두 깔깔거렸다.

"삼촌은 사십 살 넘었는데 결혼 안 해요?"

"삼촌 사십 살 안 넘었어. 삼촌 누나인 너희 엄마가 서른여덟인데 삼촌이 어떻게 사십 살을 넘었겠어."

그러자 아이들은 또다시 웃음을 터뜨렸다.

"삼촌은 사십 살 넘었는데 결혼도 안 했대요, 결혼도 안 했대요."

서현이 그런 이상한 노래를 지어 부르자 엄마인 정원이 오더니, 삼촌한테 그러지 말라고 한마디 했다.

"괜찮아."

그가 웃으며 말했다.

"귀엽잖아."

"귀엽기는."

정원이 서현을 가볍게 흘겨보고는 말했다.

"그러니까 너도 빨리 장가가. 애들한테 저런 소리 듣지 말고."

"알았어."

그렇게 대답한 후 그는 예준이를 두 팔로 안아 들었다. 예준이는 즐겁다는 듯 웃음을 터뜨렸다.

조카들과 함께 노는 것은 분명 즐거운 일이었다. 계속해서 웃게 되고, 그런 순간에는 어떤 어두운 생각도 깃들지 않았으니까. 그러나 그것은 힘든 일이기도 했다. 그는 자신이 특히 더 그런 유형의 사람이라고 생각했다. 아이들과 놀아 주는 일로 쉽게 진이 빠지는 사람 말이다. 그는 자신과 정반대 유형의 사람도 있다는 것을 알았다. 아이들과 놀아 주며 에너지를 얻는 사람들. 그런 사람들을 그는 대단하다고 생각했다. 정말로 대단하다고 생각했다.

어머니가 과일을 깎아와 먹으면서 얘기하라고 했다. 조카들의 떠들썩한 웃음소리를 배경으로 그는 정원과 이런저런 이야기를 나누었다. 정원도 얼마 전 성훈의 가게에 다녀왔다며 거기서 사온 젬베 얘기를 했다. 매일 밤 예준이가 자기 전 신나게 두드린다고.

"그런데 너나 성훈이나 빨리 장가가야 할 텐데."

또 그놈의 결혼 얘기였다.

"혜진 씨랑은 잘 만나고 있지?"

다른 사람은 몰라도 누나에게는 사실대로 얘기하고 싶었다. 하지만 그럴 수 없었다.

"뭐 그렇지."

"잘 해줘. 너 많이 좋아하는 것 같던데."

그는 대답하지 않고 사과를 포크로 찍어 입안에 넣었다.

"혜진 씨가 올해 몇 살이지?"

"서른둘."

"여자 나이 서른둘이면 적은 거 아니야. 그 정도 연애했으면 결혼으로 넘어가야지 안 그러면……."

정원은 무슨 말을 더하려다 멈췄다. 그는 사과만 오물거렸다.

다시 서현이가 예준이를 끌고 다가와 그의 팔을 붙잡았다. 그리고는 같이 작은 방으로 가 놀자고 했다. 그는 웃으며 일어나 조카들과 함께 작은 방으로 갔다.

사랑받고 자란 아이들은 대체로 타인에게 개방적이다. 놀라울 정도로 말이다. 서현과 예준도 그랬다. 아이들은 거리낌 없이 자신의 얘기를 했고 종훈에게 종훈의 얘기도 들려달라고 요청했다. 그것은 즐거웠지만 피곤한 일이었다. 적어도 그에게는.

시간은 훌쩍 지나 점심을 먹어야 할 때가 되었다. 아버지는 점심 약속이 있다며 11시 반쯤 나가셨기에, 그는 어머니와 누나, 조카들을 데리고 밖에 나가 식사를 하기로 했다. 그들이 향한 곳은 근처 쇼핑몰에 있는 피자집이었다. 피자를 먹고 싶다는 예준이의 고집을 꺾지 못한 결과였다. 서현이는 파인애플이 들어간 피자를 먹고 싶다고 했다. 그래서 더블 바비큐 피자를 주문했다. 까르보나라 파스타도 함께. 샐러드바를 이용할 수 있었기에 양껏 배부르게 먹을 수 있었지만 종훈은 왠지 속이 느글거려 얼마 먹지 못했다. 그래도 조카들이 즐거워하는 모습을 보고 있으니 기분은 좋았다.

식사를 마치고 밖으로 나오자 누나와 조카들이 맛있게 잘 먹었다며 고맙다고 말했다.

"뭘 이런 걸 가지고."

그렇게 말하고 있는데 예준이가 그의 손을 잡더니 어딘가로 가자고 했다. 그는 그 귀여운 작은 손에 이끌려 장난감 가게로 들어갔다. 그곳에는 정말로 다양한 종류의 장난감이 있었다. 아이언맨, 캡틴아메리카, 헐크의 피규어들과 레고로 만든 다스베이더,

프라모델, 여자아이를 위한 인형까지 없는 게 없는 것 같았다. 예준이는 이것저것 한참을 만지작거리더니 스핀파이터라는 이름의 팽이 장난감을 골랐다. 서현이가 골라온 것은 실바니안 패밀리라는 이름의 토끼 인형이었다.

"이건 엄마가 사줄게."

정원이 서현이와 예준이의 손에 들려 있던 장난감을 잡으며 그렇게 이야기하자 종훈이 말했다.

"아니야, 내가 사줄게."

"너, 오늘 돈 너무 많이 썼어. 이건 내가 살게."

그때 어머니가 말했다.

"이리 줘라. 그건 내가 사줄 테니까."

정원이 말했다.

"엄마가 무슨 돈이 있다고 그래요. 괜찮아, 내가 살게."

종훈이 정원의 손에서 장난감을 낚아 채 계산대로 가 말했다.

"이거 얼마에요?"

검은 뿔테 안경을 쓴 점원이 대답했다.

"54,750원입니다."

그는 카드를 내밀며 일시불로 해달라고 했다.

"감사합니다. 삼촌."

계산을 마치고 가게 밖으로 나와 장난감을 건네자 예준이는 좋아하며 말했다. 제 엄마가 시킨 게 틀림없었다.

17

심승우는 경상남도 산청 출신의 가난한 고학생으로 7년째 서울 변두리 이곳저곳을 전전하며 살아왔다. 그가 서울의 모 전문대학에 진학한 것은 지긋지긋한 고향에서 벗어나 멋지게 살아보고 싶었기 때문이었다고 한다. 고향에는 이혼하고 혼자 사는 아버지가 있었지만, 그와는 사이가 좋지 않았다. 그렇게 홀로 서울로 상경해 야심 차게 학업을 시작했지만 그의 대학 생활은 얼마 못 가 중단되게 된다. 이유는 충분히 예측할 수 있듯 돈 때문이었다. 등록금이야 학자금 대출로 마련할 수 있었지만 고시원 방값과 밥값, 교통비, 휴대전화 요금 같은 것들이 문제였다. 물론 아르바이트를 두세 개 한다면 극복 불가능한 수준의 돈은 아니었다. 그러나 그러면 공부는 언제 한단 말인가. 그래도 어떻게든 되겠지 하는 생각으로 그는 첫 학기에 평일 야간, 주말 풀타임 아르바이트 자리를 구했다. 일은 고됐다. 받는 돈은 그의 기준으론 적지 않았지만, 방값과 교통비, 교재 구입비 등으로 지출되고 나면 남는 것 없이 사라지곤 했다. 그래도 어쨌든 돈은 해결이 되었다. 문제는 공부였다. 노동으로 지친 그의 몸은 수업 시간 중일지라도 졸음을 요구했다. 그 결과로 그는 수업 태도가 심히 불량한 학생으로 교수들에게 낙인찍히게 되었고, 결국 최하위 수준의 성적표를 받게 되었다. 사태의 심각성을 깨달은 그는 일단 휴학한 후 충분한 돈을 모아 공부에 전념하는 게 좋겠다는 결정을 내렸다. 그런 결정 끝에 찾아간 곳이 공사 현장이었다. 몸은 좀 힘들지라도 빠르게 목돈을 벌 방법으로는 그것만 한 게 없었기 때문이다.

그곳에서 그는 다양한 국적의 사람들을 만날 수 있었다. 주로 조선족이라 불리는 중국 동포들이 많았는데—필리핀, 베트남, 우즈베키스탄 사람도 있었다—일하다 보면 여기가 한국인지 중국인지 헷갈릴 정도였다. 그런 조선족 노동자 중 하나와 시비가 붙은 건 그가 그곳에서 일한 지 한 달쯤 지난 어느 날이었다. 그의 주장에 따르면 그가 내뱉은 혼잣말에 격분한 40대 초반의 조선족 남자가 삽을 들고 그를 공격하려 했다고 한다. 다행히 주변 사람들의 만류로 심각한 물리적 충돌은 일어나지 않았지만, 그의 이른바 '외노자'에 대한 증오심은 그 사건을 계기로 마음속 깊이 자리 잡게 되었다.

그는 6개월간 일을 해 모은 돈을 가지고 다시 학교에 복학했다. 처음에는 모든 것이 순조롭게 흘러가는 것 같았다. 돈 걱정 안 하고 공부에만 집중하며 다양한 사람과 사귈 수 있다는 사실이 무척이나 좋았다. 그러던 어느 날 민선이란 여자가 그에게 다가왔다. 그녀는 학과 내에서 인기가 좋은 여학생이었는데 분명 그에게 관심이 있는 것 같았다. 그도 그녀가 싫지 않았기에 그들은 자연스럽게 밥도 같이 먹고, 커피도 같이 마시고 하면서 조금씩 가까워졌다. 그는 행복했다. 행운의 여신이 자신에게 미소지어 주고 있는 것 같았다. 그런데 그의 행복을 망쳐버릴 놈이 나타났다. 그는 강민성이란 이름의 복학생으로 외제 차를 끌고 다니는 겉멋 잔뜩 든 구역질 나는 놈이었다. 그놈이 민선에게 관심을 보인 건 그와 민선이 거의 연인관계로 들어서려던 시점이었다. 그 구역질 나는 놈은 물량 공세를 통해 민선의 마음을 가로챘다. 민선은 큰 미련 없이 가난한 고학생의 곁을 떠났다. 고학생에게 남은 건 상처 받은 심장과 경쟁자에게 지지 않으려고 사용한 적지 않은 돈이 가져다준 경제적 궁핍이었다.

그는 다시 공사 현장으로 돌아가고 싶지는 않았다. 그래서 어떻게 해야 할지 고민하고 있는데 병무청에서 신체검사를 받으러 오라는 통지서가 날아왔다. 그는 이렇게 된 거 군대나 갔다 오자는 생각으로 신검을 마친 후 곧바로 입대 신청을 했다. 신청은 받아들여졌고 그는 채 두 달도 지나지 않아 군복을 입게 되었다.

군대는 사회보다 더 끔찍한 곳이었다. 성질 같아서는 몇 번이라도 들이받고 뛰쳐나오고 싶었지만 꾹꾹 눌러 참았다. 시간이 가면 다 괜찮아진다는 선임들의 말이 그가 참을 수 있는 유일한 근거였다. 그 말은 진실이었다. 딱 10개월이 지나고 나자 군 생활은 할 만해졌다. 그는 비교적 편하게 남은 복무기간을 보낸 후 전역했다.

다시 밖으로 나오자 먹고, 자고, 입고, 움직이는 데 다 돈이 필요했다. 그는 썩 내키지 않았지만, 아버지를 찾아가 도움을 요청하기로 했다. 아버지는 지치고 야윈 얼굴로 미안하지만 어떠한 도움도 줄 수 없다고 했다. 농사일은 하면 할수록 적자였고, 약값과

—그의 아버지는 폐가 좋지 않았다—먹고 사는데 들어가는 돈 대기에도 빠듯하다고 했다. 그는 마당 한구석에 쌓여 있는 소주병들을 보며 아마 거기에 술값도 포함해야 할 거라고 생각했다. 이제 독재자는 늙고 병들어 있었다. 힘없는 소년을 두들겨 패곤 했던 그의 물리력은 이미 거세된 지 오래였다. 심승우는 아주 조금은 연민을 느끼며 알겠다고 말한 후 서울로 올라왔다. 어쩌면 다시는 그곳을 찾지 않을지도 모른다고 생각하면서.

서울의 물가는 군대 가기 전보다 뛰어있었다. 그는 싼 방을 찾아 헤맨 끝에 금천구에 있는 한 고시원에 자리를 잡게 된다. 누우면 거의 꽉 차는 손바닥만 한 방이었다. 거짓말 조금 보태 군대 생활관이 그리워질 정도였다. 그러나 그런 열악한 공간이라도 점유하기 위해서는 매달 25만 원을 지불해야 했다. 돈이 필요했다. 그래서 선택한 것이 편의점 아르바이트였다. 그러나 그는 두 달 만에 그 일을 그만두었다. 일하는 시간에 비해 받는 돈이 너무 적었기 때문이다. 역시 단기간에 목돈을 벌기 위해선 공사 현장밖에 없다는 생각이 들었다. 그래서 안 좋은 기억이 있었음에도 다시 공사 현장을 찾게 되었고 석 달쯤은 꽤 즐겁게 일했다고 한다. 그러다 그 일이 일어났다. 2.5m 정도 되는 작업대 위에서 일하다 아래로 떨어지는 사고가. 다행히 크게 다치지는 않았다. 크게 다칠 수 있는 상황이었는데 운이 좋았다고들 했다. 하지만 운이 좋았던 것과 별개로 그는 공사 현장에서 하는 일에 대해 두려움을 갖게 되었다. 언제든 그런 일은 다시 일어날 수 있으며 만약 그런

다면 이번에는 절대로 운이 좋지 않을 거라는 예감이 들었다고 한다. 그렇게 두 번째 아르바이트 자리도 그만두고 자신의 골방으로 돌아온 그는 휴대전화를 친구 삼아 답답하고 작은 그 방에서 벗어나 더 넓은 세상의 이곳저곳을 기웃거리기 시작한다. 그러다 알게 된 사람이 송우석이었다. 개인적으로 그와 알게 되었다는 게 아니라 그의 사상을 접하게 되었다는 것이다. 통로는 유튜브였다. '외노자들'에 대한 반감이 있던 그에게 송우석의 강연은 복음처럼 다가왔다. '맞아! 저런 정책을 추진해야 해! 그러면 모든 부조리가 일소되고 지나친 저임금으로 고통받는 모든 한국의 청년들이 지금보다 훨씬 더 풍족한 삶을 살 게 될 게 분명해' 그런 생각으로 그는 송우석이 쓴 책도 사서 읽고 극우 성향의 사이트에도 가입해 활동하기 시작했다. 사이트를 통해 알게 된 많은 동지는 그의 생각을 더욱 강화해 주었고 그렇게 그는 불만에 찬 채로 세상이 바뀔 날을 기다리며 대학에 복학했다.

그러나 세상은 바뀌지 않았다. 아니, 오히려 점점 더 나빠졌다. 다시 돌아간 대학에서 그는 아웃사이더였고, 공부는 재미없었으며 돈은 또다시 그의 목을 죄어오기 시작했다. 별 볼 일 없는 전문대 졸업장을 따기 위해 지급해야 할 금액이 터무니없이 높다는 것에도 짜증이 났다. 그즈음 그의 학교에 찾아와 강연을 펼친 이가 한성주였다. 다문화주의의 사도이자 관용과 포용의 정신이 21세기 한국을 구원할 거라고 외치는 그에게 많은 학생이 열광했다. 그는 그 모습을 보며 질투를, 아니 분노를 느꼈다. 자신과 같은 또래인 그가 다문화주의라는 속임수를 바탕으로 그토록 높은 인기를 얻고 있다는 사실에 울화가 치밀었다.

그는 뭔가를 해야 한다고 느꼈다. 잘못 돌아가고 있는 세상에 대해 문제를 제기해야 한다고 느꼈다. 그러나 그가 그런 자기의 생각을 토해낼 수 있는 공간은 자신과 같은 의견을 지닌 이들이 모인 사이트 외에는 없었다. 그래서 그는 더 자주, 더 긴 시간 그곳에 접속해 글을 읽고 쓰는데 몰두하게 되었다. 어느 순간부터 인가 수업과 몇 안 되는 친구들과도 결별한 채로. 더는 아무런 의미도 없는 학교를 자퇴한 것은 그런 생활이 이어진 지 한 달쯤 지난 어느 날이었다. 학교에서 시간을 허비하는 대신 돈을 벌 작정이었다. 그러나 그가 구할 수 있는 일자리는 주야간 교대로 돌아가는 공장이나 편의점, 배달 아르바이트, 아니면 공사 현장뿐이었다. 그는 배달 일을 하기로 했다.

추운 겨울, 눈이 얼어붙어 빙판이 된 도로 위를 달리며 치킨을 배달하는 일은 고달팠다. 그러나 그런 육체적인 고달픔보다 자신을 무시하는 듯한 사람들의 시선이 그를 더 고통스럽게 했다. 배달 일은 한시적으로 선택한 거고 조만간 다른, 더 고정적인 일자리를 찾을 거라고 마음먹곤 했지만 좀처럼 그렇게 되지 않았다. 그러던 어느 날 저녁 운명적으로 그를 배달 일에서 해방시켜 준 사건이 일어났다. 좁은 골목길에서 갑자기 튀어나온 승합차와 부딪히는 사고를 당하게 된 것이다. 그 사고로 배달일도 끝이었다. 이후 계속해서 이어진 생계를 위한 다양한 노력에 대해 그는 언급하고 싶지 않다고 했다. 다만 세상이 자신을 부당하게 대했으며 자신은 피해자라는 말만 반복했다.

이상이 박 경위를 통해 종훈이 알게 된 심승우의 내력이었다. 어느 정도는 전형적이라고 할 만한 불행한 인생이었다. 어린 나이에 겪은 부모의 이혼, 폭력적인 성향의 아버지 밑에서 보낸 유년 시절, 도피하듯 시작된 서울에서의 대학 생활, 그곳에서 맛본 환멸, 돈을 벌기 위해 뛰어든 노동 현장에서 당한 사고, 계속되는 경제적 궁핍…….

종훈은 이런 질문을 던져보았다. 거듭되는 좌절은 인간의 폭력성을 발현시키는 데 모종의 역할을 하는가? 심승우의 사례를 보면 '그렇다'고 해야 할 것 같았다. 그러나 거듭된 좌절을 맛본 모든 이가 다 폭력적인 행동을 하는 것은 아니지 않은가? 그들에게는 다른 배출구가 있었겠지. 종교든, 스포츠든, 그 밖의 다른 무엇이든.

"이 기자, 뭘 그렇게 생각해?"

윤 차장이 그의 곁으로 다가오며 말했다.

"그냥 이것저것……."

"오늘 저녁에 동명 사람들이랑 술 한잔할 건데, 이 기자도 같이 가는 거 어때?"

얼마 전 윤 차장이 광고를 따온 회사의 홍보팀 사람들과 술자리가 있는 모양이었다. 종훈은 그런 자리에 끼고 싶지 않았다.

"오늘은 힘들 것 같아요. 저녁에 가봐야 할 데가 있거든요."

"그래?"

윤 차장은 잠시 생각하더니 말했다.

"그럼 어쩔 수 없지. 다음번에는 꼭 같이 가자고."

그는 종훈의 등을 가볍게 두드린 후 자기 자리로 돌아갔다. 종훈은 그가 입 밖으로 꺼내놓진 않았지만 '이런 것도 배워야 회사생활 잘 할 수 있지'라고 말하고 싶었을 거라 생각했다.

18

종훈이 한성주의 장례식에 참석한 것은 기사 작성을 위해서만은 아니었다. 물론 많은 이의 관심을 받는 한성주의 죽음을 생각할 때 장례식에 관한 기사는 필요했다. 그러나 굳이 2시간 가까이 그곳에 머물며 추도사까지 듣고 있을 필요는 없었는데도 불구하고 그는 그렇게 했다. 그 젊은 활동가의 비극적인 죽음을 함께 애도하고 싶었기 때문이다.

조문객은 적지 않았다. 이주 노동자로 보이는 사람도 여러 명 눈에 띄었다. 한성주의 어머니와 여동생은 특히 비통하게 눈물을 흘렸다. 그에 반해 아버지는 시종 무표정한 얼굴로 영정 사진 속 아들의 얼굴을 바라보고 있었다. 믿어지지 않는 현실을 인정하지 않으려는 것 같았다.

장례식은 기독교 형식으로 간소하게 진행되었다. '발인 예배'라는 게 드려진 후 장지로 이동한다고 했다. 추도사를 맡은 60대 중반의 흰머리 성성한 목사는 이주 노동자를 위한 쉼터를 운영하는 다문화 사역자라고 자신을 소개했다. 그는 그동안 한성주 대표로부터 많은 도움을 받았다고 했다.

"성주 형제는—그는 한성주를 성주 형제라고 불렀다—비록 그리스도인은 아니었지만 제가 아는 누구보다도 이 땅을 찾은 이주 노동자 형제자매들을 사랑한 사람이었습니다. 그들을 향한 그의 사랑은 진실한 것이었고, 그들을 위한 그의 노력은 고귀한 것이었습니다."

이어서 그는 한성주의 죽음에 대해 깊은 안타까움과 애도의 마음을 표했다. 그리고 말했다.

"우리는 성주 형제가 남기고 간 사명을 이어받아 이 땅을 더 아름답고 더 사랑 넘치는 곳으로 만들어가야 할 것입니다. 생김새는 다르지만, 우리와 하나인 형제자매들을 사랑하고 섬겨야 할 것입니다. 그렇습니다. 그들은 우리와 하나입니다. 그리스도 안에서 그들은 우리와 하나입니다. 그들은 우리와 무관한 자가 아닙니다. 그들과 우리는 어떤 특별한 섭리 아래서 만나게 된 것입니다. 그러므로 우리 모두는 서로에게 책임이 있습니다."

목사는 잠시 말을 멈추고 한성주의 영정 사진을 바라보았다.

"저는 성주 형제가 수년간 만남을 이어오며 지원과 격려, 조언을 아끼지 않았던 캄보디아 출신의 이주 노동자 형제를 알고 있습니다. 언젠가 그 형제가 제게 조금 서투른 한국말로 이렇게 말한 적이 있습니다. '그분이 아니었다면 저는 지금 이곳에 있을 수 없었을 거예요.' 그렇게 말하던 그 형제의 얼굴에서 저는 진실한 감사와 사랑을 느꼈습니다. 그리고 보았습니다. 사랑은 모든 다름과 차이를 뛰어넘어 우리를 하나로 묶어줄 수 있음을. 저는 오늘 이 자리가 더 아름다운 미래를 위한 새로운 시작이 되기를 바랍니다. 차별과 배척 대신 용납과 어우러짐이, 자신만을 생각하는 이기주의 대신 다른 사람을 배려하는 따듯함이 우리 모두에게 깃들기를 기원합니다. 그럴 때 우리는 성경이 이야기했고, 성주 형제가 추구했던 아름다운 세상이 이 땅에서 이루어지는 것을 볼 수 있게 될 것입니다."

목사의 추도사에 이어 한성주의 아버지가 나와 조문객들에게 고마움을 표했다. 그는 애써 자신의 슬픔과 분노—그의 아들은 살해당했으므로 이는 마땅한 감정이었다—, 허탈함을 드러내지 않으려 했지만, 그곳에 모인 모든 사람은 자식 잃은 아비의 심정을 분명히 느낄 수 있었다.

이어서 곧바로 인천에 있는 화장장으로 시신의 운구가 있을 예정이라는 장례식장 직원의 안내가 있었다. 종훈은 한성주의 부모님께 깊이 고개 숙여 인사한 후 그곳을 떠났다. 유가족들과 따로 인터뷰를 진행하지는 않았다. 그냥 자신이 목격한 것으로 충분하다는 생각이 들었기 때문이다.

장례식장 바깥은 늦겨울 한낮의 청명한 추위로 맑게 빛나고 있었다. 그는 차를 주차해 둔 곳으로 가 차 문을 열고 운전석에 앉았다. 그리고 출발하는 대신 눈을 감고 무언가에 대해 생각하기 시작했다. 그것은 죽음에 대한 생각이었다.

'살아가는 동안 우리는 죽음 가운데 있다.'

언젠가 읽었던 어느 책에서 본 문장이었다. 그 문장이 말하고 있는 것은 진실이었다. 비록 한성주처럼 비극적이고 폭력적인 방식으로 그것이 우리를 찾아오지는 않는다고 할지라도 말이다. 종훈은 자신에 대해서 생각해 보았다. 그도 이제는 삼십 대 중반이었다. 삼십 대 중반은 아직은 젊다고 할 수 있는 나이다. 그러나 곧 중년기로 접어들게 될 나이기도 하다. 신체 기관의 마모가 본격적으로 나타나는 그 시기로 말이다. 어디선가 현재 대한민국 국민의 평균연령이 41세라는 얘기를 들은 기억이 났다. 그 자신과 함께 그가 속한 사회도 중년기로 접어들고 있는 것이다. 죽음이 반드시 중년기를 넘어선 시점에만 덮쳐오는 것은 아니지만—멀리 갈 것도 없이 그가 이곳에 온 이유인 한성주의 사례가 그것을 증명하고 있었다—그럼에도 중년기라는 것은 그 이전의 시기보다 죽음에 가까이 다가선 시점인 게 분명하다. 그 자신도, 어떤 의미에서는 이 나라도 그렇다는 말이다.

어쩌면 결혼과 출산, 이주민의 수용도 개인과 국가 차원에서 이루어지는 죽음에 대한 대응 방식일 거란 생각도 들었다. 행복을 위해서 시도되는 일이라기보다는 소멸을 피하고자 감행해야 하는 일.

그는 눈을 뜨고 차 앞 유리를 통해 들어오는 풍경을 바라보았다. 무미건조한 대형병원 주차장의 모습에서 무엇을 보기를 원했던 걸까? 그 자신도 알 수 없었다. 그러나 하나, 그가 보길 원했던 것은 그곳에 없었다는 건 알 수 있었다.

그는 낮은 숨을 내쉰 후 다시 눈을 감았다.

19

"내가 보기에는 상처받는 것을 원치 않아서 그런 것 같아. 사랑한다는 건 상처받기로 작정했다는 뜻인데, 그런 태도는 '현대적'이지 않잖아. 그런 의미에서 많은 젊은이가 조용히 혼자만의 섬으로 남기를 원하는 것은 충분히 이해될 수 있는 일 아닐까?"

성훈이 듣기 좋은 목소리로 그렇게 말했다. 손님이 없어 고요한 가게 안은 그의 목소리와 정오의 햇살, 목각제품에서 나는 특유의 냄새만이 가득했다.

"상처받는 것이 싫어서 아예 시작조차 하지 않는다?"

"충분히 상처받았고, 충분히 지쳤으니까."

"하지만 그건…… 일종의 회피, 그러니까 비겁한 거 아닐까?"

"그럴지도."

성훈은 벌써 3년째 누구와도 연애하고 있지 않았다. 그리고 그런 상태가 좋다고 했다. 누군가를 만나고 알아가고 가까워지는 일에 따르는 감정 소모가 싫다고 했다. 그럼 평생 독신으로 살 거냐는 물음에는 꼭 그런 건 아니지만 현재로선 누군가를 만나고 싶은 생각이 없다고 했다.

"그런 측면에서 보자면 우리는 굉장히 슬픈 시대에 사는 게 아닐까?"

"슬픈 시대?"

그렇게 중얼거린 종훈은 곧 반대 의견을 표명했다.

"그건 당사자가 어떻게 마음을 바꾸느냐에 따라 달라질 수 있는 문제인 것 같은데?"

그 말에 성훈은 희미하게 웃더니 '어쩌면 그럴지도 모르지' 하고 중얼거렸다.

그때 가게 문이 열리더니 사십 대 후반쯤 되어 보이는 남자가 들어왔다.

"어서 오세요."

성훈은 자리에서 일어나 인사했다. 남자는 혼자 천천히 둘러보고 싶어 하는 눈치였다. 성훈은 그럴 수 있도록 남자를 방해하지 않았다. 종훈도 앉아 있던 자리에서 일어나 가게 안쪽의 그림이 놓여 있는 곳으로 가 유화를 들여다보았다.

"이건 얼마나 하죠?"

남자가 30cm는 되어 보이는 부엉이 조각상을 가리키며 물었다.

성훈은 남자에게로 다가가 말했다.

"여기 아랫부분에 붙어 있는 스티커에 적힌 게 가격이에요. 이건, 25만 원이네요."

성훈의 말에 따르면 붙어 있는 스티커에 적힌 가격은 전적으로 그와 그의 어머니, 그러니까 종훈의 큰어머니가 결정한다고 했다. 그럼 저 25만 원짜리 부엉이의 원가는 얼마인 걸까? 10만 원? 아니면 5만 원? 알 수 없었지만 처음 아프리카에서 실려 왔을 때와는 비교할 수 없는 가격으로 팔리는 게 분명했다.

남자가 말했다.

"거래처 사장님한테 선물할 건데, 괜찮을까요?"

"그런 용도로 많이들 사가세요. 부엉이가 재물을 지켜 준다고 하잖아요."

부엉이가 재물을 지켜 줘? 말도 안 되는 소리였지만 그런 미신이라도 활용해 물건을 팔아보려는 성훈의 모습이 측은하기도 했다.

남자는 30초쯤 고민하더니 알겠다고 다시 오겠다고 했다. 남자가 나가자 종훈이 웃으며 말했다.

"부엉이가 재물을 지켜 준다고? 아주 재밌는 헛소린데?"

성훈이 웃으며 대답했다.

"그런데 그런 이유로 부엉이만 사 모으는 사람도 있어."

종훈은 속으로 생각했다. 그래, 그런 사람들을 공략해서 열심히 팔아야지. 그래야 여기 월세도 내고, 관리비 내고, 인건비라도 가져가지.

성훈은 남자가 건드려 흐트러진 진열대를 정리한 후 앉아서 얘기를 나누던 의자로 돌아왔다.

종훈이 물었다.

"어떻게, 지난달 매출은 괜찮았어? 여기 월세 낼만 한 정도는 돼?"

성훈은 잠시 무언가를 생각하더니 대답했다.

"아니. 아직 그 정도는 못 돼."

"그렇구나……."

약간의 침묵이 흐른 후 성훈이 말했다.

"지난주에 어떤 사람이 와서 그림을 렌털하고 싶다고 했었어."

"그래? 그래서?"

"평촌에서 파스타집을 운영하는 사람이었는데 저 그림을—성훈은 손가락으로 구석에 걸려 있는 강렬한 원색의 그림 하나를 가리켰다—렌털해 가게에 걸어두고 싶다고 하더라고. 렌털 비용이 얼마냐고 묻길래 5%라고 그랬어. 저 그림이 500만 원이니까 한 달에 25만 원."

"한 달에 25만 원? 그렇게 비싸?"

"나도 시세를 잘 몰라서 그렇게 얘기한 건데 그 사람이 알겠다고 그렇게 하자고 하더라고."

"잘됐네."

"근데 다음날 다시 연락이 와서 자기가 몇 군데 알아봤는데 가격이 너무 비싸다는 거야."

"내가 생각해도 좀 비싸긴 하네. 사는 것도 아니고 빌리는 건데 한 달에 25만 원은……."

"운반 비용, 설치 비용도 포함된 거야. 또 그림이 손상될 수도 있잖아, 그런 걸 다 고려해서 책정한 금액인데, 좀 비싸긴 했지……."

"그래서 어떻게 됐어?"

"6개월에 25만 원에 해달라고 그러더라고."

"그럼 한 달에 4만 원? 그건 또 좀 너무 싼 거 같네……."

"그래서 그렇게는 안 된다고 했지."

"그랬더니?"

"안 하겠다고 그러더라고."

"아쉽게 됐네……."

"그 뒤에 미술품 렌털에 대해서 좀 알아봤는데, 이건 엄밀히 말해서 시세라는 게 없어. 대여해 주는 사람이 그림값을 얼마로 정하느냐에 따라 렌털비가 결정되는 거거든. 저 그림을 5,000만 원이라고 해버리면 25만 원도 아주 비싼 건 아닌 게 되는 거잖아. 근데 500만 원이라고 해놓고 25만 원 얘기하니까 비싸다고 생각한 거지."

"저 그림 가격 500만 원은 네가 정한 거야?"

"저 그림은 우리도 렌털해 온 거야. 아프리카 미술품을 전문으로 들여오는 곳에서. 거기서 책정한 값이 있는데 거기다 우리 이윤 붙여서 정한 값이 500만 원이지. 근데 사실 그건 우리가 어떻게 정하느냐에 따라 달라질 수 있는 거거든."

"하긴 예술품이 공산품도 아니고 권장소비자가격이란 게 있을 수가 없지. 어쨌든 좋은 경험했네. 다음에 또 비슷한 일 생기면 더 잘 대응할 수 있을 테니까."

성훈은 고개를 끄덕이며 혼잣말처럼 중얼거렸다.

"월 25만 원은 너무 비쌌던 것 같아."

"다 지나간 일이긴 하지만 그 사람 말대로 6개월에 25만 원 받고 빌려줬어도 괜찮았을 텐데. 왜냐면 그게 시발점이 돼서 다른 일로도 연결될 수 있는 거잖아. 가게에 걸어놨는데 반응이 좋으면 그 사람 통해서 다른 사람들에게 또 소개될 수도 있는 거고. 뭐 다음에 또 기회가 있겠지……. 근데 그 사람은 어떻게 찾아온 거야? 아는 사람이야?"

"아니, 이 앞 아파트 사는 사람이야."

"그랬구나. 잘 됐으면 좋았을 텐데……. 뭐 또 기회가 있겠지."

언제부터인지 날씨가 흐려져 있었다. 연약한 눈발도 날리는 것 같았다. 눈이 올 거란 예보는 없었던 것 같은데? 그런 생각을 하며 창밖을 바라보고 있는데 성훈이 말했다.

"근데 형은 3년이나 사귄 여자친구랑 헤어지고도 데미지 없어? 뭐 형이 먼저 헤어지자고 했다고는 하지만 그래도 허전함이나 이런저런 감정들이 들지 않아?"

"난 별로 안 그런 것 같네……. 나 참 나쁜 놈이지?"

그 말에 성훈은 소리 내어 웃었다.

"나쁜 놈이네."

소리 없이 흩날리는 눈가루가 어딘지 멜랑콜리한 분위기를 선사했다. 문득 바닷가에 한번 다녀오고 싶다는 생각이 들었다.

"근데 주말에 여기 나와 있으면 그런 생각 안 들어? 평일에는 회사에서 일하고, 주말에는 또 여기서 일하고, 그렇게 네 시간 없이 사는 게 억울하다는 생각 같은 거. 회사 일이 네가 진짜로 하고 싶은 일은 아니잖아, 그냥 다 관두고 진짜로 하고 싶은 일 했으면 좋겠다는 생각 안 들어?"

"내가 진짜로 하고 싶은 일이 이런 거야."

"이거? 가게 보는 거?"

"아니, 내 사업을 하는 거. 어떤 면에서는 예행연습하고 있다고 생각해. 그래서 어머니 가게지만 재무 쪽은 내가 자주 들여다보고 있어. 반쯤은 공부하는 셈 치고."

사람이란 자기가 하고 싶은 일 쪽으로 몸이 갈 수밖에 없는 존재라는 생각이 들었다. 비록 그것이 아주 미약한 움직임일지라도 말이다.

오피스텔로 돌아오는 길은 막혔다. 예상했던 일이었기에 짜증스럽게 느껴지진 않았다. 느릿느릿 흘러가는 그 흐름 속에 앉아 있는 것이 이런저런 생각을 이어가는 데 긍정적인 영향을 주는 것도 같았다. 생각은 의도했던 것과는 전혀 다른 장소에 가닿기도 했는데 이를테면 이런 식이었다. 왜 반 고흐는 잠시 그림 그리기를 멈추고 생계유지를 위한 활동에 뛰어드는 방식을 택하지 않았을까? 니콜라이 고골은 죽기 전 자신의 원고를 불태워달라고 했다는데 그 말을 했을 때 그의 마음속에서는 어떤 일이 벌어지고 있었을까? 대답을 얻을 수 없는 질문이었지만 그런 질문을 던지는 것만으로도 그는 어떤 위안을 받는 느낌이었다. 그러다 생각은 또 다른 의도치 않았던 대상에게 다다랐는데 그것은 수민이었다. 그녀는 나에게 어떤 의미인 걸까? 하는 생각이 뜬금없이 들었다. 그녀가 어떤 의미의 대상인지 몰라서 물어? 물론 알고 있었다. '끌림을 느끼는 대상'이 그것이었다. 그럼 끌림을 느끼는 대상에게는 어떻게 해야 하는데? 다가가야지. 그런데 끌림을 느끼는 대상이 나의 다가감을 거부한다면? 그러면 음……. 그러면 아무래도 다가가지 않는 게 맞는 것 같았다. 상대의 뜻을 존중하기 위해서? 그것도 이유였지만 그보다 더 큰 이유가 있었다. 그것은 '내가 상처받지 않기' 위해서였다. 이 지점에서 그는 성훈이 했던 말에 영향을 받은 자신을 느꼈다. 상처받지 않는 일이 그렇게 중요한 걸까? 중요할 수도 있고, 그렇지 않을 수도 있지. 그럼 너에게는? 나에게는 그런대로 중요한 일이지. 상처받는다는 건 유쾌한 경험이 아니고, 유쾌하지 않은 경험을 굳이 하고 싶지는 않으니까. 그렇지만 유쾌하지 않은 경험을 피하는 것이 최선이라고 할 수는 없지 않을까? 물론. 그러나 차선은 될 수 있겠지. 그럼 차선으로 만족할 생각인 거야? 글쎄…….

그는 꽤 길게 이어진 그 주제에 관한 생각에 어떤 식으로든 결론을 내려야 한다고 느꼈다. 그래서 그렇게 했다. 짧게 그것을 요약하자면 다음과 같았다. 주어진 시간 동안 아름다움을 감상하되 독점적으로 그것을 소유하기 위한 투쟁을 벌여 불필요한 에너지를 낭비하는 우를 범하지는 않겠다.

입장이 정해지자 마음이 편해졌다. 차를 주차하고 오피스텔에 들어섰을 때쯤에는 한숨 푹 자고 싶다는 생각뿐이었다.

3부

·

진실

20

한성주의 죽음과 관련해 일종의 반전이라고 부를 만한 새로운 국면이 펼쳐진 것은 월요일 아침이었다. 발단은 모 인터넷 언론사가 공개한, 익명의 제보자가 제공한 한성주의 수첩이었다. 그 작은 수첩에 깨알 같은 글씨로 빽빽하게 적혀있는 글들은 필체 감정 결과 한성주의 필체가 확실한 것으로 판명되었다고 한다. 여러 장의 사진과 함께 소개된 그 기록의 요지는 이랬다.

'포용과 융합의 다문화사회로 가는 여정의 속도를 높이기 위해 취할 수 있는 수단과 방법에는 제한이 없다. 한계란 존재하지 않는다. 필요하다면 회유와 위협, 폭력도 허용될 수 있다. 아니, 반드시 허용되어야 한다.'

그것은 말하자면 맹목적이고 가치전도적인 글이었다. 읽어나가는 사람의 소름을 돋게 만드는.

이런 글이 그토록 호감 가는 외모의, 다문화주의를 반대하는 세력에 의해 희생된, 신화화될 가능성이 높아 보였던 청년의 머리에서 나왔다는 사실이 더없이 충격적이었다. 그뿐만이 아니었다. 또 다른 제보에 따르면 한성주가 대표로 있던 더사만의 운영자금 중 일부가 화성의 한 공장에서 불법 체류자를 다수 고용했던 대표의 계좌로부터 나왔다는 것이다. 어떤 이유로 그 공장주가 자신의 이익에 그다지 도움을 줄 것 같지 않은 더사만에 적지 않은 액수—1,000만 원쯤 된다고 했다—의 돈을 기부해야만 했던 것일까? 제보자는 모종의 협박이 있었을 거라고 말했다. 협박? 어떤 협박 말인가? 어디까지나 추측일 뿐이란 말을 덧붙이며 제보자는 다소 구역질 나는 사례를 몇 개 언급했다. 만약 제보자의 말대로 한성주가 그런 일들을 알고도 무마시켜 주는 대가로 금전적 보상을 받았다면 그것은 더없이 역겨운 도덕적 타락이라고 하지 않을 수 없었다. 그런데 문제는 한성주의 수첩에 적힌 문장들의 항로를 따라가다 보면 제보자가 제기한 가정이 충분히 신빙성이 있다는 데 있었다. 기사에 소개된 한성주의 주장을 몇 개만 더 옮겨보자면 다음과 같다.

'목적과 수단이 지닌 가치는 상황에 따라 달라질 수 있다. 명백하게 중요하고 긴급한 필요가 있다면 그것은 반드시 충족되어야만 한다. 개인과 집단의 도덕성은 일을 추진하는 방식에 의해서가 아니라 그것이 도출해 내는 결과에 의해서 판정되어야 한다.'

이 수첩의 발견에 가장 환호한 사람은 송우석이었다. 그는 이 수첩을 진보지상주의자의 교리문답이라 부르며 위선의 가면을 벗어던지고 자신의 진정한 얼굴을 드러낸 한성주의 진솔함에 일종의 경의를 표한다고 말했다.

"이 기자는 어떻게 생각해? 한성주의 수첩에 대해서 말이야."

박 부장의 말이 복잡한 생각에 잠겨 있던 종훈을 깨웠다. 그는 가볍게 헛기침을 한 후 대답했다.

"필체가 일치한다고 하더라도 위조됐을 가능성을 완전히 배제할 순 없다고 생각합니다. 하지만…… 만약 진짜로 한성주가 쓴 게 맞다면, 그것은 한성주의 진짜 생각일 테지요. 검열관 앞에서 읊조리는 의견 말고 아무도 없는 자기만의 공간에서 마음껏 분출시킨 욕정 같은 것 말입니다."

"인터뷰를 진행하면서 받았던 한성주의 인상과 수첩에 적힌 글의 성격이 일치하는 면은 혹시 없어? 조금이라도 말이야."

"글쎄요……. 수민 씨는 어떻게 생각해? 같이 갔었잖아."

수민은 잠시 생각하더니 대답했다.

"수첩의 글은 한성주의 것이 맞을 거라고 생각해요. 다만……."

"다만 뭐?"

"그 생각들의 실현에 있어 한성주가 얼마만큼의 적극성을 가지고 있었느냐는 또 다른 문제 아닐까요?"

박 부장이 말했다.

"더사만의 운영자금을 협박을 통해 받아냈다면 상당한 적극성을 가지고 있었다고 해야 하지 않을까?"

"그게 사실이라면 그렇겠죠. 그러나 사실이 아니라면, 자신의 비도덕적인 생각을 적나라하게 기록해 두었다는 이유만으로 사람을 처벌할 수는 없겠죠."

"처벌은 이미 되었잖아? 만만치 않게 정상이 아닌 놈에 의해서 말이야."

박 부장의 농담 같지 않은 농담에 웃는 사람은 아무도 없었다.

"어쨌든 일이 재밌게 돌아가네. 이 기자는 수첩을 입수한 언론사에 전화해서 수첩에 기록된 내용 전문을 제공해 줄 수 있는지 물어봐. 어차피 아무리 뻗대도 어떤 식으로든 다 유출되게 되어 있으니까 이번에 도와주면 다음에는 우리 쪽에서도 보답하겠다고 그래. 그리고 이 수첩 건이랑 심승우 사건에 대한 부분을 같이 엮어서 좀 자극적으로 기사를 하나 만드는 거야. 꽤 화제성 있는 게 나오겠는데."

종훈은 그 말에 대답하지 않고 자기 책상으로 돌아가 컴퓨터 앞에 앉았다.

수첩에 적힌 내용의 전문은 예상외로 쉽게 입수할 수 있었다. 분량은 생각보다 길지 않았다. 전반적인 표현의 강도도 기사에서 예시로 든 구절 이하였다. 그러나 그런데도 충분히 충격적이었다. 그중에서도 '역진 방지책'이라는 소제목이 붙어 있는 챕터가 특히 그랬다.

'이주민의 수용을 확대하는 정책이 도입되더라도 정권교체나 여론 변화에 따라 철회될 수 있다. 그러므로 반드시 이주민의 세력을 결집해 영주권 이상의 권리를 얻어 내는 방향으로 나아가야 한다. 이를 위해 연대해야 할 세력은 진보정당뿐만 아니라 전경련 같은 보수 기득권 집단, 종교를 기반으로 한 이주 노동자 인권단체 등이 있으며 교묘하고 능란하게 이들 각 집단의 이해관계와 욕구에 기반해 접근해야 한다.'

이런 식으로 전체 인구 중 10% 이상을 이주민으로 채우는 것이 일차적인 목표라고 했다. 그렇게 되면 그 이후부터는 더욱 공격적으로 정당정치 안으로 들어가 목소리를 내고 이익을 취할 수 있을 거라고 했다. 물론 그 말은 이주민 대다수에게 선거권과 피선거권이 주어지게 될 것을 전제로 한 얘기였다.

읽으면 읽을수록 그것은 한성주가 쓴 글이 분명하다는 생각이 들었다. 두말할 것 없이 그 글에는 비판받아 마땅한 요소가 있었다. 그 점을 지적하는 짤막한 기사 한 편을 작성해 넘기고 나니 피곤함이 몰려왔다.

21

박 부장이 공언했던 또 한 번의 회식은 결국 실행되지 못했다. 수민은 기획취재팀에서 조용히 떠났다. 종훈은 그렇게 끝난 게 잘 된 거라고 생각했다. 그냥 그렇게 생각하기로 했다.

일에 대해서는 다시 회의감이 찾아들었다. 잠깐 찾아왔던 충만감은 어느 틈엔가 또다시 눈 녹듯 사라져버렸다. 심승우는 단독범으로 기소되었고, 재판정에서 자신은 한성주라는 특정한 개인을 미워한 것이 아니라 다문화주의자들에게 경고를 보내기 위해 이번 사건을 저지른 것이라고 말했다. 그 발언은 많은 이의 분노를 불러일으켰고 광화문광장에서 다문화주의를 지지하는 집회가 열리도록 하는 데 기여했다. 그러나 그 집회에 눈살을 찌푸리는 사람도 있었고, 소규모 인원이었지만 반다문화주의 구호가 적힌 피켓을 들고 맞불 집회를 개최한 이들도 있었다.

시간은 그런 모든 법석을 뒤로한 채 계속해서 흘러갔다. 그렇게 한 달쯤 지난 어느 날, 종훈은 퇴사를 결심했다. 기자 일을 그만두고 무엇을 할 것인지는 결정하지 않은 상태로.

한두 달은 그냥 쉬고 싶었다. 여행과 독서, 충분한 수면, 맛있는 음식과 함께. 그렇게 한두 달이 흐르고 나면 가야 할 길이 보일 거라는 생각이 들었다. 그런 마음을 먹은 날 저녁 수민으로부터 전화가 걸려왔다. 그녀는 지난 금요일 부로 인턴 생활을 마쳤다고 했다. 그는 왜 마지막으로 회사를 떠나기 전 자신에게 들르지 않았느냐고 물었다. 그녀는 죄송하다며 그래서 이렇게 전화를 드렸다고 했다. 그는 자신도 그녀를 뒤쫓아 신문사를 떠날 거라고 말했다. 그녀는 차분한 어조로 물었다. 왜 그만두려고 하는지에 대해서.

"글쎄…… 이 일은 그만하고 싶어서?"

"그만둔 다음에는 뭘 하실 건데요?"

"뭐든 하게 되겠지."

그 말에 그녀는 가볍게 웃었다. 속 편한 소리 하는 그에 대한 책망 섞인 웃음 같았다.

그는 그녀에게 언제 한번 만나 저녁이나 같이 먹자고 말했고, 그녀는 좋다고 대답했다. 그는 내일은 어떠냐고 물었고, 그녀는 잠시 생각한 후 내일은 힘들 것 같다고 대답했다.

"그래? 그럼 토요일 점심은 어때?"

" 음…… 좋아요. 토요일 점심때 뵙는 것으로 해요."

그가 그녀 쪽으로 가기로 했다. 통화를 마쳤을 때 그는 설렘으로 빠르게 뛰는 자신의 심장을 느꼈다. 왠지 이번에는 어떤 기대를 품어도 좋을 것 같았다. 그런 예감이 들었다.

그녀가 약속 장소인 센트럴시티에 도착한 것은 12시를 조금 넘어서였다. 아주 잘 어울리는 베이지색 블레이저 재킷을 입고 있었는데 그 모습이 더없이 우아해 보였다. 그들이 향한 곳은 센트럴

시티 안에 있는 쌀국수집이었다. 그녀는 커플 세트를 주문하자고 했고 그는 그녀의 뜻에 따랐다. 쌀국수 하나와 볶음밥 하나씩 그리고 춘권이 나왔다.

"한 달 만에 다시 보는 것 같네. 그동안 잘 지냈어?"

"네, 인턴 끝나고 나니까 좀 허전하기도 한데…… 그래도 잘 지냈어요. 선배는요?"

"나야 똑같지."

"박 부장님이랑 윤 차장님도 다들 잘 계시죠?"

"어."

그녀는 볶음밥을 반 숟가락쯤 입안에 넣고 오물거렸다. 그 모습이 매력적이었다.

"그런데 일은 왜 그만두시려는 거예요?"

"말했잖아, 그만두고 싶어서 그만둔다고."

그녀는 가볍게 웃더니 말했다.

"자유로운 영혼이시군요."

그렇게 말하는 그녀의 목소리의 색깔은 더는 직장 선후배 사이의 공식적인 그것이 아니었다. 그보다 한결 부드러운, 젊은 남녀 사이에 종종 깃들기 마련인 즐거움이 배인 어조였다. 그가 말했다.

"지난번에 내가 했던 말 있잖아."

"어떤 말이요?"

"사귀고 싶다고 했던 말."

그녀는 무슨 뜻인지 이해했다는 듯 가볍게 고개를 끄덕였다.

"지금 이 시점에서 다시 한번 묻는다면 뭐라고 대답할 거야?"

그녀는 살짝 고개를 옆으로 돌려 어딘가를 바라보았다. 그러나 곧 다시 그에게로 시선을 주더니 말했다.

"상처받으실 거예요"

그는 깊게 한번 숨을 들이쉰 다음 대답했다.

"그래도 괜찮다면?"

그녀는 말없이 그를 바라보았다. 그도 더는 말하지 않았다. 그들은 천천히 남은 음식을 먹었다. 기대와 두려움이 뒤섞인 긴장감이 그를 사로잡았다.

음식점 밖으로 나오자 그녀가 말했다.

"차 마시러 가요, 차는 제가 살게요."

그녀는 앞장서 그를 이끌었다. 그녀가 인도한 곳은 차분한 인테리어가 인상적인 디저트 카페였다. 빈 테이블이 없었지만, 그녀는 기다리자고 했다. 그는 좋다고 했다.

그리 오래 기다리지 않아 자리가 났다. 잠시 뒤 주문한 밀푀유와 아메리카노가 나왔다. 그는 단 음식을 그다지 좋아하지 않았지만 그녀의 권유에 한 조각 입에 넣었다. 지나치게 달았다.

"내가 긍정적으로 기대해도 될까? 그때와는 생각이 바뀌었다고 해석해도 될까?"

그녀는 차분하면서도 부드러운 목소리로 말했다.

"생각이 바뀐 건 없어요. 그때나 지금이나 똑같아요. 저는 그때도 선배를 좋은 사람이라고 생각했고 지금도 마찬가지예요."

"하지만 그때는 거절했었잖아."

"거절했었죠. 선배를 위해서."

"그래? 그럼 이번에는?"

"선배도 이미 알고 계시겠지만, 저는 사랑에 있어 낭만주의자는 아니에요. 회의주의자라고 할 수 있죠. 믿음을 잃어버린 회의주의자."

"가끔은 회의주의자도 믿음을 되찾곤 하지."

그녀는 가볍게 웃었다. 그리고는 말했다.

"그럴 수 있었으면 좋겠네요."

옆 테이블에 앉은 여자의 휴대전화가 요란하게 울렸다. 여자는 무슨 이유인지 전화를 받지 않았다. 30초쯤 더 요란하게 울리던 전화가 끊어지자 수민이 말했다.

"선배는 외모를 좀 가꿔야 해요."

외모? 그는 자신의 대충 빗어 넘긴 머리와 자주 입어 낡은 청바지, 검은색 패딩 점퍼 안에 입은 회색 티셔츠를 생각해 보았다.

"전 외적인 매력도 중요하다고 생각해요. 선배는 너무 가꾸지 않으세요. 못생긴 얼굴도 아닌데……."

"20대 때는 신경 썼는데 30대 돼서는……."

"가꿔야 해요. 꼭 저 아니라 다른 여자 때문에라도."

어쨌든 그 얘기는 긍정적인 신호로 느껴졌다. 그는 알겠다는 얼굴로 고개를 끄덕였다.

그녀와 헤어져 오피스텔로 돌아온 건 5시가 다 되어서였다. 우선 씻고 간단히 저녁을 먹은 후 오늘 일어난 일들에 대해 찬찬히 되돌아볼 생각이었다.

저녁은 일주일 전 사놓은 참치 통조림과 오는 길에 편의점에 들러 사 온 단호박 샐러드로 해결했다. 왜 단호박 샐러드에 참치 통조림이냐고? 둘의 조합이 뛰어나서는 아니었다. 갑자기 샐러드가 먹고 싶어졌고, 참치 통조림은 집에 있었다는 게 이유일 거다. (참치 통조림처럼 먹기 간편하면서 일정한 수준의 맛을 보장하는 음식은 없다는 게 그의 생각이었다)

토요일 저녁식사를 오피스텔에서 혼자 먹는 건 꽤 오래간만인 것 같았다. 그는 가끔은 그러는 것도 나쁘지 않을 거란 생각을 하며 젓가락으로 샐러드를 집었다. 아침에 해놓은 밥은 아직 먹을 만했다. 식사하며 오늘 있었던 일에 대해 생각해 보았다. 긍정적인 결과를 기대해도 되지 않을까? 그렇다고 대답하고 싶다가도 실망하게 될 가능성 또한 얼마든지 있다는 생각이 들었다. 뭐 조금 더 시간이 지나면 모든 것이 드러나게 되겠지…….

식사를 마치고 집어 든 책은 제프리 유제니디스의 소설 『결혼 플롯』이었다. 그 책은 오래간만에 만나는 꽤 흥미로운 소설이었다. 그는 대체로 현대소설은 재미가 없다고 생각했다. 장르 소설에 흥미를 느끼지 못했기에 더 그랬던 것 같다. 그의 생각으로는 소설예술의 절정기는 19세기 중반에서 20세기 초반이었다. 톨스토이, 도스토옙스키, 토마스 만의 시대 말이다. 그다음은? 명백하게 영화와 TV가 승리한 시대가 이어진다. 서사 예술과 관련한 재능을 지닌 젊은이들은 소설 창작 대신 영화판으로, 방송국으로 향했다. 그 결과는? 점점 더 서사가 약해지는 소설들의 끝없는 목록이었다.

어쩌면 그것은 현대 소설가들의 전략인지도 모른다. 사진의 발명과 동시에 더는 현실의 사실적 재현에서 사진을 이길 수 없게 된 회화가 추상 쪽으로 방향을 튼 것처럼 말이다. 그러나 20세기 중반 이후에도, 심지어 21세기에도 흥미로운 소설들은 간혹 출현하곤 했다. 이를테면 미셸 우엘벡이나 칼 오베 크나우스고르 같은 작가들. 임레 케르테스도 괜찮았지만 너무 과작이었고, 앨리스 먼로도 나쁘지 않았지만 너무 짧았다. 어쩌면 그는 지금 읽고 있는 소설의 작가도 그 소수의 명단에 추가될 수 있을지 모른다는 기대를 품었다. 그랬으면 좋겠다고 생각하며 그는 책장을 넘겼다.

22

종훈이 신문사를 그만둔 것은 그로부터 며칠 후였다. 박 부장은 다소 당황한 얼굴로 퇴직을 만류했지만, 그는 완곡하게 거절했다. 윤 차장은 정반대였다. 그가 더 좋은 일자리를 구해 놓고 신문사를 떠나는 것으로 짐작한 모양이었다.

비슷한 시기에 수민은 대학에서의 마지막 학기를 시작했다. 당연히 이전보다 바빠졌다. 그들은 이따금 통화하고 문자를 주고받았지만 좀처럼 만날 수는 없었다. 그들은 어떤 관계인 걸까? 알 수 없었다. 그러나 그는 알았다. 자신이 그녀를 사랑하고 있다는 걸. 또 그녀가 거절 같기도 하고, 기다려달라고 하는 것 같기도 한 태도를 보인다는 것을.

한동안 고민한 끝에 그는 더는 그녀에게 연락하지 않기로 했다. 남녀관계의 진정한 건축가는 여자라는 게 그 이유였다. 모든 남녀관계가 그런 것은 아니겠지만 대부분의 '행복한' 남녀관계는 그렇다고 그는 생각했다. 그는 차분하게 기다려볼 생각이었다. 운명이 자신에게 행복을 허락할지, 그렇지 않을지를.

송우석으로부터 예상치 못했던 전화가 걸려온 것은 그가 그런 결심을 한 날 저녁이었다. 그는 광화문 근처에 올 일이 있어 신문사에 들렀다 그가 퇴직했다는 얘기를 듣고 전화했다고 했다.

"실례가 안 된다면 그렇게 갑작스럽게 그만둬야 할 이유라도 있었던 건지 물어봐도 될까요?"

송우석은 정말로 궁금하다는 어조로 그렇게 말했다.

"특별한 이유가 있어서 그만둔 것은 아닙니다. 그곳에서 하는 일이 더는 저와 맞지 않는다는 생각을 꽤 오래전부터 하고 있었고, 언제든 그 시점이 찾아오면 그만둘 생각이었으니까요."

"새롭게 시작할 일은 정했나요?"

"일단은 좀 쉴 생각입니다."

"쉰다. 좋지!"

송우석은 가벼운 웃음과 함께 그렇게 말했다.

"혹시 내일 점심에 시간 괜찮습니까? 내가 퇴직 기념으로 밥이나 한번 사고 싶은데. 이 기자가 편한 곳으로 가겠습니다."

다시는 볼 일 없을 것으로 생각했던 송우석의 그 제안이 반갑게 느껴졌던 이유는 무엇이었을까?

"좋습니다. 종로 쪽에서 보는 거 어떻습니까?"

"그렇게 하죠. 그럼 내일 12시에 종로3가역 근처 상화옥에서 만나는 거로 합시다."

상화옥? 들어본 적이 있는 이름 같기도 했다. 뭐 검색하면 나오겠지.

"알겠습니다."

"그럼 그때 뵙겠습니다."

송우석과의 통화를 마쳤을 때 그는 어쩔 수 없이 한성주를 떠올렸다. 그에게 두 사람은 연관된 기억이었으니까. 송우석은 한성주의 수첩에 대해 떠들어댈 것이 분명했다. 그에게는 그것처럼 즐거운 대화 소재도 없을 테니까…….

그날 저녁 그는 전부터 보려고 구해 놓았던 영화 〈인사이드 르윈〉을 보고는 비교적 일찍—11시 반쯤이었다—잠자리에 들었다. 알람 소리에 깰 필요 없이 푹 잘 수 있다는 사실에 옅은 만족감을 느끼며.

약속장소인 상화옥은 다소 소란스러운 서민적인 분위기의 식당이었다. 어떤 면에선 자신과 어울릴 것 같지 않은 그곳의 분위기를 송우석은 즐기는 듯했다. 주문한 갈비찜은 금방 나왔다. 밑반찬으로 나온 부추와 함께 먹는 갈비의 맛이 꽤 괜찮았다.

"이 기자가 언론계를 떠나다니 아쉽군요. 요즘 보기 드문 기자정신이 살아있는 젊은이라고 생각했는데 말입니다."

"과찬이십니다. 역량도 부족하고 일에 대한 애정도 부족한 놈일 뿐인데……."

"영영 떠날 겁니까?"

"아마도 그럴 것 같습니다."

"정말 아쉽네요."

종훈은 옆에 놓인 물잔을 집어 들었다. 갑자기 갈증을 느꼈기 때문이다.

"그건 그렇고, 얼마 전 일 때문에 박상동 목사를 만났습니다. 아십니까? 한성주 대표와 잘 아는 사이인 것 같던데."

그는 한성주의 장례식에서 보았던, 추도사를 했던 백발의 목사가 떠올랐다.

"이주 노동자들을 돕는 일을 하는 목사님 맞습니까?"

"맞습니다. 한성주 대표로부터 이런저런 도움을 많이 받았다고 하더군요."

"한성주의 수첩에 관해 이야기해 보셨습니까? 다문화주의의 확산을 위해 종교계 인사를 이용해야 한다고 했던 그 수첩 말입

니다."

"그렇게 민감한 얘기까지 나눌만한 자리는 아니었습니다. 그러나 내가 보기에 그 목사는 한 대표에 대해 부정적인 견해를 가지고 있는 것 같지는 않더군요. 그 수첩에 대해 들었을 텐데 말입니다."

갑자기 궁금해졌다. 그 목사가 가지고 있는 한성주라는 인간에 대한 의견이.

"저에게 그 수첩은 한 인간이 대외적으로 표방하고 있는 대의가 그의 진정한 내면과 얼마나 다를 수 있는지를 극단적으로 보여준 사례였습니다. 그 목사님이 드러난 진실에 대해서 어떻게 생각하는지 정말 궁금해지는군요."

송우석은 입가에 엷은 미소를 띤 채 말했다.

"한 대표는 겉과 속이 다른 인간은 아니었지요."

"그 수첩에 적힌 내용을 보셨고, 그에 대해 논평까지 하셨으면서 그렇게 말씀하시다니 의외입니다."

"그는 자신이 추구하는 공격적 다문화주의를 드러내는 데 있어 망설임이 없었습니다. 이 기자도 함께했던 토론회에서 그가 한 발언들을 떠올려 보십시오. 어떤 면에서 그는 나와 닮았습니다. 추구하는 방향은 정반대이지만."

"한성주 대표의 공식적인 발언은 교수님보다 훨씬 더 부드러웠던 것으로 기억하는데요."

송우석은 그 말에 웃음을 터뜨렸다.

"내 발언이 그렇게 강경하게 느껴졌습니까? 하긴 그럴 수도 있겠지, 어쨌든 그 목사는 흥미로운 사람이었습니다. 한성주 이상으로."

건너편 테이블에 앉아 있던 한눈에 보기에도 육체노동자로 보이는 오십 대 중반의 남자가 맞은편에 앉은 남자에게 소리쳤다.

"불법체류자 놈들 싹 다 잡아서 추방해야 해."

맞은편 자리에 앉은 남자도 동조하는 말을 내뱉었다. 종훈은 그들을 힐끗 바라본 후 말했다.

"한성주의 죽음으로 다문화주의에 대한 지지의 목소리가 높아졌다가 수첩의 발견으로 반다문화주의자들의 목소리도 커진 상황입니다. 교수님 같은 분들의 발언이 어느 때보다 주목을 받는 상황이죠. 교수님께선 앞으로 어떤 부분에 중점을 두고 활동하실 생각이십니까?"

말해 놓고 보니 자기도 모르게 인터뷰하던 습관이 나온 것 같았다.

송우석은 잠시 생각하더니 대답했다.

"그 수첩의 공개가 우리 사회에 기여한 바는 심대하다고 생각합니다. 덕분에 다문화주의라는 것이 어떤 '목적'을 가지고 추진되는, 일종의 사회 개조 프로그램이며 그 자체로 결코 선이 아님을 일반 대중이 인식하게 되었으니 말입니다."

"그 일로 인해 우리 사회 내부의 분열이 심화할 거라는 주장에 대해서는 어떻게 생각하십니까?"

"다문화주의에 대한 반대 목소리는 더 일찍 규합되고 세력화되었어야 했습니다. 이제라도 그럴 수 있게 되어 다행이라고 생각합니다."

"그런 세력화가 심승우 사건과 같은 불행한 일을 초래할 수도 있다고 생각하지는 않으십니까?"

"물론 그럴 수도 있겠지요. 때에 따라선 그런 일이 필요할 수도 있고."

"그런 일이 필요하다고요? 심승우가 한 일 말입니까?"

"때로는 아주 부적절해 보이는 사건이 긍정적으로 기능할 수도 있는 법입니다. 항상 그렇다는 게 아니라 '가끔'은. 내가 역할 해야 할 부분은 균형을 잡는 거라고 생각합니다. 이쪽으로든 저쪽으로든 지나치게 치우치지 않도록 말입니다."

"부적절해 보이는 사건이 긍정적으로 기능할 수도 있다는 주장은 좀 위험하게 느껴지는군요. 극우주의적 폭력이 용인될 수도 있다는 뜻으로 들리니까요."

"도덕적으로 용인될 수 있느냐 없느냐의 문제가 아닙니다. 인간이라는 존재는 타락했고 그런 일들은 좋든 싫든 일어날 수밖에 없습니다. 그렇다면 일어난 일 자체가 아니라 그 일이 미래에 어떤 영향을 끼치게 될 것인가가 중요한데, 나는 그것을 우리가 추구하는 가치의 정당성을 입증해 내는 데 사용하겠다는 겁니다."

"살인을 말입니까?"

"굳이 예, 아니요로 대답해야 한다면 그렇습니다."

"제가 더는 기자가 아니었기에 망정이지 그렇지 않았더라면 교수님의 경력을 완전히 끝장낼 만한 기사가 내일 신문에 실렸을 겁니다."

송우석은 그 말에 즐거운 듯 웃었다.

"나는 최근에 한국 사회에 대해 다소 낙관하는 쪽으로 방향을 돌렸습니다. 어쩌면 우리는 프랑스나 스웨덴처럼 실패하지 않을 수도 있겠다는 생각이 들기 때문입니다. 며칠 전 보도된 예멘 난민에 관한 기사를 보셨습니까?"

종훈은 고개를 끄덕였다.

"알다시피 제주도에는 벌써 수백 명의 예멘 난민이 상륙해 있지요. 그들의 숫자는 더 불어날 거고, 그들 중 다수는 제주도에서, 아니 육지로 나와서 일자리를 얻게 될 겁니다. 하지만 그런 상황에 대한 시민들의 반발은 내가 예상했던 것 이상이었습니다. 어쩌면 대중은 우리가 막연히 생각하는 것 이상으로 현명한지도 모르겠습니다."

"난민에 대한 혐오를 현명함과 같은 것으로 얘기할 수는 없다고 생각합니다."

"아니, 그것은 혐오가 아닙니다. 그것은 사랑입니다. 자기 자신에 대한 사랑."

불법체류자를 추방해야 한다고 떠들었던 남자가 식사를 마쳤는지 자리에서 일어났다. 그 테이블이 비고 나니 음식점 안이 고요해진 느낌이었다.

"인간사회의 모든 것은 언제나 등락을 거듭합니다. 인구나 경제력도 마찬가지고. 조만간 이 나라의 전체 인구는 감소할 겁니다. 다시 4,000만대로 돌아가게 되겠지요. 그러나 그렇게 계속 감소만 할 것으로 생각하면 오산입니다. 감소에 따라 남아있는 자들의 존재가치가 높아지면 출산이란 행위에 대한 가치 또한 올라가게 될 테니까. 물론 그런데도 이전처럼 극적인 증가는 없을 겁니다. 아마도 향후 40~50년의 전반적인 추세는 완만한 축소겠지요. 하지만 그런 축소 속에서 더 풍요롭고 더 행복한 미래가 이루어질 수 있다는 게 내 생각입니다. 축소 자체는 바람직한 것이 아니지만 그것이 유발할 수 있는 효과는 긍정적인 방향으로 나타날 수 있다는 뜻입니다. 그럴 수 있도록 지원하는 정책적인 개입이 있다면 말입니다. 이주민 유입을 통한 인구 규모 유지와 다문화 정책의 강화는 그런 축소를 막기 위한 발버둥입니다. 누구를 위한? 현재 기득권을 지닌 세력들을 위한, 그리고 도덕적 우월성을 인정받기를 원하는 정신병자들을 위한. 물론 그들에게도 자신의 이익과 즐거움을 위해 투쟁할 권리는 있습니다. 나는 그것을 부정하지 않습니다. 다만 어느 쪽이 더 우리 공동체 구성원 다수의 행복을 위한 길인지를 고민하고 판단해야 할 겁니다."

"그것은 일종의 집단이기주의로 규정될 수도 있습니다. 한민족중심주의 같은 명칭을 붙일 수도 있겠군요."

"그런 성격이 있다는 걸 부정하지는 않겠습니다."

"히틀러도 독일민족 중심주의를 부르짖었지요."

"나는 전쟁을 옹호하지 않습니다."

"테러는 작은 단위의 전쟁이라고도 볼 수 있지 않을까요?"

"나는 테러도 옹호하지 않습니다."

"조금 전에는 다르게 말씀하신 것 같은데요."

그 말에 송우석은 웃음을 터뜨렸다.

"이건 조금 다른 이야기인데, 보수 우파는 균형을 잡는 게 중요하다고 생각합니다. 정말로, 정말로 말입니다. 왜냐면 바로 거기에 핵심이 있기 때문입니다."

"그 말씀은 스스로를 보수 우파로 규정한다는 뜻입니까?"

"아니, 보수 우파들이 그래야 할 필요가 있다는 얘깁니다."

"교수님의 역할이 균형을 잡는 거라는 말씀도 하셨었죠."

송우석은 가만히 종훈의 눈을 바라보며 말했다.

"내가 왜 이 기자와 대화하는 걸 좋아하는지 압니까?"

"왜죠?"

"인간에게는 자극을 주는 대상이 필요하지요. 불쾌한 자극이 아니라 어떤 화학적인 성분이 유사해 존재 자체로 즐거움을 주는, 즐거운 자극을 주는 대상 말입니다. 그것은 꼭 살아있는 인간으로부터만 받을 수 있는 것은 아닙니다. 어떤 책을 읽을 때, 어떤 음악을 들을 때, 어떤 그림을 볼 때 말로 표현하기 힘든 즐거운 자극을 받게 된다면 그 작품의 수용자는 창조자와 닮은 영혼을 지니고 있을 가능성이 높습니다. 나는 다른 어떤 이유보다 그 사실로 인한 즐거움이 크다고 생각합니다. 그런데 아주 놀랍게도 종종 살아있는 사람 중에서 그런 자극을 줄 수 있는 이를 만나기도 합니다. 그것은 정말로 즐거운 일입니다. 왜냐하면 그런 경우는 인생에서 좀처럼 주어지지 않기 때문입니다. 또 그런 대상이 줄 수 있는 즐거움을 다른 어떤 사람이나 사물이 대체해 줄 수 없기 때문이기도 하고. 그런 면에서 봤을 때 삶에서 그런 대상을 만나게 된 사람은 감사해야만 합니다. 그것은 일종의 기적이니까."

종훈은 송우석의 장황한 얘기가 무슨 의도로 나온 건지 좀처럼 파악할 수 없었다. 그래서 물었다.

"제가 교수님과 화학적 성분이 유사한 영혼이라는 말입니까?"

송우석은 왼손으로 가볍게 테이블을 치며 웃었다.

"쉬 레게이스! Su; levgei 네 말이 옳다란 뜻의 헬라어."

"뭐라고 하신 거죠?"

송우석은 그 질문에는 대답하지 않고 말했다.

"아까 하던 얘기로 돌아가 결론을 말하자면, 내가 주장하는 사회는, 미래는 하나의 모색입니다. 그것이 어떤 모습으로 완성될지는 아직 알 수 없는. 그러나 나는 그 길을 가보자고 주장하고 있는 겁니다. 분명한 확신을 가지고서 말입니다."

비어있던 맞은편 테이블로 중년 남녀 한 쌍이 걸어왔다. 말하는 억양으로 보아 중국 동포인 것 같았다.

23

송우석과 헤어져 종로 거리를 걸으며 종훈은 생각했다. 대화 중 송우석이 언급한 박상동 목사를 찾아가 봐야겠다고. 그런 생각을 하게 된 이유는 그 목사로부터 한성주라는 인물에 대한 의견을 듣고 싶어서였다. 아니, 좀 더 정확하게 말하자면 신뢰했던 이의 추악한 진실과 맞닥뜨리게 된 사람이 보이는 반응의 다양성에 대해 궁금했기 때문이다.

송우석의 말에 따르면 그 목사는 한성주에 대한 긍정적인 시각을 바꾸지 않았다고 했다. 수첩에 적힌 글에 대해서 알면서도 말이다. 아니, 어쩌면 그 목사는 수첩에 대해 듣지 못했을지도 모른다. 만약 그렇다면 그는 그 목사에게 수첩에 적힌 내용에 대해 자세히 이야기해 줄 생각이었다. 그리고 관찰하는 거다. 그 목사가 어떻게 반응하는지를. 그것은 흥미로운 일이 될 것이 분명했다.

그는 송우석이 했던 말들에 대해서도 생각해 보았다. 그 이상한 외국어는 무슨 뜻이었을까? 내가 자신과 화학적으로 유사한 상태라는 뜻? 그는 자신이 송우석과 유사한 인간이라고는 한 번도 생각해 본 적이 없었다. 그러나 어쩌면 그 말이 맞을지도 모른다는 생각이 들었다. 적어도 한 가지 면에선 그와 자신이 비슷했으니까. 그것은 다른 사람이나 외부의 가치가 아닌, 자신이 원하는 것을 추구하고자 하는 의지가 있다는 것이었다. 송우석에게는 분명히 그런 의지가 있었다. 종훈은 자신에게도 그런 의지가 있다고 믿었다.

거리를 오가는 사람 중 다수는 노령층이었다. 근처에 탑골공원이 있어서 그런 것 같았다. 30년쯤 뒤엔 그 모습이 탑골공원 근처의 풍경이 아니라 일산이나 분당 한 귀퉁이의 풍경이 될지도 모를 거란 생각이 들었다.

그는 계속해서 발걸음을 옮겼다. 오피스텔까지 걸어서 갈 생각이었다. 천천히 걸어도 40분이면 충분히 도착할 수 있을 것 같았다. 그렇게 걷다 어느 상가 건물 앞을 지나게 되었는데 을씨년스러운 분위기가 느껴져 건물을 자세히 살펴보니 완전히 버려진 채 방치된 상가였다. 70년대 말이나 80년대 초에 지어진 것으로 보이는 건물은 4층 높이에 길이가 30m는 되어 보였다. 그런 규모의 상가가 도심 한가운데 완전히 죽은 채로 방치된 게 과히 보기 좋지는 않았다.

"쇠퇴는 중심부에서도 소리 없이 이루어지고 있군."

그렇게 중얼거리며 그는 잠시 멈춰서 상가 건물을 바라보았다.

다시 걸음을 옮기려는데 휴대전화가 울렸다. 발신자를 확인하니 넉 달 전 그보다 먼저 신문사를 그만둔 상현이었다.

"이 기자, 통화 괜찮아?"

"네, 선배. 제가 먼저 연락 드렸어야 했는데…… 잘 지내시죠?"

"나야 잘 지내지. 소식 들었어. 일 그만두고 어떻게 지내는지 궁금해서 연락했어."

"그냥 쉬고 있어요. 한두 달은 아무 생각 없이 쉴 계획으로 나왔거든요."

"쉴 때도 됐지. 이 기자도 한번 쉬어갈 때가 되긴 했어. 근데…… 한 삼사 주 정도만 더 쉬고 나 있는 곳에서 같이 일해 볼 생각 없어?"

상현이 일하고 있는 시사주간지는 국내에서 가장 신뢰도가 높고 영향력 있는 잡지였다. 그래봤자 시사주간지였지만 말이다.

"조만간 경력 기자를 한 명 뽑아야 하는데 이 기자만 한 사람이 어디 있겠어? 그래서 소식 듣고 연락한 거야."

고마운 말이었다. 그러나 종훈은 승낙할 수 없었다.

"생각해 주고 이렇게 연락 주셔서 정말 감사해요. 근데 그러기는 어려울 것 같아요……. 다른 일을 해보고 싶다는 생각으로 나왔거든요."

"그래? 그럼 어쩔 수 없지……. 아쉽네. 같이 일하면 재밌을 거라고 생각했거든. 뭐 뜻이 그렇다면 어쩔 수 없지."

"죄송해요."

"아냐, 죄송은 무슨. 조만간에 밥이나 한번 먹자고. 인생사는 얘기도 나누고 말이야."

"그래요. 저는 아무 때나 시간 괜찮으니까 선배가 편할 때 연락 주세요. 오랫동안 못 뵀는데 한번 꼭 뵙고 싶네요."

"오케이, 또 연락할게. 잘 지내고."

통화를 마치고 걸음을 옮기며 그는 생각했다. 규모는 작지만 잘 작동하는, 자율성을 발휘할 수 있는 언론사에서 상현과 함께 일한다면 재미있기는 할 것 같다고. 하지만 그럴 수는 없다. 여러 가지 장점에도 불구하고 결국에는 똑같은 한계 때문에 회의를 느끼게 될 게 뻔하니까.

인쇄 매체의 몰락이란 큰 흐름 속에서 발생하는 문제들은—발행 부수 감소의 문제, 광고주 확보의 문제, 일하는 사람들의 과도한 노동과 자기 소진 문제 같은 것들 말이다—주간지나 신문이나 마찬가지일 것이 분명했다. 아니 조직 규모가 작은 주간지가 더 열악할 게 확실했다. 언론사 중간관리자들의 타락도 어쩌면 그런 문제들 속에서 필연적으로 발생할 수밖에 없는 현상인지도 모른다. 생각이 그 지점에 이르자 박 부장과 윤 차장의 얼굴이 떠올랐다. 회사에 있을 때 그들에게 더 잘해 줄 걸 하는 마음이 들었다. 이제는 다 부질없는 생각이었지만 말이다.

보행의 즐거움을 손상시키는 요소는 참으로 다양하게 존재했다. 그중에서도 단연 최고는 자동차들이 내뿜는 매연과 소음이었다. '서울은 보다 보행자 중심 도시로 바뀔 필요가 있어.' 요란한 경적을 울리며 사라지는 SUV를 노려보며 그런 생각을 하고 있는데 갑자기 루소의 책 제목 『고독한 산책자의 몽상』이 떠올랐다. 그 책에는 이런 구절이 있다.

'행복이란 이 세상을 살아가는 인간을 위해 만들어진 것 같지 않은 어떤 항구적인 상태이다. 지상의 모든 것은 끊임없는 흐름 속에 있기에, 불변의 형태를 보이는 것은 아무것도 없다. 우리 주위의 모든 것은 변화한다. 우리 자신도 변한다. 그러므로 오늘 사랑하는 것을 내일도 사랑할 것이라고 확신할 수 있는 사람은 한 명도 없다. 삶의 행복을 위한 모든 계획은 하나의 망상일 뿐이다.'

물론 그 구절이 정확하게 떠오른 것은 아니었다. 그냥 그 구절이 풍기는 느낌이 어렴풋이 떠올랐을 뿐이다. 그는 그 느낌에 동의했다. 아니, 동의하고 싶었다.

횡단보도를 건너는데 맞은편에서 어떤 젊은 여자 하나가 그가 있는 쪽으로 걸어왔다. 그녀는 어딘지 수민을 연상시키는 데가 있었다. 수민이 지난번 만남에서 입고 나왔던 베이지색 재킷과 비슷한 옷을 입고 있었기 때문이기도 했지만 그게 다는 아니었다. 우아한 느낌의 날씬한 체형, 그것이 강하게 수민을 떠오르게 만든 것이다. 그녀를 본 순간 그는 참을 수 없을 만큼 수민이 그리워졌다.

여전히 수민으로부터는 어떤 연락도 없었다. 그는 스스로 답을 알 수 없는 질문을 던져보았다. '그녀는 대체 어떤 생각인 걸까? 대체 어떤 생각으로 지난번 만남에서 내게 긍정적인 기대를 품도록 한 걸까? 왜 그녀는 다른 남자들에게는 비교적 쉽게 허용했던 연인관계를 나에게는 허용하지 않으려는 걸까? 내가 상처받게 될 거라서? 그럼 그녀와 만났다 몇 개월 만에 헤어진 남자들은 상처를 받지 않았다는 말인가? 아니, 더 본질적인 것들에 대해 생각해 보자. 왜 나는 그녀를 떠올리는 걸까? 이전 세대보다 압도적으로 생식능력을 상실한 우리 세대의 일원으로서 나는 그녀에 관한 이 어리석어 보이는 갈망을 왜 종식하지 못하는 걸까? 종족 번식의 본능 때문에? 그러니까 이 모든 것은, 말하자면 호르몬의 장난인가?' 그것보다는 더 고상한 무엇이 있었으면 좋겠다는 생각이 들었다.

그러다 문득 송우석이 결혼에 대해 했던 말이 떠올랐다. '결혼이란 덜 불행해지기 위한 선택이다' 정도로 요약될 수 있는 말이었던 것 같은데……. 하지만 누가 알 수 있겠는가? 결혼이 한 인간을 더 불행하게 만들지, 그 반대로 작용할지를. 송우석이 했던 또 다른 말이 떠올랐다. 생산력을 잃은 민족은 좀 더 왕성한 생산력을 지닌 다른 민족에게 복속될 수밖에 없다던 말. 거칠고 조잡하고 선동적인 주장이었지만 완전히 틀린 말은 아닐지도 모른다는 생각이 들었다.

다시 박상동 목사에 관한 생각이 떠올랐다. 그는 한성주의 장례식에서 보았던 박 목사의 얼굴을 떠올려 보려고 노력했다. 그러나 전혀 기억나지 않았다. 그는 걸음을 멈추고 휴대전화를 꺼내 '박상동'과 '이주 노동자'라는 단어로 검색을 해보았다. 박 목사가 운영하는 쉼터의 홈페이지가 검색되었다. 그는 그 홈페이지로 들어갔다.

홈페이지는 디자인이 아주 소박했다. 좋게 말해서 소박이지 실은 빈약했다. 그는 자료실의 '사진 갤러리'로 들어가 보았다. 40여 장의 사진이 있었는데 그중 하나, 다양한 국적의 이주 노동자들과 함께 환하게 웃고 있는 백발의 한국인 사진을 보는 순간 장례식장에서 보았던 박 목사의 얼굴이 기억났다. 선량하지만 어딘지 고집스러워 보이는 얼굴이었다.

홈페이지를 대충 살펴본 후 그는 거기에 나와 있는 연락처로 전화를 걸었다. 50대 중반쯤으로 느껴지는 목소리의 여자가 전화를 받았다. 그는 자신을 한성주 대표와 인터뷰를 진행했던 기자라고 소개한 후 박 목사의 다문화 사역과 심승우 사건에 대한 박 목사의 의견을 듣고 싶어서 한번 찾아가고 싶은데 그래도 되겠냐고 물었다. 여자는 목사님이 출타 중인데 돌아오시는 대로 말씀을 전해드리겠다고 했다. 그는 전화번호를 가르쳐준 후 연락을 기다리겠다고 했다.

통화를 마치고 나니 갈증이 났다. 마침 근처에 편의점이 하나 있었다. 그는 걸음을 빨리해 편의점 안으로 들어갔다.

24

용인에 있는 박 목사의 이주 노동자 쉼터는 지은 지 30년쯤 되어 보이는 상가건물의 3층에 있었다. 3층 전 층이 다 쉼터였다. 건물 안은 외관과는 달리 깨끗하게 잘 관리되어 있었다. 모임을 할 수 있는 널찍한 공간과 주방이라고 불러도 될 규모의 탕비실이 있었는데 조금 전 그곳에서 식사를 했는지 음식 냄새가 났다. 전날 전화를 받았던 것으로 추정되는 중년 여성의 안내를 받아 사무실에 들어서자 장례식장에서 보았던 백발의 박 목사가 반가운 얼굴로 그를 맞아주었다.

악수한 후 종훈이 말했다.

"먼저 솔직하게 말씀드려야 할 게 있습니다. 사실 저는 지금은 더는 기자가 아닙니다. 최근에 그만두었거든요. 제가 일을 그만두기 전 연재했던 기획 기사가 〈대한민국의 미래와 다문화사회〉였고, 그 기사의 일환으로 인터뷰를 진행했던 분이 한성주 대표였습니다."

종훈은 잠시 말을 멈추고 박 목사의 얼굴을 바라보았다. 박 목사 역시 궁금함을 담은 눈빛으로 그를 마주 보고 있었다. 그때 문이 열리더니 그를 안내해 주었던 중년 여자가 하얀 찻잔에 든 율무차를 가지고 왔다. 종훈은 고맙다고 말한 후 그녀가 두고 간 잔을 집어 들어 한 모금 마셨다.

"저는 한 대표의 장례식장에 갔었습니다. 거기서 목사님을 처음 뵈었었죠."

박 목사가 말했다.

"그러셨습니까? 어쩐지 어디서 한번 뵌 적이 있는 분 같다는 생각이 들었습니다."

율무차는 달았고 적당히 뜨거웠다. 종훈은 절반 정도 마신 다음 잔을 테이블 위에 내려놓았다.

"이렇게 목사님을 찾아뵙게 된 것은, 꼭 여쭤보고 싶은 게……"

그 순간 박 목사의 휴대전화가 울렸다. 박 목사는 미안하다고 말한 후 전화를 받았다. 통화 내용을 들으니 우즈베키스탄 출신의 이주 노동자가 노숙 생활을 하다 한국인 노숙자들에게 폭행을 당해 광대뼈가 함몰되는 중상을 입고 입원해있다는 내용인 것 같았다. 박 목사는 저녁에 병원에 들르겠다고 말한 후 통화를 마쳤다.

"사고가 있었던 것 같네요?"

종훈의 물음에 박 목사는 안타까운 얼굴로 2주 전까지 쉼터에서 머물다 일자리를 구했다며 떠났던 우즈베키스탄 출신 근로자가 폭행을 당해 입원해있다고 대답했다. 종훈은 그런 일이 자주 일어나느냐고 물었고 박 목사는 자주는 아니지만 종종 일어난다고 했다. 그리곤 자신 때문에 얘기가 중단되어 미안하다며 하던 얘기를 계속하라고 했다.

"그러니까 제가 오늘 목사님을 찾아뵌 것은, 기사 작성을 위한 공식적인 인터뷰 때문이 아니라 한 개인으로서 목사님께 여쭤보고 싶은 게 있어서입니다."

"그게 어떤 거지요?"

종훈은 가볍게 숨을 내쉰 후 말했다.

"목사님께서는 추도사에서 한 대표가 추구했던 일들에 대해 긍정적으로 평가하셨던 것으로 기억합니다. 목사님께서 지금 하고 계신 일들도 한 대표가 추구했던 일들과 같은 목표를 지닌 일이라고 생각하고요. 하지만…… 목사님께서도 아시다시피 얼마 전 한 대표의 수첩이 공개되었습니다. 그의 진실한 내면이 드러난 그 수첩에 관한 기사는 보셨을 것으로 생각합니다."

박 목사는 말없이 고개를 끄덕였다.

"그렇다면 지금은 어떻게 생각하시는지 여쭙고 싶습니다. 한성주 대표라는 인간에 대해, 그리고 그가 추구했던 목표에 대해 어떤 의견을 갖고 있으신지 말입니다."

박 목사는 찻잔을 들어 율무차를 한 모금 마신 후 말했다.

"성주 형제는 의지가 강한 사람이었습니다. 자신이 옳다고 생각하는 일에서는 절대 타협하지 않는 사람이었지요."

박 목사는 가벼운 한숨을 내쉰 후 계속해서 말했다.

"성주 형제는 진심으로 이주 노동자들을 사랑했습니다. 예, 저는 그것을 확신합니다. 그는 뜨겁게 그 자신도 그들 중 하나인 이주민을 사랑했습니다. 그 사랑은 진짜였습니다. 하지만……."

"하지만?"

"그는 자신의 사랑을 자신의 방법으로 이루려고 했지요."

"그게 무슨 뜻이죠? 자신의 방법으로 이루려고 했다는 것 말입니다."

"신을 인정하지 않는 인간에게는 인간의 방법만이 남을 뿐이며 인간의 방법으로 목적을 이룰 수밖에 없습니다."

그것은 종훈이 듣기를 원했던 대답이 아니었다. 그는 지금 종교 문제에 대해, 신이 있고 없고에 대해 토론하고 싶은 게 아니었다. 한 건실해 보였던 인간의 어두운 진짜 모습에 대해 그를 잘 알고 있는 이는 어떻게 생각하는지를 듣고 싶었다. 그러니까 그것은 인간에 대한 질문이었다.

“그는 자신의 글에서 자신이 목표로 하는 사회를 만들기 위해서 사용하지 못할 수단은 없다고 썼습니다. 교묘한 기만은 물론이고 폭력까지도 말입니다. 목사님은 그가 일그러진 정신의 소유자라는 것을 눈치채지 못하셨습니까?”

종훈은 언젠가부터 상당히 무례한 어조로 말하고 있었다. 그러나 박 목사는 그런 종훈의 말투에 어떠한 불쾌감도 느끼지 않는 것 같았다.

“성주 형제에게는 아픔이 있었습니다. 언젠가 성주 형제는 제게 자신이 자라면서 받아온 무수한 차별과 무시에 관해 이야기한 적이 있습니다. 주로 말투 때문에 그랬다고 하더군요. 아이들은 때로는 어른보다도 더 잔인한 법입니다. 아마도 그런 경험들이 성주 형제의 생각을 그런 방향으로 이끌었을 것으로 생각합니다. 그러나 제가 3년 넘게 보아온 성주 형제는 수첩에 적힌 글대로 행하는 그런 사람은 아니었습니다. 다만 자신의 힘으로 목적한 바를 이루겠다는 의지가 강했다는 것, 그것만은 부인할 수 없을 거라고 말씀드립니다.”

“한 대표가 그토록 이루고자 했던 것에 대해서는 어떻게 생각하십니까? 목사님께서도 그것을 위해 수고하고 계신 다문화주의 말입니다.”

“저는 다문화주의를 위해 수고하고 있지 않습니다.”

“그럼 무엇을 위해 애쓰고 계신 거지요?”

"제가 하는 일은 이 땅을 찾은, 상처받고 모욕받은 영혼들을 돌보고 위로하는 것입니다."

"단순히 그들을 돌보고 위로하는 것 자체가 목적이라는 말씀이신가요? 그렇다면 목사님은 다문화주의에 대해서는 어떻게 생각하십니까?"

"저는 다문화주의자는 아닙니다."

"그런데 왜 지금 하시는 일을 하는 거죠?"

"그들에게는 도움이 필요하기 때문입니다."

"그게 이유의 전부인가요?"

그것은 거의 형사가 용의자를 취조하는 말투였다. (박 목사와 헤어져 오피스텔로 돌아오며 종훈은 자신이 어떻게 그토록 무례할 수 있었는지 스스로 놀랐다)

"그 이상의 어떤 이유가 필요하겠습니까?"

"한 대표는 수첩에 쓴 글에서 이주 노동자들을 지원하는 종교단체와 연대하여 다문화주의를 확산시킬 필요가 있다고 주장했습니다. 그런 한 대표의 전략에 대해서는 어떻게 생각하십니까?"

"보수적인 기독교인 중에는 다문화주의에 대해 반감이 있는 분들도 있습니다. 그것을 통해 무슬림 신앙을 가진 이들이 한국 땅에 급속하게 유입될 수도 있다고 생각하기 때문이지요. 솔직하게 말씀드리자면 저도 그와 비슷한 생각에서 완전히 자유로운 것은 아닙니다. 그러니까 그런 면에서 저는 다문화주의를 지지하는 사람이라고는 할 수 없겠지요. 하지만 저는, 일단 우리 곁에 존재하는 도움이 필요한 이들에게는 도움의 손길을 내미는 것이 옳다고 생각합니다. 그들이 가진 신앙이나 피부색 같은 것들을 고려하지 않고 말입니다."

그것은 다소 의외의 발언이었다. 자신에게도 꽉 막힌 다른 보수 기독교 목사들과 같은 생각이 있다는 고백 말이다.

"다문화주의에 반대하시면서 다문화주의의 촉진자 역할을 하시는 데 따른 갈등은 없으셨습니까?"

그렇게 질문하는 종훈의 말투는 조금 전보다 공손해져 있었다.

"없었습니다. 도움이 필요한 이들에게 도움을 주는 것은 행복한 일이기에 그런 갈등을 느낄 겨를이 없었던 것 같습니다."

갑자기 박 목사가 흥미로운 인물이라고 했던 송우석의 말이 떠올랐다.

"다시 처음의 얘기로 돌아가지요. 저는 한 대표의 죽음에 충격을 받은 만큼이나 그의 위선에도 충격을 받았습니다. 아마 그런 부분에선 저보다 목사님께서 더 많이 놀라셨을 것으로 생각하는데 어떠십니까?"

"말씀하신 위선이 성주 형제만의 문제일까요?"

"정도의 차이만 있을 뿐 모든 사람은 다 위선적이다, 이 말씀입니까?"

"인간이란 연약하고 모순적인 존재입니다. 그럼에도 우리는 인간을 사랑해야만 하지요."

"사랑할만한 가치가 없는 사람도 말입니까?"

"사랑할만한 가치가 없는 사람은 없습니다. 아무리 본래의 모습이 어그러졌다 해도 그의 내면에는 아직 고귀함이 남아있기 때문입니다."

"글쎄요, 과연 그럴까요?"

박 목사는 조용히 미소를 띤 채 종훈을 바라보며 말했다.

"기자님은 그 자체로 충분히 사랑받을만한 자격을 지닌 사람이 있다고 생각하십니까?"

"드물지만 있다고 생각합니다."

"그 사람과 한 달만 딱 붙어 생활하게 된다면 생각이 바뀌게 될 겁니다."

"인간에 대해 비관적인 견해를 가지고 계시는군요."

"비관적이라는 단어보다는 사실적이라는 단어가 더 적절할 것 같군요."

"사실적이라? 그럴지도요."

갑자기 어떤 생각이 종훈의 마음에서 올라왔다. 그는 그 생각을 입 밖으로 내뱉었다.

"어쩌면 저도 목사님처럼 인간이란 존재에 대해 비관적인, 아니 사실적인 견해를 가졌는지도 모르겠습니다. 그러니까 말하자면 저는 인간이란, 아니 정정하겠습니다. 인간에게 희망은 없는 게 아닐까 하는 생각이 들곤 하거든요."

그는 잠시 말을 멈추고 거칠고 주름진 박 목사의 손을 바라보았다.

"우리가 가졌던 희망은 언제나 깨어지도록 정해져 있는 것 같습니다. 직업, 사랑, 행복, 누군가를 향한 기대 모두 다 말입니다."

그는 자신이 왜 이런 얘기를 지껄이고 있는 건지 의문을 느끼면서도 계속해서 말했다.

"그런데 어쩌면 바로 거기에 인생의 의미가 깃들어 있는 것인지도 모른다는 생각이 듭니다. 진정한 인생을 살 수 있도록 해주는 힘은 어설픈 희망 대신 그런 절망을 직시하는 데서 나오는 것인지도 모르니까요."

박 목사는 말없이 고개를 끄덕였다. 한동안 침묵이 이어졌다.

종훈은 박 목사에게 듣고 싶었던 이야기는 다 들었다고 느꼈다. 그런데도 그와 조금 더 함께 있고 싶었는데 이유는 자신도 알 수 없었다.

"하나만 더 질문드리겠습니다."

종훈의 입에서 이와 같은 말이 나온 건 거의 무의식적이었다고 할만했다.

"대한민국이 처해있는 총체적 난국, 그러니까 인구 감소와 고령화, 이주민의 증가와 그것이 야기할 가능성이 높은 사회 분열 등을 앞두고 우리는 어떻게 해야 한다고 생각하십니까? 개인 차원에서 말입니다."

박 목사는 잠시 생각하더니 대답했다.

"사랑해야 합니다."

"사랑이요?"

박 목사는 말없이 고개를 끄덕였다.

"물론 사랑해야겠지요. 하지만 그것은 뭐랄까 너무 포괄적이고 관념적인, 그러니까 원론적인 얘기 아닐까요?"

"사랑은 우리가 만나는 모든 사람에게 행해야 할 구체적이고 실제적이며 실천적인 일입니다."

"어떻게 말입니까?"

"이를테면……"

박 목사는 부드럽게 눈을 깜빡이더니 말했다.

"누군가에게 잘못했다면 미안하다고 사과한 후 더는 그런 행동을 하지 않는 것입니다."

"사과하는 게 사랑하는 거라는 말씀입니까?"

"그렇습니다. 또 그것은 누군가에게 베푸는 것입니다. 물질적으로 말입니다. 밥을 사주거나 선물을 건네는 것 말이지요. 그러니까 그것은 용서를 구하고, 용서해 주고, 베풀고, 참아 주고, 믿어 주고, 기다려주는 것으로 나타난다고 생각합니다."

"그러니까 만나는 모든 사람을 용서해 주고, 참아 주고, 믿어 주고, 기다려주는 것이 사랑이라는 말씀입니까?"

"그렇습니다. 가족, 친구, 직장동료, 일로 만나는 모든 사람, 심지어는 우리에게 적대적인 사람들까지도 말입니다. 다시 말해 우리의 삶에 주어진 모든 사람을 그렇게 대하는 겁니다."

"거기에는 당연히 이주 노동자도 포함되는 거겠지요?"

"물론입니다."

"정말로 그것이 각 개인이 사회적 차원에서 당면한 위기를 극복할 수 있는 방안이라고 생각하십니까?"

"그렇습니다."

"아주 성직자다운 방안이라는 생각이 드는군요. 네 이웃을 네 몸과 같이 사랑하라. 좋은 주장이지요. 하지만 그것은 어려운 요구이기도 합니다. 특히 오늘을 살아가는 현대인들에게는 말입니다. 현대인은, 우리는 아주 쉽게 상처받고, 아주 쉽게 증오하는 유형의 인류입니다. 우리 시대는 말하자면 내 몸 위주로 사랑하는, 아니 내 몸조차도 제대로 사랑하지 않는 시대입니다. 어쩌면 그런 시대이기에 쇠퇴와 소멸이 뒤따르게 되는지도 모르지요."

"맞습니다. 오늘 이 시대는 지나치게 자기 자신만을 사랑하는 시대이지요. 개인적 차원에서도, 사회적인 차원에서도 말입니다. 그러나 인간이란 자신만을 사랑해서는 절대로 행복할 수 없습니다. 그것은 실망과 환멸, 불행만을 얻게 해줄 뿐입니다. 자신만을 사랑하는 사람은 종국에는 자신도 사랑하지 못하게 됩니다. 사랑이란 다른 누군가를 향할 때만 자신에게 돌아오게 되어 있는 감정입니다. 현대인이 행복하지 못한 건 올바로 사랑하지 못해서입니다. 하지만, 희망은 있다고 생각합니다. 아니, 희망은 언제나 있었습니다. 그것을 선택하느냐 그렇지 않으냐의 문제가 기다리고 있을 뿐이지요."

그것은 두말할 것 없이 지나치게 순진한 소리였다. 그런데도 종훈은 그런 얘기를 듣는 것에 반감을 느끼지는 않았다. 그런 순진함을 보는 것 자체가 좋았다고 할까? '이 세상엔 순진한 사람이 더 많아질 필요가 있어.' 그렇게 속으로 중얼거리며 종훈은 이미 비어버린 잔을 집어 들었다.

25

명원, 용현과 만나기로 한 동탄의 쇼핑몰 출입구 앞에서 종훈은 혜진과 꼭 닮은 여자가 어떤 남자와 팔짱을 끼고 걸어가는 모습을 보았다. 워낙 순간적으로 스쳐 지나가서 확신할 수는 없었지만, 혜진이 맞는 것 같았다. 그렇다면 잘된 일이라는 생각이 들었다. 혜진은 충분히 행복할 자격이 있는 여자니까.

명원과 용현은 이미 약속 장소에 도착해서 종훈을 기다리고 있었다.

"일 그만두고 놀아서 그런가? 얼굴이 아주 훤하다."

명원이 장난스러운 목소리로 그렇게 말했다.

용현도 말했다.

"부럽다. 과감하게 사표 던지고 나올 수도 있고."

용현은 명원과 함께 종훈이 가장 친하게 지냈던 고등학교 친구였다. 홀어머니 밑에서 자라 경제적으로 풍족하지 못했던 학창 시절을 보낸 그는 그런 과거를 극복하려는 열망 때문이었는지 졸업 후 맹렬하게 돈 버는 일에 몰두했었다. 그래서 좀처럼 얼굴 볼 기회가 없었는데—마지막으로 만난 게 1년 전인 것 같았다—오늘은 명원이 어떻게 설득했는지 식사 자리에 참석하게 된 것이다.

그들은 명원이 예약해 둔 한정식집 안으로 들어갔다. 음식은 금방 나왔다. 전형적인 한정식 코스요리였다.

명원은 앞으로 어쩔 계획이냐 같은 진부한 질문은 하지 않았다. 그냥 한동안 푹 쉬면서 하고 싶은 거 실컷 하라는 말만 했다. 대화는 명원의 아이에 대한 것으로 흘러갔다가 종훈의 누나와 조카들에 대한 것, 용현의 매형에 대한 것으로 이어졌다.

"우리 큰 매형은 사람은 괜찮은데 너무 구두쇠야. 애들 옷을 안 사줘."

"그럼 어떡해? 옷은 입혀야 할 거 아니야?"

"누나네 가면 내가 사줘."

명원이 웃으며 말했다.

"네 월급이 다 그리로 들어가는구나."

용현은 그 말에 긍정도 부정도 하지 않고 계속해서 말했다.

"옷만 안 사주는 게 아니야. 장난감도 안 사줘. 그래서 애들이 장난감 가게 가면 드러누워. 장난감 사달라고."

"누구보고? 너보고?"

"그런 셈이지."

"그래도 네가 조카들 옷이랑 장난감 같은 걸 다 사줄 수는 없는 거잖아. 매형한테는 그런 얘기해 본 적 있어?"

"해봤지. 근데 매형은 매형 나름대로 논리가 있어."

"어떤 논린데?"

"장난감 같은 건 한두 달 갖고 놀다 금방 싫증 내니까 사줄 필요 없고, 옷도 금방 자라서 못 입게 되니까 비싼 거 살 이유가 없다는 거야."

"비싼 거 아니더라도 사주기는 해야 할 거 아니야."

"사주기는 하지. 아주 가끔. 싼 걸로. 근데 그런 거랑 제대로 된 거랑 같아? 애들도 다 안다고."

"매형이 무슨 일 해?"

"IT 쪽 일."

"얼마나 버는데?"

"세금 떼고 400만 원 정도."

"벌 만큼 버네. 그 돈 다 어디다 쓴데?"

"그것도 물어봤거든, 근데 또 허튼 데 쓰는 건 없어. 이제는 자식들한테 노후를 기대는 시대가 아니니까 노후준비를 위해서 쓴다고 그러더라고. 보험, 저축 이런 거 있잖아."

"자기 노후를 위해서는 그렇게 투자하면서 애들한테는 너무 인색한 거 아니야?"

"그렇게 보면 그럴 수도 있지. 근데 어떤 면에서는 큰 매형이 맞을 수도 있어. 왜냐고? 작은 매형은 정반대거든. 거침없이 팍팍 쓰는 스타일 있잖아, 딱 그런 스타일이야. 그런데 옆에서 보고 있으면 불안해 죽겠어."

"왜?"

"위태위태하니까."

"작은 매형은 무슨 일 하는데?"

"몰라. 사업한다는데 이거 했다 저거 했다 그래. 지금은 부동산 쪽 일한다는데 또 얼마나 갈지……."

"돈은 잘 벌어?"

"벤츠 끌고 다녀. 근데 얼마 전에 사기 혐의로 피소됐다가 간신히 해결했어."

"합법과 불법 사이를 아슬아슬하게 줄타기하는 타입이구나."

"하여튼 그 사람은 믿을 수가 없어. 언제 어떻게 될지 모르니까. 차라리 좀팽이라도 큰 매형이 나."

"작은누나는 그런 남편이랑 살면서 안 불안하대?"

"전혀. 그런 삶에 중독됐다고 할까? 그런 생활이 좋은 거지. 백화점 가서 쇼핑하고, 외식하고, 놀러 다니고……. 우리 엄마도 작은 매형을 훨씬 좋아해. 찾아오면 용돈 주지, 밥 사주지, 호탕하게 잘 쓰니까. 그러다 언제 어떻게 한 방에 훅 갈지 모르는 건데 말이야. 그런 게 안 보이나 봐. 난 보이는데."

"어떻게 둘 있는 매형이 그렇게 극과 극이냐?"

"몰라."

용현은 그렇게 대답하며 낙지볶음으로 젓가락을 가져갔다.

명원은 뜻 모를 웃음을 지으며 작은 소리로 혼자 뭐라고 중얼거렸다.

"그런데 애들을 보면 작은 매형 애들이 훨씬 더 행복해 보이기는 해."

"작은 매형은 애들한테 잘해 줘?"

"애들이랑 노는 거 좋아하고 애들이 갖고 싶다는 거 잘 사주고 그래. 그 집 가보면 애들 얼굴이 밝아."

"큰 매형 애들은?"

"걔들은 불만이 많지. 근데 애들만 그런 게 아니야. 누나도 매형한테 불만이 많았더라고. 생활비를 딱 필요한 만큼만 주고 거기서 천 원 한 장도 더는 줄 수 없다고 하니 스트레스받을 만하잖아. 그래서 얼마 전부터 누나도 일 시작했어. 마트에서. 몰랐는데 벌써 여러 번 갈라서느니 마느니 했었나 봐."

"심각하네……. 너무 아끼는 것도 진짜 병이다. 노후대비도 좋지만 먼저 지금이 행복해야지."

종훈이 물었다.

"큰 매형이 나이가 어떻게 돼?"

"마흔넷."

"아직 젊네."

마흔넷. 분명 젊긴 했지만 마냥 젊다고 하기에는 또 어색한 나이였다. 딱 노후준비를 시작해야 할 나이라고나 할까?

"이 얘긴 이제 그만하자."

용현이 말했다.

"근데 넌 어떻게 혜진 씨랑은 잘 만나고 있어?"

"헤어졌어."

"뭐? 왜?"

"그냥 그렇게 됐어."

"혜진 씨가 헤어지자고 한 거야?"

"아니."

"그럼?"

명원이 끼어들며 말했다.

"인연이 아니었겠지."

용현이 물었다.

"꽤 오래 만나지 않았어?"

종훈이 대답하지 않고 먹기만 하자 명원이 말했다.

"남은 거 마저 먹고 나가자. 나가서 좀 걷다가 차 마시러 가자. 여기서 10분쯤 가면 커피 맛 진짜 괜찮은 데 있거든. 거기로 가면 되겠다."

용현은 뭔가 더 묻고 싶은 얼굴이었으나 결국 그러지 않았다. 그들은 후식으로 나온 매실차를 마신 후 자리에서 일어났다. 카운터 앞에 다다랐을 때 종훈이 카드를 꺼내 들자 명원이 말했다.

"아니야, 여기까지 왔는데 내가 살게."

그러나 종훈은 이번에는 자신이 사야 할 차례라고 느꼈다. 그래서 그러겠다고 했다. 명원은 그럼 커피는 자기가 사겠다고 했다.

그들은 천천히 걸음을 옮겨 쇼핑몰 밖으로 걸어 나왔다. 혜진을 닮은 여자와 스쳐 지나갔던 출입구 앞에 다다랐을 때 문득 종훈은 혜진에게 정중하게 사과해야 한다고 느꼈다. 그런 그의 생각을 알 리 없는 명원이 석 달 전 바로 그곳에서 어떤 아이가 갑자기 달려 들어오다 나오던 남자와 부딪혀 넘어진 일이 있었다고 말했다.

"그래서 어떻게 됐어? 다치진 않았어?"

"크게 다치진 않았는데 애 엄마가 완전 난리도 아니었어. 볼만했었지."

그들 옆으로 일고여덟 살쯤 되어 보이는 남자아이 둘이 고함을 지르며 뛰어 들어왔다. 엄마로 생각되는 여자가 아이들을 향해 조용히 하라고 소리쳤다.

밖은 완연한 봄 날씨였다. 햇볕이 따스해 춥다는 생각은 전혀 들지 않았다. 용현이 걸음을 옮기며 말했다.

"요즘 들어 하는 생각인데, 지금 하는 일 언제까지 계속할 수 있을지 의문이야."

"왜? 회사에 무슨 일이라도 있어?"

"두 달 전에 부장 하나가 회사를 나갔거든. 정확하게 말하면 잘린 거지. 그 사람을 보면서 그런 생각이 들더라고. 언젠가는 나도 저렇게 될 수 있겠구나……. 그 사람이 결혼을 늦게 해서 아직 애가 유치원 다니고 있거든. 근데 가차 없이 자르더라고. 그리고 그 사람 밑에 있던 삼십 대 후반의 과장을 그 사람 자리에 앉히더라고."

명원이 중얼거렸다.

"진짜 뭣 같은 세상이다."

"그 사람이랑 얼마 전에 만나서 술을 먹었어. 그새 다른 일자리 구해서 일하고 있더라고. 근데 거기도 오래 있을 데는 아니래. 그럼 앞으로 어쩔 거냐고 물으니까 솔직한 심정으론 이 나라를 뜨고 싶다고 그러더라고. 호주나 캐나다 같은 데로."

"이민도 만만한 거 아니다. 실패하고 다시 돌아오는 사람도 많아."

"알아, 근데 여기서는 미래가 안 보이니까. 우리 회사만 해도 길어야 오십 대 초반이야. 그다음엔 나가서 다른 일 해야 하는데, 편의점이나 치킨집 말고 뭐하겠냐? 근데 그것도 쉬운 게 아니고……."

"이 기자님, 기자님은 이런 현실에 대해 어떻게 생각하세요?"

종훈은 가볍게 얼굴을 찌푸리며 말했다.

"글쎄, 어려운 문제지……."

명원이 말했다

"그래도 앞으로는 좀 나아지지 않을까? 출산율 계속 떨어지고 인구 줄어들면 말이야. 사실 우리 쪽은 지금도 사람 못 구해서 문젠데……."

"한 10억쯤 있어서 오피스텔 대여섯 채 사 임대료나 받으며 살 수 있다면 얼마나 좋을까."

용현의 그 말에 명원이 웃으며 답했다.

"대한민국에선 건물주가 최고지."

"너도 지금 하는 아버지 일 그만두면 괜히 딴 거 하지 말고 목

좋은데 오피스텔 몇 개 사서 임대나 하면서 살아. 그게 최고야."

"그래도 사람이 일하면서 살아야지 그냥 그렇게 불로소득으로 생활하면 정신이 망가져. 그러고 싶어도 그럴 돈도 없지만."

종훈은 둘의 얘기를 흘려들으며 말없이 계속 걸음을 옮겼다. 얼마 가지 않아 명원이 말했다.

"저기야. 어때, 괜찮게 생겼지?"

그가 손가락으로 가리킨 횡단보도 건너편의 카페는 햇살이 잘 드는 통유리 외에는 전면이 산뜻한 하얀색으로 칠해진 모던한 느낌의 건물이었다.

용현이 말했다.

"외관은 괜찮네."

"커피 맛도 좋다니까."

안으로 들어가자 빈자리가 없었다.

명원이 말했다.

"어쩌지…… 조금 기다릴까?"

용현이 카운터 뒤의 점원에게 물었다.

"자리 금방 날까요?"

앳된 얼굴의 점원이 죄송하다는 얼굴로 대답했다.

"이삼십 분 정도 기다리셔야 될 것 같은데……."

명원이 말했다.

"아쉽지만 다른 데로 갈 수밖에 없겠네."

주변을 둘러 보며 용현이 말했다.

"나가서 좀 더 걷다가 다시 와보던지."

"그럴까?"

종훈도 동의한다는 의미로 고개를 끄덕였다. 그들은 다시 밖으로 나와 걸음을 옮겼다. 명원이 대로변 안쪽에 있는 공원으로 가자고 했다.

공원 안은 한산했다. 아이와 함께 온 젊은 부부가 눈에 띄었는데 명원은 그들을 보며 남 같지 않게 느끼는 듯했다.

용현이 중얼거렸다.

"부럽다."

"뭐가?"

"유모차 끌고 나와 저럴 수 있다는 게."

명원이 웃으며 말했다.

"되게 좋아 보이지? 해봐라, 보기보다 쉽지 않다는 걸 느끼게 될 거다."

"느껴보고 싶다. 쉽지 않다는 거."

"그러니까 빨리 여자친구 만들어."

"나도 그러고 싶지. 근데 그게 말처럼 쉬우냐."

한동안 말없이 걷기만 하던 그들의 침묵을 깬 것은 용현이었다.

"얼마 전에 두 달 정도 알고 지내던 여자한테 사귀자고 했었어."

"그래서 어떻게 됐어?"

"잘 안 됐어."

명원이 더 좋은 사람을 만나기 위해 그런 거라며 위로의 말을 했지만 용현은 동의하지 않았다. 이후로는 시답지 않은 얘기들이 이어졌다. 주로 고등학교 시절의 추억에 관한 얘기였다. 한참 얘기를 주고받다 계속 말이 없는 종훈을 의식한 듯 명원이 물었다.

"뭘 그렇게 생각해?"

"그냥 이런저런 거."

그 순간 그의 머릿속에는 명원, 용현과 함께했던 고등학교 시절, 유모차를 끌고 가는 젊은 부부의 모습, 혜진과 수민, 박상동 목사의 얼굴, 오피스텔로 돌아가는 길에 마트에 들러서 사야 할 것들, 그리고 분명하게 규정할 수 없는 수많은 모호한 생각이 뒤죽박죽 엉켜 흘러가고 있었다. 아니, 그런 것들을 생각했다기보단 그런 것들에 생각을 맡기고 있었다고 해야 하리라.

"이제 다시 가볼까?"

명원의 말에 용현이 그러자고 했다. 그들은 걸음을 돌려 왔던 길을 되돌아갔다.

26

우유와 시리얼로 간단히 아침 식사를 해결한 후 컴퓨터를 켜 메일을 확인하고 뉴스를 살펴보고 있는데 〈심승우, 나 혼자 한 일 아니다〉라는 제목의 기사가 눈에 들어왔다. 서둘러 기사를 클

릭하니 진행 중인 항소심에서 심승우가 자신은 실행 도구였을 뿐 사건을 계획하고 지시한 조직은 따로 있다고 주장했다는 내용이었다. 더 자세한 내용을 알고 싶어 관련 기사들을 찾아보았지만, 그 이상의 내용은 알 수 없었다. 윤 기자에게 전화를 걸어 알고 있는 게 있느냐고 물어보는 것이 제일 빠를 것 같았다.

윤 기자는 전화를 받지 않았다. 받을 수 없는 상황인 것 같았다. 휴대전화를 던져놓고 기사를 다시 한번 훑어보고 있는데 윤 기자로부터 전화가 왔다. 그는 서둘러 전화를 받았다.

"전화했었네?"

윤 기자의 목소리에는 알 수 없는 흥분감이 묻어 있었다.

"지금 통화 괜찮아? 뭐 좀 물어보고 싶은데."

"괜찮아. 뭔데?"

"심승우가 항소심에서 이상한 말 했다는 기사가 떴던데, 거기에 대해서 좀 아는 거 있어?"

"그 얘기 할 줄 알았다."

윤 기자가 웃으며 말했다.

"녀석이 무슨 속셈인지 털어놓을 게 있다며 상세하게 밝힐 순 없지만, 자신에게 그 일을 시킨 조직이 있다고 했대."

"상세하게 밝힐 수는 없다?"

"왜 그런 뉘앙스 있잖아, 진실을 얘기하면 그들이 자신을 가만두지 않을 거다."

"그래서?"

"그게 다야. 자신은 그냥 실행자였을 뿐이고 지금은 그 일을 저지른 것을 후회하고 있으니 감형을 해 달라, 이거지."

"그런 말을 하려면 뭔가 근거를 대면서 해야 하는 거 아냐? 나는 그냥 도구였을 뿐이다, 실체는 따로 있다, 그러니 나에 대한 처벌을 완화해 달라, 그러면 어떤 판사가 오케이, 당신 말대로 해줄게, 하겠어?"

"판사도 똑같은 소리 했어. 그러면서 묻더라고, 렌트한 차에서 발견된 송우석의 명함과 그 조직이 연관이 있느냐고."

"그랬더니 심승우가 뭐래?"

"거기에 대해서는 대답할 수 없다고 하더라고."

"부정하지는 않았다는 거네."

"그렇지."

"음…… 어떻게 생각해? 심승우 말이 진짜라고 생각해? 그 자식 휴대전화랑 메일 같은 거 다 뒤졌어도 공범이 있다는 흔적은 나온 게 없었잖아."

"없었지. 근데 또 알아? 우리가 모르는 방식으로 연락을 주고받았을지?"

"그럼 진짜로 뭔가가 있을 수도 있다?"

"내가 보기에는 그냥 꼼수 부리는 것 같지는 않아. 뭔가 있긴 있는 것 같아."

일이 재밌게 돌아간다는 생각이 들었다.

"알겠어, 전화해 줘서 고마워. 조만간 한번 만나서 맥주나 한잔

하자고.”

“그래, 아직도 예전 오피스텔에 사는 거야?”

“어.”

“언제 한번 들를게.”

통화를 마치고 나자 여러 가지 생각이 밀려왔다. 송우석에게 전화를 걸어 심승우가 법정에서 한 발언에 대해 들었는지 확인해 볼까, 하는 생각도 그중 하나였다. 그러나 그는 잠시 고민한 후 그러지 않기로 했다. 아직은 그에게 연락할 때가 아니라는 생각이 들었기 때문이다. 조금 더 일이 돌아가는 추이를 보고 연락해도 늦지 않으리라.

이어진 생각은 며칠 전 받았던 상현의 전화에 대한 것이었다. 자신이 일하는 주간지에서 경력 기자를 채용하는데 와서 일할 생각 없느냐고 했던 전화 말이다. 심승우 사건 같은 것의 진실을 캐는데 기자라는 신분보다 더 유리한 위치가 또 있을까? 물론 그 주간지에 들어가게 된다면 심승우 사건과는 무관한 다른 기사들을 위해 바쁘게 뛰어야 할 게 분명했다. 하지만 그것쯤은 그에게 충분히 가능한 일 아닌가. 그렇다면 잠깐, 한 육칠 개월쯤 다시 그 일을 하는 건 어떨까?

그는 그 사건의 진실에 대해 자세히 알고 싶었다. 단순히 알기만 하는 것이 아니라 알아가는 행위의 주체가 되고 싶었다. 그럼으로써 심승우뿐만 아니라 심승우에 의해 생명을 잃은 한성주에 대해서도, 아니 심승우와 한성주뿐만 아니라 그 자신에 대해서도 더 깊이 이해하게 될 거라 느꼈다.

미래는 유동적이었다. 그는 다시 기자가 되는 선택을 할 수도 있었고, 성훈의 가게를 보며 했던 생각—카페를 겸한 작은 책방을 여는 것—을 실행에 옮길 수도 있었다. 아니면 한 달쯤 더 모색의 시간을 연장하는 것도 가능했다. 그중 가장 매력적인 일을 택하면 되는 것이다.

그러나 곧이어 이런 생각이 들었다. 어떤 것을 선택하든 그것은 하나의 자극에서 또 다른 자극을 찾아 옮겨가는, 현대인의 무기력을 극복하기 위한 전략에 불과할지도 모른다는 생각이었다. 주말마다 새롭게 개봉하는 신작 영화를 관람하며 인생의 단조로움을 달래는 것과 크게 다르지 않은…….

하지만 어쩌겠는가. 그것 외에는 다른 대응 방법을 알지 못하는데. 그것이라도 선택할 수밖에 없지 않겠는가.

그는 의자에서 일어나 창가 쪽으로 걸어갔다. 어제와 다를 바 없는 구름 낀 하늘 아래로 연약한 햇살이 비쳐오고 있었다. 그는 느꼈다. 어떤 선택을 하던 실망할 수밖에 없을 거라고.

그래도 선택은 해야만 했다. 존재하는 한 무언가에 대한 선택은 피할 수 없는 거니까. 그는 그 피할 수 없는 선택이 자신에게 긴 만족을 주기를 기원했다. 그렇게 할 수 있는 방법을 알 수 있다면 얼마나 좋을까 생각하면서.

27

점심을 먹은 후 찾은 집 근처 대형서점에서 종훈은 눈길 가는 데로 이 책 저 책 들춰보며 오후를 보냈다. 그러다 우연히 『도쿄의 라이프 스타일 기획자들』이라는 제목의 인터뷰 모음집을 발견했는데 그 책의 인터뷰 대상자 중에는 카페 겸 서점을 운영 중인 사람도 있었다. 그는 그 인터뷰 부분을 찬찬히 읽어보았다.

'서점과 카페를 운영해 보자고 본격적으로 마음을 먹었던 때는 회사원으로서 출판사 직영 서점이자 카페인 레이니데이의 점장을 맡은 후 7년째였던 2012년 말 무렵이었어요. 이듬해인 2013년 9월 20일에 헤이든북스를 오픈했습니다. 예전부터 제가 운영하고 있던 '카페 & 서점' 스타일은 유지한 채 가게 안에 있는 계단을 경계로 삼아 서점과 카페 공간을 확보했어요. 작은 공간이었지만 확 트인 높은 천장에 커다란 창, 콘크리트가 그대로 드러나는 벽, 천연석으로 만든 커다란 바닥이 멋진 곳이었죠. 카페 안에는 나무의 따스함이 있는 오래된 빈티지 테이블과 의자를 놓고, 독일제 오래된 램프 등을 배치해 긴장감이 있으면서도 나뭇결과 전구의 밝기로 따스함을 줄 수 있는 공간으로 구성했습니다. 그리고 벽에는 사진과 회화, 일러스트 등 제 친구이기도 한 여러 작가의 작품을 전시했어요. 4평 정도였던 서점 공간에는 문학을 중심으로 국내의 소설과 에세이, 시집, 사진집, 작품집, 독립출판물,

CD 등을 마치 미술 작품처럼 진열해서 판매했습니다. 참고로 헤이든북스의 전체 넓이는 17평으로 야외 테라스까지 포함하면 총 22평이었어요.'

그 인터뷰를 읽고 있자니 카페를 겸한 작은 책방을 여는 것이 결코 만만한 일이 아님을 새삼 느끼게 되었다. 서울 시내의 조용하지만 문화적인 공기가 흐르는 장소에 17평 규모의 공간을 임대하는 것만으로도 상당한 월세가 지출될 것이다. 그런 다음 나무 향이 나는 테이블을 사서 놓고 독일제 스피커를 배치한다. 그러기 위해선 적어도 500만 원은 들겠지? 그리고 벽에 걸 그림을 주문한다. 그림은 보통 얼마나 하지? 작가에 따라 다르겠지? 아, 성훈이의 가게에서 하나 빌리는 것도 방법이겠군. 그리고 커피머신이랑 주방 기구, 집기들을 산다. 이건 또 얼마나 들까? 700만 원? 800만 원? 이 모든 걸 하려면 5,000만 원은 들겠지?

카페 사장의 인터뷰를 다 읽은 그는 다른 인터뷰(큐레이터, 편집자, 재즈 평론가 등의 인터뷰도 실려 있었다)는 읽지 않고 책을 원래 있던 자리에 놓았다. 아무래도 카페 창업은 아닌 것 같다는 생각이 들었다.

다시 걸음을 옮기며 무언가 영감을 줄 만한 책을 찾았지만, 특별히 눈에 띄는 책은 없었다. 서점을 찾으면 빠뜨리지 않고 둘러보는 사회 분야 신간 코너와 역사 분야 신간 코너에도 눈길을 끄는 제목은 보이지 않았다. 결국 소설이 있는 곳으로 간 그는 진열된 책들을 잠시 훑어보다 취향대로 요즘 작품 대신 쓰인 지 140년이 지난, 이미 읽었고 보유하고 있기도 한 『안나 카레니나』를 뽑아 들었다.

소설의 첫 문장은 15년 전 그가 처음 그 소설을 읽었을 때와 마찬가지로 '행복한 가정은 서로 닮았지만, 불행한 가정은 모두 저마다의 이유로 불행하다'였다. 그 문장에 대해 생각하고 있는데 문득 맨 처음 부모님의 손을 잡고 광화문에 있는 대형서점을 찾았던 기억이 떠올랐다. 어린 그의 눈에 그곳은 경이로운 공간이었다. 그곳에 있는 셀 수 없이 많은 책이 그에게 즐거움을 약속하는 것 같았으니까. 저 많은 책은 저마다 흥미로운 이야기를 가득 담고 있겠지? 그런 생각만으로도 그는 행복했던 것 같다. 지금은? 지금은 수없이 많은 책 중 진정한 가치와 즐거움을 담고 있는 책은 소수라는 걸 알고 있었다. 지나치게 회의적인 태도 아니냐고 물을 수도 있겠지만 그는 자신이 옳다고 생각했다.

그의 옆으로 대학생쯤 되어 보이는 청년 한 명이 다가왔다. 그는 무언가를 찾는 듯 종훈이 서 있는 곳의 책장을 훑어보았다. 그러다 목표로 한 책을 발견했는지 뽑아 들었다. 슬쩍 제목을 보니 조지 오웰의 『1984』였다. 1984년이 지난 지 한참인데도 여전히 읽히고 있는 그 책이 대단하단 생각이 들었다. 그러나 『1984』보다는 『파리와 런던의 밑바닥 생활』이 훨씬 더 재밌는데, 하는 생각도 들었다. 그는 청년에게 그런 자신의 의견을 들려주고 싶었지만 그러지는 않았다. 청년은 책을 펼쳐 얼마쯤 읽는가 싶더니 다시 그것을 제자리에 꽂아놓고는 휴대전화를 꺼내 들었다. 구매는 인터넷에서 하려는 건가? 알 수 없었지만 그렇게 휴대전화로 무언가를 하던 청년은 곧 그곳을 떠났다.

오랫동안 서 있었더니 다리가 아팠다. 좀 앉아야겠다고 생각하며 둘러보니 저쪽 편에 앉아서 책을 읽을 수 있는 공간이 있었다. 그는 『안나 카레니나』를 손에 들고 그리로 갔다. 자리에 앉아 다시 책을 펼치자 스케이트장에서 레빈과 키티가 만나 대화를 나누는 장면이 펼쳐졌다. 그가 좋아하는 장면이었다. 톨스토이는 소설을 참 잘 쓴단 말이야. 그런 생각을 하며 그는 계속해서 읽어 나갔다. 곧 장면이 바뀌어 키티가 사라지고 오블론스키가 나타났다. 그렇게 소설을 따라가고 있는데 어느 순간 살며시 졸음이 밀려왔다. 힘 빠진 그의 손이 놓친 페이지가 스르르 넘어갔다. 깜빡 졸았군. 그는 넘어간 페이지를 몇 번인가 뒤적거리다 이내 책을 덮었다.

원래 있던 자리에 책을 가져다 놓기 위해 자리에서 일어나려는데 휴대전화가 울렸다. 윤 기자였다. 그는 서둘러 전화를 받았다. 윤 기자가 흥분한 목소리로 다짜고짜 말했다.

"아직 소식 못 들었지? 그 자식들 검거됐어."

"누구? 심승우가 말했던 그놈들?"

"어, 조금 전에 경찰이 용의자의 자택을 덮쳤는데 그 조직인지 뭔지의 구성원 두 놈과 증거자료들을 확보했대."

"용의자는 어떻게 찾았대? 심승우가 불기라도 한 거야?"

"그런 것 같아. 자세히는 아직 모르겠어."

"잡힌 놈들에 대한 정보는? 좀 아는 거 있어?"

"정확한 내용은 조사가 끝나야 밝혀지겠지만, 둘 중 하나가 현역 군인이라는 소리가 있어."

"군인?"

"어. 병사는 아닌 것 같고, 장교 아니면 부사관."

"군인이라……."

"아마 며칠 안으로 경찰에서 수사 결과를 발표할 거야. 그때쯤 되면 내가 더는 전화로 이런 소식 전해 줄 필요도 없을 거야."

한성주를 살해한 범인의 직업이 군인일 거라는 생각은 한 번도 해보지 않았다. 그래서인지 그 사실은 종훈에게 대단히 흥미롭게 느껴졌다.

"그래도 그전까지는 특별한 정보를 얻게 된다면 연락할게. 궁금해하고 있을 거 뻔히 아니까."

"그래, 고마워."

통화를 마친 그는 뭐라고 혼잣말을 중얼거린 후 책은 그 자리에 둔 채 빠른 걸음으로 그곳을 빠져나왔다.

28

강력한 5인조. 그것이 심승우를 사주해 한성주를 살해한 조직의 구성원들이 스스로 부여한 이름이었다. 그러나 언론에 공개된 그들의 모습은 강력함과는 거리가 멀었다. 165cm를 조금 넘는 키에 바싹 마른 염소 같은 얼굴을 한 5인조의 리더 전민준의 외양만 봐도 그랬다. 그러나 그의 눈빛만은 대단히 날카로웠다.

전민준은 직원 여섯 명을 둔 스타트업을 이끄는 스물아홉의 청년이었는데 그의 사무실과 아파트가 이들 강력한 5인조의 회합 장소였다. 전민준의 주거지인 마포구의 아파트에서는 여러 권의 흥미로운 책이 발견되었는데 그것들의 목록은 다음과 같았다. 악시옹 프랑세즈에 관한 영어원서 한 권과 IS와 이슬람 지하드에 관한 영어원서 한 권, 역시 영어로 쓰인 조르주 소렐에 관한 책 한 권, 미셸 우엘벡의 소설 두 권, 송우석의 책 『내일을 위한 선택』과 『대중은 침묵하지 않는다』, 로버트 서비스의 스탈린 평전, 에드워드 카의 바쿠닌 평전, 미시마 유키오에 관한 논문 한 편과 다소 특이하게도 슈테판 츠바이크의 『초조한 마음』과 도스토옙스키의 『악령』도 있었다. 윤 기자의 말로는 슬라보예 지젝의 책도 있었다고 했는데 언론에는 보도되지 않았다. 발견된 책들로 미루어보아 전민준은 송우석처럼 극좌부터 극우까지 두루 섭렵한, 정확히 어느 편인지 규정하기 힘든 유형의 지식인이라고 할 만했다.

전민준의 사무실과 아파트에서 발견된 노트북과 데스크톱을 조사한 결과는 그가 꽤 전문적이고 학구적인 역사학도임을 드러냈다. 그는 로베스피에르와 혁명정부에 대한 글을 쓰고 있었고, 몽골 간섭기 고려의 대외정책에 대한 논문도 한 편 작성 중이었다. 또 그는 독일을 위한 대안과 마테오 살비니에 대한 자료들을 수집해 놓았고, 유튜브에서 볼 수 있는 송우석의 강연들에 대한 논평 파일도 있었다. 무엇보다 주목할 점은 그가 한성주와 네차예프에 대한 비교 논문을 쓰려고 했었다는 사실이다. 논문은 아직 쓰이지 않은 상태였다. 어떤 식으로 쓸지에 대한 대략적인 구상과 집필을 위해 필요한 자료들—한성주의 경우에는 다양한 신문 기사와 인터뷰 자료가 한글파일로 보관되어 있었다—이 폴더에 담겨 있는 수준이라고 했다. 이런 자가 강력한 5인조의 리더였다.

다른 구성원은 박상용 정도를 제외하고는 그다지 눈길을 끄는 유형은 아니었다. 박상용은 경기도 가평에 있는 군부대에서 근무하는 현역 중사였는데 주변인의 말로는 자신의 직업에 자부심을 지닌 성실한 군인이었다고 했다. 그런 성실한 군인이 어떻게 살인 사건에 연루되게 되었는지는 자세히 알려지지 않았지만 하나, 그가 5인조의 구성과 활동에 대해 후회하지 않는다고 발언했다는 사실은 대서특필되었다. 그것 말고도 그가 자신의 부대에서 실탄을 빼돌렸다는 소리도 있었는데 경찰이 공식적으로 그런 일은 없었다고 부인한 것으로 보아 뜬소문일 가능성이 높아 보였다. 그 외에 김서준이라는 취업준비생과 오정우라는 대학원생, 박주용이라는 무직자도 있었는데 이들에 대한 보도는 앞서 언급한 두 명에 비해 현격하게 적었다. 이것이 스스로 붙인 이름과는 다르게 그다지 강력해 보이지 않는 5인조를 구성하는 이들이었다.

이들 5인조가 심승우를 범행의 실행자로 끌어들인 수단은 금전적인 보상이었다. 물론 그게 다는 아니었다. 심승우 자신이 다문화주의와 한성주에 대한 깊은 증오심을 가지고 있었으니까. 그러나 5인조가 제시한 5,000만 원이 없었다면 심승우는 아마도 살인자가 되지는 않았을 것이다. 오직 이념만으로 그런 짓을 저지르기에는 심승우는 어딘가 부족한 인물이라는 게 그를 조사한 이들의 총평이었다.

심승우의 진술에 따르면 살인의 대가는 전액 오만 원권 현금으로 살인 개시 전 2,500만 원, 실행 후 2,500만 원씩 지급되었다고 한다. 심승우는 그 돈을 자신의 주거지 뒤에 있는 야산에 파묻어두었다고 했다. 확인 결과 심승우의 말은 사실이었다. 묻어둔 세 개의 가방에서 나온 현금은 심승우가 사용한 일부를 제외한 4,700만 원가량이었다. 얼마나 여러 겹의 비닐로 꽁꽁 싸매어두었던지 돈은 마치 조금 전 조폐공사 화폐본부에서 발행한 신권 같아 보였다고 한다.

심승우가 왜 갑자기 마음을 바꿔 5인조에 대한 것들을 털어놓았는지는 알려지지 않았다. 다만 세간의 예상과는 달리 감형을 노리고 한 일은 아닌 것 같았다. 왜냐하면 심승우는 자신은 5인조에게 이용당한 것이 아니며, 자신의 생각과 5인조가 가지고 있던 생각은 정확하게 일치한다고 말했기 때문이다. 여하튼 알 수 없는 놈이었다.

이런 모든 것과는 별개로 종훈에게 이해되지 않는 사실은 5인조의 검거 후 연일 쏟아져 나온 관련 기사 중 송우석과 그들의 사상적 연관성, 송우석이 이들 5인조에게 미친 영향에 대해 분석한 기사가 전무했다는 사실이다. 송우석이 자신의 영향력으로 자신과 5인조 사이의 어떤 연관 관계가 기사화되는 것을 막기라도 한 걸까? 그러나 그것은 불가능한 일이었다. 그런데 불가능한 일이 일어난 것이다.

이에 대해 윤 기자에게 의견을 물었을 때 들은 대답은 간단했다. 성진일보의 경우, 최 국장의 반대 때문이었다고 했다. 명예훼손 소송에 휘말릴 가능성이 있다나? 기자가 명예훼손 소송이 두려워서 기사를 못 쓴다? 한마디로 웃기는 소리였다.

그러나 검거된 5인조 스스로가 자신들 이외의 다른 연관자는 없으며 자신들의 이념은 자신들이 독자적으로 수립한 것이라고 주장한 만큼 송우석을 그들과 연관 지어 기사화하는 것이 다소 무리한 시도일 수는 있었다. 분명 해봄 직한 시도이기는 했지만 말이다. 종훈은 그 시도를 '개인적'으로 해보기로 마음먹었다. 직접 송우석을 찾아가 5인조에 대한 이야기를 묻고 그에 대한 대답을 자신의 페이스북에 인터뷰 형식으로 올리기로 한 것이다. 그런 생각을 전화로 송우석에게 전하자 송우석은 의외로 흔쾌히 동의했다. 마치 그런 연락이 올 것을 기다리기라도 했다는 목소리로 말이다. 종훈은 내친김에 바로 내일 만나는 건 어떠냐고 물었다. 송우석은 오후 2시쯤 사무실로 와줄 수 있겠느냐고 물었다. 종훈은 그러겠다고 했다. 정확하게 오후 2시에 사무실로 찾아가겠다고 했다.

송우석의 사무실은 지난번 방문했을 때와는 어딘가 달라져 있었다. 정확히 어디가 달라진 건지는 알 수 없었지만 달라진 것은 분명했다.

"잠시만, 2분 정도만 기다려주겠습니까?"

송우석은 휴대전화로 무언가를 하며—문자를 보내는 것 같았다—그렇게 양해를 구했다. 곧 지난번 인터뷰 때 보았던 직원이 커피를 가지고 왔다. 종훈은 고맙다고 말한 후 받아든 커피잔을 입으로 가져갔다.

"기다리게 해서 미안합니다."

송우석이 휴대전화를 내려놓고 자리에서 일어나 종훈이 앉은 소파로 걸어오며 말했다.

"괜찮습니다. 더는 기자도 아닌 저의 인터뷰 요청을 허락해 주신 것만으로도 감사하니까요."

종훈의 맞은편에 앉은 송우석은 직원이 놓고 간 커피잔을 손가락 끝으로 톡톡 두드리더니 말했다.

"어떻게 지냈습니까?"

"여러 생각 않고 그냥 푹 쉬는 중입니다. 근데 그것도 쉽지는 않더군요."

그 말에 송우석은 가볍게 웃었다.

"인간이란 그런 존재지요. 쉬지를 못하는 존재. 계속해서 달려야만 불안을 떨쳐버릴 수 있는 존재."

"그럴지도 모르지요."

종훈은 대답한 후 송우석 자신은 어떤 유형이냐고 물었다.

"나라고 다를 것 있겠습니까?"

송우석이 엷은 미소를 띤 채로 그렇게 대답했다.

얼마쯤 더 서로의 안부에 관한 대수롭지 않은 이야기가 이어진 후 송우석이 불쑥 말했다.

"자 그럼 이제 본격적으로 인터뷰를 시작해볼까요? 그런데 그 전에 먼저 분명히 해야 할 게 있습니다. 그것은 이 기자가 오늘의 만남을 요청하며 얘기했던 방식, 페이스북에 우리가 나눈 대화를 공개하겠다는 생각에는 제가 동의하기 어려울 것 같다는 것입니다."

그 말은 종훈을 당황스럽게 만들었다. 그는 오늘의 인터뷰를 페이스북에 올린 후 상현의 주간지에 자신의 페이스북 인터뷰를 인용한 기사를 싣게 할 계획이었으니까. 그런데 그 계획이 무산될 위기에 처한 것이다.

"어제 통화할 때는 제 제안을 수락하겠다고 말씀하셨던 것 같은데요."

"이 기자와 만나고 싶어서 그랬습니다. 말을 바꾸게 된 건 미안하게 생각합니다."

그렇게 말하며 송우석은 소리 내어 웃었다. 듣는 이의 신경을 자극하는 웃음이었다. 어떻게 해야 하지? 인터뷰 내용 전체가 아니라 일부만이라도 사용할 수 있도록 설득해볼까? 그러나 송우석의 눈빛과 웃음에서는 그런 설득에 넘어가지 않겠다는 의지가 엿보였다. 그런데도 인터뷰의 공개를 고집한다면 어떤 얘기도 들을 수 없을 것 같았다.

"좋습니다. 교수님 말씀대로 하기로 하지요."

그 말이 끝나기 무섭게 송우석이 말했다.

"하나 더, 오늘 우리가 나눈 이야기를 다른 사람들에게 발설하지 않겠다고도 약속해 주십시오. 이 기자 혼자서만 듣고 끝내겠다고."

"그건 약속드릴 수 없을 것 같은데요. 저는 비록 지금은 기자가 아니지만 우리 사회에서 벌어지는 일들에 대해 깊은 관심이 있는 사람입니다. 또 그런 관심에서 비롯된 생각을 다른 사람들과 나누는 데서 오는 즐거움을 추구하는 사람이기도 하고요. 오늘 교수님과 나눈 대화 중 알게 된 사실들을 다른 사람들에게 한마디도 얘기할 수 없다면 저로서는 이 인터뷰를 진행할 이유가 없어지는 셈입니다."

송우석이 부탁하는 어조로 말했다.

"이 기자의 즐거움을 방해하려고 그러는 게 아니라 불필요하고 부적절한 언론과 공권력의 공격으로부터 나 자신을 보호하기 위한 요청입니다. 이 기자가 수용해 준다면 이 기자 한 사람 외에는 다른 누구에게도 털어놓을 수 없는 얘기들을 들려주겠습니다."

종훈은 숨을 깊이 들이쉬었다. 마음속 어딘가에서 '이건 놓칠 수 없는 기회야!' 하는 외침이 들려오는 것 같았다.

"제가 동의한다면 들려주시겠다는 얘기가 그토록 중요하고 민감한 것이라면 어떻게 저를 신뢰하고 그 이야기들을 털어놓기로 마음먹으셨는지 궁금하네요."

그 말에 송우석은 또다시 소리 내어 웃었다. 그리곤 말했다.

"지난번 만났을 때 말하지 않았나요? 이 기자와 나는 화학적 성분이 비슷한 존재라고."

그렇게 생각해서 내밀한 이야기를 들려주려 한다면 계속 그렇게 생각하도록 놔두는 것이 좋을 것 같았다.

"좋습니다. 교수님이 들려주시겠다는 얘기를 들을 방법이 그것뿐이라면 그렇게 하도록 하겠습니다."

"이 기자와 나 말고는 다른 누구에게도 오늘 우리가 나눈 이야기를 발설하지 않겠다고 약속하는 거지요?"

"약속합니다."

"만약 오늘 내가 들려준 얘기가 언론이나 공적인 기관에 들어가게 된다면 그것은 전적으로 이 기자가 약속을 지키지 않은 것으로 간주해도 되겠지요?"

그것은 부당한 말이었다. 송우석이 지금부터 하려는 이야기에 대한 것을 적어도 일부분은 알고 있는 누군가가 있을 수도 있지 않은가. 그러나 종훈은 그런 가정들로 시간을 지연시키고 싶지 않았다. 그래서 대답했다. 만약 그렇게 된다면 전적으로 자신이 약속을 지키지 않은 것으로 간주해도 좋다고. 그리고 이어서 말했다. 자신이 묻고 싶은 것은 강력한 5인조에 대한 것이라고.

"알고 있습니다."

송우석은 어딘가 조금 전보다 편안해진 얼굴로 그렇게 대답했다.

"빙빙 돌리지 않고 여쭤보겠습니다. 이번 검거가 이루어지기 전 그들의 존재에 대해 알고 계셨습니까?"

"어땠을 것으로 생각합니까?"

"글쎄요, 그게 궁금해서 이렇게 찾아온 거라고 말씀드리고 싶군요."

송우석은 잔을 들어 천천히 한 모금 마셨다. 그리고 다시 천천히 그것을 테이블 위에 내려놓았다.

"내가 그 다섯 명의 친구들에 대해 알았다고 칩시다. 아주 조금은, 그들과 알고 지내는 사이였다고 합시다. 그렇다면 내가 그 사실에 대해 이 기자에게 털어놓는 것이 내 입장에서 보았을 때 현명한 일이라고 생각합니까?"

"현명한 일이 아닐 수도 있겠죠."

송우석은 손가락 끝으로 커피잔을 부드럽게 건드리며 말했다.

"그렇게 말하니 더 이야기하고 싶어지는군요."

잠시 침묵이 흘렀다. 종훈은 애써 침착함을 유지하며 침묵이 깨지기를 기다렸다.

"민준이를 처음 만난 건 학교에서였습니다. 졸업한 후에는 기산연구소 주최로 12주간 진행된 내 연속 강연에 참석하기도 했었고요."

민준이? 전민준과 얼마나 친밀한 사이였기에 그렇게 부르지?

그러나 종훈은 그런 궁금증을 얼굴에 드러내지 않은 채 계속해서 물었다.

"다른 넷과도 아는 사이인가요?"

송우석은 가볍게 고개를 저었다.

"민준이가 오정우라는 친구를 강연에 데려온 적은 있었지만, 그와 개인적으로 아는 사이는 아닙니다."

"12주간 진행되었다는 강의 말입니까?"

송우석은 고개를 끄덕였다.

"그 친구는 거의 마지막에 한 번인가 두 번쯤 참석했던 것으로 기억합니다."

전민준에 대한 질문에 집중하는 게 좋을 것 같았다.

"전민준을 잘 아시는 것 같은데, 그는 어떤 사람이었습니까?"

"조용하지만 자기 의견이 확고한 똑똑한 친구였죠."

"학교에서 만나셨다고 했는데, 교수님의 수업을 들은 건가요?"

"그렇습니다."

"어떤 수업이었죠?"

"현재 작동 중인 글로벌 분업체계에서 한국이 수행하고 있는 역할에 대해 살펴보고 향후 어떤 방향으로 그것을 재설정해야 할지에 대해 고민하는 수업이었습니다."

"다문화주의에 대한 이야기도 나왔겠군요."

"당연하지요."

"전민준의 다문화주의에 대한 관점은 교수님과 많은 부분에서 일치했습니까?"

"그렇다고 할 수도 있고, 그렇지 않다고 할 수도 있을 것 같군요."

"어떤 면에서 그렇지 않았는지 말씀해 주실 수 있으신가요?"

"민준이는 이주 노동자의 필요성에 대해서, 아니 더 포괄적으로 얘기해 이주민의 존재 자체에 대해서 지나치게 부정적으로 보았습니다. 현실적으로 일정 부분은 수용이 불가피한 측면이 있는데도 말입니다."

"전민준은 어떤 학생이었습니까?"

"여러 면에서 높이 평가할 만한 자질을 지닌 학생이었지요."

"이를테면 어떤 자질 말입니까?"

"목표설정 능력, 집중력, 지식에 대한 욕구 모두 다 남달랐습니다. 쉽게 만날 수 있는 유형의 학생은 절대로 아니었죠."

"그런 능력을 바탕으로 5인조도 결성했을 테고요?"

송우석은 잔을 들어 커피를 한 모금 마신 후 말했다.

"민준이는 '조직'의 필요성을 이해했고, 장기적인 계획의 중요성도 알고 있었습니다. 그리고 자신이 알고 이해하는 것을 실행하는 추진력도 지니고 있었고요."

"교수님께서는 전민준이 5인조라는 조직을 꾸린 사실을 이번 사건이 벌어지기 전부터 알고 계셨나요?"

"그렇습니다."

"언제부터였죠?"

"2년쯤 전부터."

"어떻게 알게 되신 거죠? 전민준이 직접 교수님께 자신의 조직에 대해 말한 건가요?"

"일종의 자문을 구했었지요. 조직 운영에 관해서."

"구체적으로 뭐라고 하던가요?"

"활동과 관련한 의제 설정에 있어 먼저 고려해야 할 것들에 대한 의견을 물었습니다."

"5인조의 활동에 관한?"

송우석은 고개를 끄덕였다.

"그래서 뭐라고 대답해 주셨나요?"

"일반 시민의 입장에서 생각하고, 그들의 사고에 영향을 끼칠 수 있는 과업을 설정하라고 조언해 주었습니다."

"그런 과업이 어떤 것이죠?"

"저임금 노동 시장 안에서 벌어지고 있는 한국인과 이주 노동자 사이의 이해관계 충돌을 개선할 방안에 대한 모색과 홍보, 정책화 같은 것."

"전민준은 교수님의 조언을 따랐나요?"

"민준이의 우선순위는 그쪽보다는 불법체류자의 강제 출국이 보다 원활하게 이루어지도록 하는 데 있었습니다. 한성주 대표에 대한 반감의 이유 중 하나도 그것 때문이었고."

"한 대표의 불법체류자 인권 보호 활동 말입니까?"

송우석은 긍정도 부정도 하지 않았다. 그런 그를 보고 있는데 갑자기 한성주를 살해한 심승우와 전민준의 관계에 대한 궁금증이 솟구쳤다.

"심승우가 전민준이 이끄는 5인조에 합류하게 된 경위에 대해서는 아시는 게 있으십니까?"

"그 부분은 전혀 모릅니다. 그 둘이 아는 사이였다는 것 자체를 몰랐으니까."

거짓말일지도 모른다는 생각이 들었다. 그러나 그렇게 말하는 송우석의 얼굴은 더없이 진솔해 보였다. 갑자기 어떤 물음이 마음 깊은 곳에서 올라왔다.

"한성주 대표를 살해한 심승우, 그런 심승우를 뒤에서 조종한 전민준, 모두 교수님과 무관한 사람이 아닌데, 교수님께서는 그들이 저지른 일에 대해 어떤 책임을 느끼지는 않으십니까?"

"책임? 유죄냐 무죄냐, 라는 의미로 묻는 겁니까?"

"그렇습니다."

송우석은 종훈의 눈을 바라보며 차분한 목소리로 말했다.

"그에 대한 대답은 지난번 만났을 때 이미 한 것 같은데요. 어떤 행위의 정당성은 긴 시간 속에서 판정되어야 한다고."

"그 말씀은 긴 시간에서 보았을 때 교수님께서 전민준에게, 그리고 심승우에게 끼친 영향이 긍정적으로 결론날 수도 있다는 뜻입니까?"

"분명하게 말하지만 나는 정치적 목적을 위한 살인에 찬성하지 않습니다. 나는 누군가에게 살인하라고 말한 적도 없고, 앞으로도 그런 일은 없을 겁니다. 왜냐고요? 그런 행위는 득보다 실이 더 큰 것으로 판명 나는 경우가 많기 때문입니다. 굳이 그런 짓까지 저지를 이유가 없다는 말이지요. 그러나 어쨌든 이미 그런 일이 벌어졌다면, 그 일을 통해 미래가 더욱 바람직한 방향으로 전개되도록 노력해야 한다는 것이 내 생각입니다. 그런 의미에서 벌어진 일에 관해 좀 더 긴 시간을 갖고 바라볼 필요가 있다고 말하는 겁니다."

종훈은 이 문제와 관련해 더 이상의 감정적인 질문은 하지 않기로 했다. 오늘 송우석을 찾아온 이유는 그의 도덕성에 대해 질타하는 데 목적이 있지 않았기 때문이다. 그러나 그런 생각에도 불구하고 분노 비슷한 감정은 계속해서 그의 마음속을 맴돌았다. 그는 그 여파로 인해 한동안 침묵할 수밖에 없었다.

"민준이의 인격에 대해 사족을 덧붙이자면 녀석에게는 힘러를 연상시키는 측면이 있었습니다."

송우석이 침묵을 깨뜨리며 말했다.

"하인리히 힘러 말입니다."

"그게 정확히 무슨 뜻이죠?"

"아시겠지만 힘러는 나치 친위대의 수장이자 열성적인 인종주의자였죠. 금발에 푸른 눈을 가진 게르만족의 우월성에 대해서 진심으로 믿은. 하지만 정작 힘러 자신은 금발도 아니었고 생긴 건 어딘지 아시아인을 연상시키는 외모였죠. 민준이도 비슷했습니다."

“좀 더 자세히 말씀해 주시겠습니까?”

“언젠가 강연을 마치고 민준이와 단둘이 저녁을 먹은 일이 있는데 그때 이런 말을 하더군요. 자신은 우리 민족이 동아시아, 아니 아시아 전체에서 지적으로나 육체적으로나 가장 우월한 민족이라고 생각한다고. 동남아시아인과 중국인에 대한 비하 발언도 했던 것으로 기억하고요. 이해하시겠지만 그런 발언은 공개적인 토론의 장에서는 절대로 할 수 없는 것이지요. 민준이 또한 그날 이전에는 한 번도 그런 모습을 보여 주지 않았었고. 그런데 그날은 아주 솔직하게 말하더군요. 자신은 어쩌면 인종주의자로 분류될 수 있는 사람이라고. 하지만 웃긴 건, 이 기자도 언론 보도를 통해 민준이의 얼굴을 보았겠지만, 녀석은 외적으로는 볼품없게 생긴 편이라고 할 수 있죠. 키도 평균 이하이고.”

그렇게 말하며 송우석은 옅게 웃었다.

“전민준이 인종주의자였다는 건 처음 듣는 얘기로군요.”

“인종주의자라기보다는 인종주의적인 측면을 지니고 있었다고 말하는 게 정확할 것 같군요. 그에 대한 그 친구 나름의 합리적인 이유도 있었고.”

“그 합리적인 이유라는 게 뭐였죠?”

“어쨌든 우리 민족은 한국전쟁 후의 폐허에서 반세기 만에 선진국 수준으로 도약하지 않았습니까. 1950년대만 해도 필리핀이나 태국보다 더 가난했던 나라였는데. 어떻게 그런 일이 가능했느냐는 물음에 녀석은 민족적 우월성을 그 이유로 들었었죠. 우리 민족의 유전자 속에 다른 민족보다 우월한 무언가가 있었기에 그런 일이 가능했다는 거죠. 그런 생각이 결혼이주여성에 대한 녀석의 반감의 원인 중 하나였을 겁니다. 한국인보다 인종적으로 열등한 동남아 여성이 한국인 중에서도 유전적으로 열등한 미혼 남성과 결혼해 낳을 2세는 필연적으로 우리 사회에 부담이 될 것이다, 아마도 그게 녀석의 생각이었을 겁니다. 자기 입으로 그렇게 말하지는 않았지만 말입니다. 녀석은 국가적, 민족적인 측면에서 보았을 때 국제결혼은 어리석은 행동이라고 확신했습니다. 다소 지나치리만큼 말이죠."

"교수님은 그런 주장에 대해 어떻게 생각하십니까?"

"국제결혼이 바람직한 방식의 다음 세대 재생산 방안이 아니라는 데는 동의하는 바이지만, 그 근거를 인종적 우월성이나 유전자 구조에서 찾는 것은 정신 나간 일이라고 생각합니다. 그런 철 지난 사고로 21세기 대한민국에서 다문화주의에 대항하는 투쟁을 벌이겠다니."

그러나 다음 순간 송우석은 표정을 바꾸며 말했다.

"하지만 그 부분만 제외하면 다른 모든 면에서 녀석은 귀감이 될 만한 사례였습니다. 치밀한 계획수립과 행동력, 무엇보다 과업을 위해 재정을 확보하는데 탁월한 능력을 지니고 있었죠."

"전민준이 운영했던 스타트업이 재정 확보의 통로였습니까?"

"그것 말고도 더 있었을 겁니다."

"어떤?"

"후원을 받았던 것으로 알고 있습니다."

"누구한테요?"

"그것까지는 자세히 알지 못합니다."

잠시 침묵이 흐른 후 종훈이 말했다.

"교수님의 얘기를 듣고 나니 전민준이 왜 한성주 대표를 타깃으로 삼았는지가 이해되네요. 중국인과 조선족 사이의 혼혈아인 한 대표가 다문화주의의 아이콘으로 떠오르는 것은 전민준에게 용납하기 힘든 일이었을 테니까."

"내 생각은 좀 다릅니다."

"어떻게 다른지 말씀해 주시겠습니까?"

"민준이는 한성주 대표의 수첩에 대해 알게 된 후 그 일을 계획한 겁니다."

"교수님이 진보지상주의자의 교리문답이라고 불렀던 그 수첩 말입니까?"

송우석은 고개를 끄덕였다.

"그것은 한성주의 실체를 적나라하게 드러내 주는 증거자료였습니다. 아니, 한성주뿐만 아니라 진보지상주의자들의 위선과 속내를 완벽하게 드러내 준 문서였지요. 그런 문서를 입수한 이상 공개하는 것은 당연한 수순이고, 그렇다면 무엇보다 공개 시점이 중요해지는데, 문제는 당시 한성주가 국민 대다수에게 알려진 사람이 아니었다는 거였죠. 물론 젊은 진보 지지층들에게는 어느 정도 알려지긴 했지만. 그런 상황에서는 그 수첩이 공개되어봤자 찻잔 속의 태풍으로 끝날 공산이 컸지요. 민준이 녀석이 보기에 그 수첩에 담긴 내용은 그 정도 소란스러움을 일으킨 뒤 사라져서는 안 될 것이었을 겁니다. 그렇다면 해결책은 하나, 한성주가 더 유명해지는 것이었죠. 더 유명해져서 모든 국민이 그에 대해 알게 된 다음, 수첩이 공개된다면 그 여파는 상상을 초월할 정도로 클 테니 말입니다."

"그러니까 한성주를 더 많은 대중에게 인지시키기 위해 살해한 후 수첩을 공개한 거다, 이 말입니까?"

"그랬을 것으로 생각한다는 겁니다."

송우석의 추측이 맞다면, 전민준의 사악함은 가히 혀를 내두를 만한 것이었다. 송우석이 말한 전민준의 기획력과 행동력이라는 게 이런 거란 말인가?

"교수님은 전민준이 그런 일을 저지르리라는 걸 조금도 눈치채지 못하셨습니까?"

"솔직히 대답해야겠지요?"

"그래 주셨으면 합니다."

"비슷한 일이 일어날 수도 있음을 느꼈다고 할 수 있겠지요."

"그런데도 그것을 막을 생각은 하지 않으신 겁니까?"

송우석은 대답하지 않았다. 종훈도 재차 묻지 않았다. 1분쯤 시간이 흘렀을까, 송우석이 침묵을 깨며 말했다.

"이 기자는 어떻게 생각합니까?"

"무엇을요? 교수님과 전민준 사이에 있었으면 좋았을 일에 대해서요?"

"아니, 내가 하는 활동에 대해서, 다문화주의에 대해 반대하는 나의 입장에 대해서."

"이해가 가는 부분도 있습니다. 그러나 전체적인 측면에서는 동의하지 않는다고 말씀드릴 수밖에 없을 것 같군요."

"누군가는 우리를 나르시시스트로 규정하기도 하더군요. 그 주장이 완전히 헛소리라고는 생각하지 않습니다."

송우석은 부드러운, 거의 '애정을 담았다'고 할 만한 눈빛으로 종훈을 바라보며 말했다.

"우리의 입장은, 우리의 입장의 본질은 자기애입니다. 우리는 우리를 사랑합니다. 그 사랑에서 나온 행동이 전부 다 도덕적으로 옳지는 않더라도, 다음 세대는 그것에 대해 긍정적으로 해석해 줄 거라고 믿습니다. 나는 그 믿음에서 행동했고, 앞으로도 그 믿음으로 행동할 겁니다."

잠시 침묵이 흐른 후 종훈이 말했다.

"말씀하신 자기애의 다른 이름은 이기심, 손해 보지 않으려는 마음, 움켜쥐고 나누지 않으려는 의지 아닐까요?"

송우석이 부드러운 목소리로 대답했다.

"부정하지 않겠습니다."

종훈은 송우석의 눈을 바라보며 말했다.

"극단으로 치우친 자기애는 살인적일 수도 있다고 생각하지 않으십니까?"

송우석은 그 물음에 대답하지 않았다. 거의 진공상태 같은 침묵이 1분 정도 흘렀다. 그러다 어느 순간 송우석이 낮은 목소리로 말했다.

"만약 내가 틀렸다면, 그 목사가 맞을 것으로 생각합니다."

"박상동 목사 말입니까?"

송우석은 대답하지 않고 계속해서 말했다.

"그러나 나는 틀리지 않았습니다. 복음서 같은 옛이야기로는 지금처럼 복잡한 시대를 구원할 수 없습니다. 나는 나와 내가 속한 공동체에 대한 사랑에서 행동합니다. 나는 내가 틀리지 않았다는 것을 증명해 낼 겁니다. 반드시 그것을 증명해 낼 겁니다."

그 순간 전화벨이 울렸다. 송우석은 일어나 책상 있는 데로 가 전화기를 집어 들었다. 통화는 짧게 끝났다. 송우석은 다시 종훈이 있는 곳으로 걸어와 말했다.

"아쉽지만 오늘의 대화는 여기서 마무리를 지어야 할 것 같군요. 약속은 지켜 줄 거라 믿겠습니다."

종훈은 고개를 끄덕이며 자리에서 일어났다.

29

여의도역을 향해 발걸음을 옮기며 종훈은 조금 전 있었던 송우석과의 대화에서 들은 것들에 대해 생각했다. 송우석이 했던 말과 그 말속에 깃들어 있다고 믿을만한 진실에 대해 생각했다. 송우석은 한성주 사건이 발생하기 전부터 전민준과 5인조의 존재를 알고 있었다. 그들이 자신의 목적을 달성하기 위해 살인까지 저지를 수 있는 자들이라는 것도 알고 있었다. 그런데도 송우석은 어떠한 행동도 하지 않았다. 아니, 어쩌면 송우석은 그런 일이 일어나기를 원했는지도 모른다. 그래서 방관했고 그런 방관이 있었기에 한성주의 살해가 가능했던 것인지도 모른다. 그는 계속해서 생각했다. 전민준은 사회를 바라보는 관점과 시각이 정립되는 대학 시절에 송우석을 만났고, 이후로도 그와의 개인적인 교류를 지속했던 만큼 송우석으로부터 영향을 받았다고 할 수 있을 것이다. 전민준의 세계관이 형성되는데 송우석이라는 존재가 적지 않은 역할을 했을 거라는 말이다. 그렇다면 이런 가정이 가능하지 않을까? 송우석이 없었다면 전민준이라는 괴물도 탄생하지 않았을지 모른다.

물론 전민준이라는 문제적 인간이 오직 송우석 때문에 만들어진 것은 아닐 것이다. 그러나 송우석의 영향이 없었다면 전민준의 삶은 전혀 다른 형태로 전개되었을 가능성도 충분히 있다.

어떤 방식으로 가정하더라도 송우석이 전민준에게 끼친 부정적인 영향은 인정될 수밖에 없다. 그런데 그런 송우석이 지금도 대학에서 강의하고 있고, 대학뿐만 아니라 다른 여러 곳에서도 자유롭게 발언하고 있다. 이런 상황이 계속되도록 놔두는 것이 과연 옳은 일일까? 송우석을 통해 제2, 제3의 전민준이 탄생하지 말란 법도 없는데?

아직 퇴근 시간 전이라 지하철 안은 한산했다. 그는 비어있는 자리가 있음에도 불구하고 출입문 옆에 선 채로 계속해서 생각했다. 송우석은 오늘의 인터뷰에서 모든 것을 다 털어놓지는 않았을 것이다. 털어놓은 이야기들도 자신에게 유리하게 편집한 것일 테고. 하지만 그런 자기검열을 거쳐 나온 발언 중에서도 진심이 드러난 순간은 분명히 있었다. 이를테면…….

문득 박상동 목사의 이름이 떠올랐다. 송우석은 잠깐이지만 그 목사에 대해서 언급했었지. 자신이 틀렸다면 그 목사가 맞을 거라고……. 생각이 그 지점에 이른 순간 송우석, 전민준, 한성주와는 또 다른 관점에서 다문화주의를 바라보고 있는 그 나이 든 남자의 근황이 갑자기 궁금해졌다. 그래서 휴대전화를 꺼내 '박상동 목사'라고 검색해 보았다. 기사가 몇 개 떴는데 주로 기독교 언론사의 기사였다. 그중 가장 최근의 것, 2주쯤 전에 한 기독신문사와 진행한 인터뷰 기사가 눈에 들어왔다. 기사의 제목은 〈당신의 도움이 필요한 자, 그가 바로 당신의 이웃입니다〉였다. 그는 천천히 그 기사를 읽어보았다. 인터뷰는 박 목사의 육성을 최대한 살려 기술되어 있었는데 기사의 중반쯤에서 던진 질문자의 물음에 박 목사는 이렇게 대답했다.

'우리는 모두 그리스도 안에서 한 형제요 자매입니다. 그 사실 하나만으로도 우리는 그들을 도와야 한다고 생각합니다. 말씀하신 우려들에 대해서는 모르는 바 아닙니다. 그러나 어떤 면에서 그것은 지나친 염려 아닐까요? 하나님께서는 우리에게 전 세계의 모든 난민을 받아들이고 돌보라고 하지 않으십니다. 우리는 우리에게 맡겨진 사람, 하나님이 우리에게 맡겨주신 사람을 도우면 됩니다. 그것은 우리가 '마땅히' 해야 할 일입니다. 자신이 해야 할 일을 알고, 그 일을 행하는 사람은 행복한 사람입니다. 우리는 우리가 해야 할 작은 일, 지금 우리 곁에 있고 우리의 도움을 필요로 하는 형제자매를 돕는 일, 그것만 하면 됩니다. 그것만 성실하게 한다면 그다음은 하나님께서 하실 것입니다.'

송우석과 전민준, 그리고 한성주의 생각과는 전혀 다른, 지나치게 무계획적인—'계획'이란 단어에 다시 한번 전민준이 떠올랐다—주장이었다. 그러나 어쩌면 손익계산서를 바탕으로 한 철저한 계획보다는 그것이 더 나은 길일지도 모른다는 생각이 들었다. 대책 없이 순진한 생각이기는 했지만 말이다.

그는 계속해서 생각했다. 이제 나는 어떻게 해야 하지? 오늘 송우석에게 들은 얘기를 아무에게도 발설하지 않고 무덤까지 가지고 가는 일이 내가 해야 하는 일일까? 송우석에게 했던 약속을 떠올리면 그러는 게 맞는 것 같았다. 하지만…….

그때 지하철 안내방송이 들려왔다. '이번 역은 공덕, 공덕역입니다. 내리실 문은 왼쪽입니다.' 불현듯 상현이 떠올랐다. 상현이 일하고 있는 사무실과 가장 가까운 지하철역이 공덕이었기 때문이리라.

그는 잠시 고민하다 휴대전화를 꺼내 상현에게 전화를 걸었다. 상현은 전화를 받지 않았다. 바쁜가 보군, 어쩔 수 없지……. 그런 생각으로 전화를 끊으려는데 상현의 목소리가 들려왔다.

“이 기자 오래간만이야. 잘 지내고 있지?”

“네, 뭐 그렇죠. 잠깐 통화 괜찮으세요?”

“어, 괜찮아.”

“혹시 오늘 저녁에 시간 되세요? 오래간만에 저녁이나 같이 먹었으면 하는데.”

“좋지! 어디서 볼까?”

“선배 사무실 근처로 갈게요.”

“그렇게 해주면 나야 고맙지.”

“몇 시에 만날까요?”

“7시까지 와줄 수 있어?”

“네, 7시 좋아요.”

“그럼 7시까지 사무실로 와. 바로 앞에 맛있는 설렁탕집 있거든, 거기서 먹자.”

“그래요.”

그 순간 어떤 생각이 종훈의 머릿속을 스쳐 갔다.

“근데 선배.”

“어 왜?”

“지난번 얘기했던 채용 건은 어떻게 됐어요? 사람 구했어요?”

"아직. 내가 너무 까다로운가 봐. 성에 차는 사람이 없네."

"그렇군요."

"근데 그건 왜? 생각이 바뀌기라도 한 거야?"

그건 아니었다.

"아니요, 그냥 궁금해서……."

"난 또 생각 바뀐 줄 알았네……. 뭐 알겠고, 조금 이따가 만나자고."

통화를 마치고 시간을 확인해 보니 4시 27분이었다. 좀 어중간하군……. 그때 지하철 안내방송이 들려왔다. '이번 역은 2호선 열차로 갈아타실 수 있는 충정로, 경기대입구역입니다. 내리실 문은 왼쪽입니다. This stop is……' 그 순간 마음속에서 무언가가 분명해졌다. 그는 다시 상현에게 전화를 걸었다. 상현은 이번에는 곧바로 전화를 받았다.

"선배, 혹시 지금 잠깐 시간 낼 수 있어요? 잠깐이면, 20분이면 되는데……."

"지금? 당장? 지금 어딘데?"

"충정로요."

"바로 옆에 있었네. 그럼 음…… 알겠어. 사무실로 와."

"네, 그럴게요."

그렇게 말한 그는 전화를 끊고 열린 문을 통해 열차 밖으로 나왔다. 그런 그를 기다렸다는 듯 반대편 승강장으로 열차가 들어오고 있었다.

작가의 말

써야겠다는 생각이 듦과 동시에 이야기가 술술 떠오르며 쉽게 써지는 소설이 있다. 『다문화주의자』가 그런 소설이었다. 물론 쓰는 내내 그랬다는 건 아니다. 그러나 이전의 다른 소설들보다는 충분히 쉽게, 그리고 즐겁게 썼던 것으로 기억한다. 아마도 소설의 주제가 나름대로 긴 시간 고민해왔던 것이었기에 그랬으리라.

이제 우리나라도 부인할 수 없는 다문화사회로 들어섰다. 아니, 이미 들어선 지 한참이 지났다. 그래서 독자들과 함께 고민해보고 싶었다. 우리 사회의 바람직한 내일에 대해서 말이다. 소설을 읽어주신 모든 분이 오늘보다 더 따뜻한 내일을 바라리라 믿는다. 이 소설의 독서가 조금이나마 그런 세상을 만드는데 이바지할 수 있었으면 좋겠다. 우리 하나하나가 절대로 작은 존재가 아님을, 우리의 마음과 행동 하나하나가 미래를 만드는 근원임을 잊지 않았으면 좋겠다.

2019년 12월 류광호

다문화
주의자

초판 1쇄 발행 | 2019년 12월 20일

지은이 | 류광호
발행처 | 마음지기
발행인 | 노인영
편집 | 하조은 · 이연호
디자인 | 문영인

등록번호 | 제25100-2014-000054(2014년 8월 29일) **주소** | 경기도 수원시 영통구 광교중앙로 170, A동 1016호 (하동, 광교효성해링턴타워) **전화** | 02-6341-5111~3 **FAX** | 031-893-5155 **이메일** | maum_jg@naver.com *이 도서의 국립중앙도서관 출판예정도서목록(CIP)은 서지정보유통지원시스템 홈페이지(http://seoji.nl.go.kr)와 국가자료공동목록시스템(http://www.nl.go.kr/kolisnet)에서 이용하실 수 있습니다.(CIP제어번호: 2019048931)

※ 책 값은 뒤표지에 있습니다.
※ 잘못 만들어진 책은 바꿔 드립니다.

ISBN 979-11-86590-30-0 03810